CB129185

MAIS ESCURO QUE A MEIA-NOITE

A você Thiago, meu
neto querido, com grande
carinho de sua vó que muito
lhe admira.

Maria [illegible] Ribeiro de Lucena

Fevereiro de 2011

Salvo Sottile

Mais escuro que a meia-noite

Uma História de Máfia

Tradução
Ana Resende

BERTRAND BRASIL

Copyright © 2009, Sperling & Kupfer Editori, S.p.A.

Título original: *Più scuro di mezzanotte*

Capa: Sérgio Campante
Foto do Autor: Andrea Quattrini

Editoração: DFL

Texto revisado segundo o novo
Acordo Ortográfico da Língua Portuguesa

2011
Impresso no Brasil
Printed in Brazil

CIP-Brasil. Catalogação na fonte
Sindicato Nacional dos Editores de Livros – RJ

S693m Sottile, Salvo
Mais escuro que a meia-noite: uma história de máfia/Salvo Sottile; tradução Ana Resende. – Rio de Janeiro: Bertrand Brasil, 2011.
378p.

Tradução de: Più scuro di mezzanotte
ISBN 978-85-286-1473-2

1. Romance italiano. I. Resende, Ana. II. Título.

CDD – 853
10-6228 CDU – 821.131.3-3

Todos os direitos reservados pela:
EDITORA BERTRAND BRASIL LTDA.
Rua Argentina, 171 – 2º andar – São Cristóvão
20921-380 – Rio de Janeiro – RJ
Tel.: (0xx21) 2585-2070 – Fax: (0xx21) 2585-2087

Não é permitida a reprodução total ou parcial desta obra, por quaisquer meios, sem a prévia autorização por escrito da Editora.

Atendimento e venda direta ao leitor:
mdireto@record.com.br ou (21) 2585-2002

A Maya, Pepe e Sarah,
porque antes deles
não havia nada.

A Mastro,
que viu a meia-noite
e não teve medo.

Esta é uma obra de ficção. Nomes, personagens, lugares e acontecimentos são fruto da imaginação do autor ou foram usados ficcionalmente. Qualquer semelhança com pessoas — vivas ou falecidas — instituições, acontecimentos ou localidades reais é mera coincidência.

"Escrever, insinua a voz, não significa somente adular minutos com a cosmética do imaginário, mas alimentá-los com os nossos dejetos mentais, adorná-los viciosamente com as nossas máscaras negras. Significa, portanto, uma culpa: talvez manchar as mãos de tinta seja como manchá-las com um pouco de sangue; um escritor nunca é inocente."

GESUALDO BUFALINO, *Cere Perse*

1

Corleone, 1986

ERA 1º de março.

Corleone festejava seu patrono, San Leoluca.

Durante a procissão, um rapaz com a mão direita aleijada, o passo torto e os cabelos cortados rente corria em sentido contrário ao do cortejo do santo.

— Socorro! Socorro! — gritava ele, procurando confundir-se com a multidão.

Três homens o seguiam.

— Fredo! — gritava um deles. — Vem cá, só queremos falar com você!

— Eu não quero falar com vocês, vocês são maus! — ofegava o infeliz, que ocasionalmente olhava por sobre os ombros e tentava mover as pernas com saltos cada vez mais velozes.

Alfredo Gariffo, conhecido como Fredo, não era muito inteligente, mas era uma lebre quando se tratava de correr.

Uma serpente.

Também desta vez ele foi tão veloz que os três que o perseguiam desistiram. Depois de trezentos metros, caíram por terra, com a língua de fora.

Fredo, com a camiseta suada e uma dor lancinante no lado direito, continuou a correr. Da via Bentivegna, virou para a via San Martino, dobrou à esquerda, enfiou-se no beco Firmaturi. Ziguezagueou mais duas vezes e desapareceu. Naquela noite não foi mais visto na região; o bom-senso lhe disse que era melhor dormir fora de casa.

Por volta das duas da manhã, Occhiuzzo correu para acordar Nino Giaconia.

— Ninuzzo, levanta, temos um problema!

— O que foi?

— Você tem que achar rápido o Fredo.

— Fredo? — perguntou o outro, com os olhos inchados de sono. — Por quê? O que aconteceu?

Ele e Fredo tinham a mesma idade: vinte anos.

Desde pequenos, moravam um em frente ao outro. Cresceram juntos. Os mesmos jogos, os mesmos amigos, mas sorte distinta. Alfredo era considerado um retardado, um pobre cristo com algum parafuso fora do lugar. Não tinha amigos verdadeiros, à exceção dele, Nino Giaconia, que gostava de Alfredo como de um irmão menor. E ai de quem tocasse nele.

Em Corleone, todos ainda se lembravam da vez em que um rapaz da mesma idade que eles, um gordo que bancava o durão, ousou prender Fredo no passeio público e começou a provocá-lo.

Imitando-o na frente de todos.

Chamando-o de retardado.

Humilhou-o a tal ponto que ele começou a chorar. O gordo divertiu os amigos, riu à custa de Fredo, mas não sabia de quem aquele retardado era protegido. Naquela mesma noite, quando voltava para casa, teve a imprudência de entrar num beco. Uma sombra escura saltou-lhe sobre a cabeça, caindo-lhe em cima com a força de um meteoro. O gordo nem teve tempo de entender o que estava acontecendo. Viu-se com os braços e as pernas quebrados. Enquanto gritava de dor, ouviu uma voz rouca, que lhe sussurrava ao ouvido:

— Da próxima vez que se meter com Fredo, te parto em dois como uma abóbora, entendeu?

Daquele momento em diante, Alfredo Gariffo se tornou um intocável em Corleone. Diziam que era o protegido de um foragido perigoso, que vivia nas montanhas e com quem era melhor não cruzar.

— Você quer me dizer o que foi que aconteceu? — perguntou Giaconia a Occhiuzzo, enquanto, com as mãos em concha, pegava a água fria de uma bacia e jogava no rosto.

— Ele foi visto conversando com Cagnazzo — respondeu Occhiuzzo, atirando uma toalha nas costas de Giaconia. — Talvez tenha lhe dito algo...

O capitão Domenico Cagnazzo era o comandante dos carabinieri da companhia de Corleone. Estava investigando a explosão de uma bomba que destruíra metade da fábrica do barão Rizzini, um empresário rico que não queria conversa com os mafiosos. O atentado fora ordenado por Casimiro Ciciliato, o velho boss da região, que — não resolvendo as coisas por bem — esperava, dessa maneira, convencer o barão a desembolsar uma dezena de milhões de liras que serviria, como dissera a ele, para comprar sua proteção.

Por algumas semanas, Rizzini se fez de desentendido.

Sempre que os emissários do boss se apresentavam no escritório para pegar o dinheiro, ele pedia mais um tempo. Continuou assim por mais dois meses, até que a bomba explodiu na fábrica cheia de máquinas e o próprio Rizzini foi atrás de Ciciliato para pagar o que devia. Os danos somavam centenas de milhões de liras.

Para dar aquela lição a Rizzini, o boss recorreu a dois *picciottazzi** da região: Gaspare Occhiuzzo e Nino Giaconia. Eram dois vagabundos que não pensavam em trabalhar no campo ou encontrar um emprego honesto. Sentiam correr nas veias o sangue dos tiranos.

Aos vinte anos, tinham a ficha criminal "manchada". Começaram com furtos de gado e causando pequenos prejuízos. Entravam e saíam continuamente das prisões e, com o tempo, foram eximidos dos pequenos crimes e declarados "suspeitos mafiosos".

No papel, ambos eram desempregados. Não eram apenas amigos ou sócios; havia algum tempo, tinham se tornado cunhados também. Gaspare se casara com a irmã de Nino, Teresa. No jargão que dominava os documentos com seus nomes guardados no quartel dos carabinieri, eram considerados oficialmente "desaparecidos".

Ambos eram foragidos.

Na noite da bomba na fábrica de Rizzini — alguns dias antes da festa de San Leoluca —, Nino levara Fredo. Occhiuzzo não tinha gostado da ideia. A simples visão do rapaz lhe dava urticária.

— Mas que burrice levá-lo conosco para fazer isso! Ele só vai atrapalhar! — gritava Gaspare, esperando convencer o cunhado a abandonar o esquisito no passeio público.

— Mas que mal tem nisso? — Nino o defendia. — Nós fazemos o serviço e ele fica no carro. Não vai causar problema, te garanto!

— Está bem, como você quiser.

O capitão Cagnazzo, um jovem oficial vindo de Pescara, há alguns meses estava à procura dos dois terríveis cunhados de Corleone. Eles se tornaram sua dor de cabeça constante. Por uma fonte confidencial, soube-

---

* Grau mais baixo na hierarquia da Máfia. (N. T.)

ra que "Fredo, o retardado" era protegido de Nino e tentou convencê-lo a dizer onde o outro estava.

— Se ele falou com o capitão, estamos fodidos — aborreceu-se Occhiuzzo. — Mandei três dos nossos atrás dele, ontem à noite, mas ele conseguiu escapar. Você tem que encontrá-lo, e rápido!

— Não se preocupe — tranquilizou Giaconia. — Conheço o Fredo, ele não é um traidor, mas vou buscá-lo agora mesmo e falo com ele.

— Mas você sabe onde ele está?

— Talvez.

Nino foi buscar Fredo no único local em que tinha certeza de que poderia encontrá-lo: a cascata das duas rochas. Era um desfiladeiro natural ao pé do Castello. Quando eram pequenos, costumavam brincar por ali juntos, e o local era o refúgio preferido, quando queriam se isolar por algum tempo do resto do mundo.

De carro, Giaconia chegou lá em dez minutos. Deixou o automóvel na beira da estrada, apagou os faróis, pulou a mureta de proteção e, depois de uma rápida descida entre as pedras, começou a seguir o leito de um rio seco.

A escuridão era quase total.

À sua esquerda, crescia uma vegetação densa.

A certa distância, percebeu o vulto do amigo.

Estava sentado sobre uma pedra na margem direita do rio, aos pés de um barranco, de onde se viam, a distância, as luzes de Corleone.

— Fredo?

No início, o rapaz não o reconheceu. Viu alguém se aproximando e começou a correr até ficar sem fôlego, como só ele sabia fazer.

— Fredo! Sou eu, Nino! Para!

Mal ouviu aquele nome, Fredo parou.

— Vim para ajudar! Espera! Só quero conversar!

A voz de Giaconia ecoava nas paredes do desfiladeiro.

Fredo diminuiu a velocidade, como se, de repente, os foguetes aos seus pés tivessem se apagado. Deu meia-volta e voltou correndo.

— Nino, me ajuda! — implorou, quase chorando. — Querem me matar!

Giaconia procurou tranquilizá-lo.

— Mas o que é que você está dizendo, Fredo? Sou eu, não sou? Ninguém vai fazer mal a você...

— Não é verdade. O seu cunhado, Gaspare, quer me matar. Ele está zangado porque falei com Cagnazzo.

A voz de Nino tornou-se subitamente fria e cortante.

— E o que você disse ao capitão?

— Do seu cunhado, nada, mas Cagnazzo me ameaçou. Disse que, se eu não contasse alguma coisa a ele, qualquer coisa, me botava na cadeia e jogava a chave fora.

Giaconia franziu as sobrancelhas.

— E o que você disse a ele, Fredo?

— Ele me perguntou se eu passei pela fábrica do barão Rizzini na noite da bomba, e eu respondi que passei por lá com você, que é o meu anjo da guarda, que me protege dos maus...

Fredo fez uma pausa, olhou para o amigo com o rosto pacífico e perguntou:

— Fiz bem, não fiz? Isso não vai prejudicar você, certo, Ninetto?

Giaconia, com o rosto tenso, respondeu sem muita convicção:

— Certo, Fredo, certo... Mas você não disse a ele onde me escondo, disse?

Fredo olhou para o céu, como se buscasse uma resposta entre os milhões de estrelas. Em seguida, com um gesto suave da cabeça, voltou a pousar os olhos em Nino e deu um sorriso estúpido.

Balbuciou alguma coisa e, por fim, respondeu, vago:

— Não me lembro.

Giaconia praguejou e estendeu-lhe a mão.

— Não se preocupe, Fredo, está tudo certo; agora vem cá, vem, me abraça!

O outro se aproximou.

Finalmente, sorria feliz. Olhou Nino com seus olhos grandes, ingênuos e perdidos como os de uma criança.

Agora se sentia tranquilo e seguro.

Giaconia o apertou forte contra si.

Depois, rápido, segurou com a mão direita a pistola que tinha no bolso do casaco, encostou o cano no peito de Fredo e disparou duas vezes o gatilho.

Dois golpes secos, na altura do coração.

O eco dos disparos soou por todo o desfiladeiro.

Fredo lançou-se para frente e caiu por cima de Giaconia como um peso morto. Suas pernas pareciam feitas de papel. Nino ouviu a agonia do amigo, o ar que lentamente esvaziava os pulmões. Distinguiu, primeiro, um suspiro; em seguida, outro, mais longo; depois, um rumor e depois... mais nada.

Deitou, com cuidado, o corpo na terra e olhou para o rosto. Fredo morreu como viveu: com um sorriso nos lábios. Giaconia foi mais rápido que sua cabeça doente. Não lhe deu nem tempo de mudar de expressão. Era como se tivesse feito de tudo para que o coração dele parasse antes de ter que lhe explicar que não há amigos quando se está em meio aos negócios.

Fredo jamais entenderia isso.

Palermo, 1996

Nino Giaconia não era um foragido como os outros. Era um mafioso Corleonese, uma raça à parte. Traidor. Cão sem dono.

Atarracado, não muito alto, com o bigode e os cabelos grisalhos, falava mal italiano, escrevia ainda pior. Nunca trabalhara na vida. Atirar era o que sabia fazer de melhor.

Desde pequeno, treinava nas montanhas. Saía à noite, atirava nas ovelhas que pastavam sem guia ao pé da Rocca Busambra. Era capaz de atingir uma a cinquenta metros. Mesmo no escuro. Uma mira infalível.

O assassinato de Fredo fora seu batismo de fogo. Daí em diante, somaram-se muitos outros delitos.

Gaspare Occhiuzzo, seu cunhado, depois de alguns anos, tornara-se o chefe dos Corleoneses, e ele, Nino, era seu braço direito.

A Cosa Nostra era tudo para ele, vinha antes de tudo. Nem mesmo sabia quantos homens havia matado desde a noite da morte de Fredo, desde que começara a sonhar em tornar-se uma lenda. Mas não se arrependia de nada do próprio passado.

Nem do fato de que sua vida, assim como a da mulher, Rosa, no fundo, fosse a epopeia de dois fantasmas sem fama e sem glória; uma corrida consciente para a infelicidade e a solidão.

Rosa Martinez tinha quase dezoito anos. Crescera numa família à moda antiga, com dois irmãos e um pai opressor, que a controlava de modo autoritário. Era um homem a quem sempre se devia pedir licença, mesmo se fosse para lhe falar algo.

Tinha uma paixão: o balé clássico.

Fora obrigada a renunciar a ele.

Com dezessete anos, parara de dançar porque o pai não considerava decente aquela sua paixão.

— Quando você era pequenina, não havia problema — dissera-lhe. — As meninas de tutu são meigas e doces. Mas agora, não, você já é adulta, e estudar balé tornou-se inconveniente. Você sabe como são as bailarinas, Rosa, são todas umas prostitutas!

Rosa vivia reclusa, numa casa modesta, no mezanino de um edifício de três andares em Palermo, no centro do subúrbio de Addaura. Saía da escola direto para casa. Não lhe permitiam que fizesse outra coisa. Quando demorava mais de vinte minutos após tocar a sineta, ficava encrencada. Seu quarto dava para a rua e tinha os vidros espelhados para evitar que alguém a espiasse pelo lado de fora. Havia também grades nas janelas.

O pai as encomendara de um artesão. Segundo ele, serviam para manter os ratos afastados do apartamento, pois, naquela região, eles costumavam atacar geladeiras e máquinas de lavar louça; na verdade, as grades eram para evitar que a filha fugisse de casa mais uma vez.

Tinha acontecido na noite da festa dos dezoito anos de Clara, sua melhor amiga, que passara uma semana organizando aquela noite.

— Vamos, você tem que vir, Rosa, todos os nossos amigos estarão lá! — dissera Clara na escola, durante o intervalo.

Ia ter bolo e ouviriam música. Ia ser uma festa alegre, diferente das habituais.

Clara morava no terceiro andar de um edifício no outro lado da rua. Rosa conhecia toda a família. Há algum tempo, caíra de amores pelo irmão de Clara, Matteo, pouco mais velho que ela, mas que nunca lhe dera atenção porque tinha uma namorada mais velha, atraente, pela qual estava muito apaixonado.

— Papai, posso ir esta noite à casa da Clara?

O pai de Rosa torcia o nariz sempre que sabia que a filha tinha que sair sem ele. Irritava-se mesmo quando se tratava apenas de ir à farmácia da esquina.

À noite, então, nem pensar.

Era ciumento, de um ciúme doentio, asfixiante.

Um sentimento de posse do qual não conseguira se curar ao longo dos anos, mas que, em geral, disfarçava fazendo o papel de pai inflexível.

— Não, não pode, já é tarde, e, além disso, amanhã tem escola — sentenciou, sentado em sua poltrona.

Haviam acabado de jantar.

— Papai, por favor, é a Clara! Todos os meus amigos vão estar lá!

— Já disse que não, amanhã digo ao pai dela por que você não pôde ir. Agora me dá um beijo, vai para o quarto e some da minha vista até amanhã. Boa noite.

A festa começava às nove.

Rosa costumava obedecer, mas aquela festa era muito importante para ela. Nunca pedia nada, e, além disso, estava cansada de se trancar no quarto e chorar.

Os irmãos saíam e voltavam na hora que queriam; ela não.

Droga, eu não sou mais uma criança.

Desta vez, ia fazer o que sentia vontade.

Telefonou para Clara, que estava muito preocupada, e a tranquilizou:

— Fique calma. Vou de qualquer jeito. Tchau.

Vestiu um jeans e uma blusa azul, apagou a luz e se deitou vestida na cama, esperando que todos fossem dormir.

Perto das dez horas, quando não ouviu mais nenhum ruído, abriu a janela e olhou para baixo.

Não podia sair pela porta principal. O pai a ouviria. O jeito era descer por aquela maldita janela.

O que é que você queria? Vai conseguir.

Começou a descer, com as costas viradas para a rua e se segurando com as duas mãos no parapeito de mármore. Deslizava lentamente. De pouquinho em pouquinho, de centímetro em centímetro; porém, quando mais da metade do corpo já estava do lado de fora, soltou um grito de dor. Três dedos da mão direita, que estavam apoiados numa tela de metal, tocaram uma de suas pontas e agora estavam banhados em sangue.

Ai meu Deus, que droga!

Rosa se soltou, caindo sobre a calçada. Tentou amortecer o golpe com as pernas, mas acabou caindo sentada no chão; o tornozelo direito lhe doía terrivelmente.

Tivera uma torção, uma daquelas feias.

Agora estava com as costas dormentes, um braço lhe doía, sentia uma tremenda dor de cabeça.

E a dor não diminuía, não passava.

Mas o que, diabos, eu faço agora?

Não havia ninguém na rua, nem um maldito carro que, por acaso, estivesse passando por ali.

Não conseguia se mexer.

Começou a gritar.

— Socorro, socorro!

Ouvia as vozes dos amigos se divertindo; ouvia, baixinho, a música que tocava na casa de Clara.

Era Vasco. Agora andava apaixonada por Vasco.

Cantava "Albachiara".

Respira baixinho lalalalalá...

O tornozelo lhe doía tanto que não conseguia nem mesmo respirar. Estava deitada no chão com o pensamento confuso e os olhos perdidos no céu escuro acima dela.

... você é branca como lalalalalá...

Chorava agora.

... fica vermelha quando lalalalalá...

Em pensamento, cantava com Vasco e não conseguia parar.

... fica linda lalalalalá...

Rosa começava a odiar aquela música, sentindo no pé uma dor que lhe parecia insuportável e inconveniente.

Uma tortura.

Quieta... chega...

... nos teus problemas lalalalalá...

Começou a gritar ainda mais forte.

— Socorro, socorro, papai!!!

No edifício, alguns já dormiam; outros, não.

Mas não era tão tarde assim.

Rosa olhou para o apartamento: uma fileira de luzes, pouco a pouco, se acendeu. Primeiro, o corredor se iluminou, depois, a cozinha; por fim, o seu quarto.

A última imagem de que se lembrava, antes de acordar no hospital, era o pai, de pijama, olhando para ela da janela, sem se mexer, com a decepção estampada nos olhos.

Odiava-a pelo que tinha feito.

Traíra sua confiança.

As grades da janela chegaram no dia seguinte.

Havia algum tempo, Nino Giaconia observava Rosa. Aquela menina o estava deixando louco. Mesmo sem conhecê-la, o desejo de tornar-se parte da sua vida lhe parecia uma via a ser percorrida, obrigatória, inevitável como a dor. Era uma mulher feita, com uma classe e um porte que lembrava o das modelos da televisão.

De certo modo, era como se ele já a imaginasse ao seu lado.

Minha mulher, minha esposa!

Nino a viu, pela primeira vez, por acaso. Ficou como que petrificado, e aquela foi a primeira vez que desobedeceu à Cosa Nostra.

Desde então, só pensava nela.

Mesmo à noite, sonhava com ela.

Merda, é o fim do mundo!

Pela manhã, acompanhava o cunhado nas saídas de rotina; à tarde, se postava em frente à entrada da escola de dança apenas para ver Rosa. Observava-a enquanto ela passava à sua frente, e se deliciava, todos os dias, com a embriaguez daquela lembrança. Ela percebeu e, desde então, passara a lhe conceder a emoção de um sorriso pudico e complacente.

— Ela me viu! Gosta de mim! Eu sei!

— Deixe-a em paz — continuava a repetir Occhiuzzo, que o acompanhou uma vez até a escola de Rosa. — Existem mil melhores que ela!

— Não acredito, Gaspare, não acredito — respondia Giaconia, com os olhos arregalados e cheios de amor.

Fazia uma semana que Nino não via Rosa no balé, e ele começou a ficar preocupado. Como uma ave de rapina que gira ao redor de uma carcaça, passava várias vezes com a Vespa em frente à sua casa, na esperança de que — mesmo que apenas por um segundo — a garota desse uma espiada por trás da janela.

Precisava vê-la para não enlouquecer.

Giaconia já conhecia cada detalhe do perímetro do edifício. Já o tinha percorrido com a Vespa, pelo menos, um milhão de vezes. O apartamento dela ficava no térreo, com duas janelas voltadas para a rua e outras duas para o pátio interno.

Numa das duas janelas de trás, a do quarto de Rosa, Nino percebeu algo diferente. Havia grades, agora. Tinham sido colocadas havia pouco tempo, porque a cal em volta dos ferros ainda estava fresca. Com os vidros espelhados, ele não podia espiar o interior, mas Rosa, ao contrário, o via muito bem.

Nem mesmo sabia como se chamava aquele rapaz, mas sabia que ele estava lá por sua causa. Isso a fazia se sentir bem.

Protegida.

Especial.

Não estava habituada a receber tanta atenção assim.

Fazia três semanas, desde a noite da festa de Clara, que Rosa estava de castigo, sepultada viva no quarto. Torcera o tornozelo e mancava. O pai só lhe permitia andar pela casa, e apenas para ajudar a mãe nos afazeres domésticos.

De resto, não a queria circulando.

Giaconia passava sob a janela em horas determinadas. Às dez da manhã e às cinco da tarde. Chegava e se punha a dar voltas com a Vespa. Já deixara até uma trilha ao redor do edifício. Ficava por ali algumas horas e depois partia. Rosa aprendera a reconhecer a Vespa pelo barulho e, uma tarde — aproveitando que a mãe falava ao telefone —, com a desculpa de lavar os vidros, abriu a janela e se deixou ver.

Seus olhos se cruzaram durante um segundo e se encontraram.

Tornaram-se uma coisa só.

Olharam-se por alguns instantes sem nada dizer. Ela, com o limpa-vidro na mão, e ele, com o cigarro na boca.

No mesmo momento, ambos assentiram, como se estivessem conversando em pensamento.

Rosa fechou a janela.

Nino deu um golpe seco no pedal da Vespa e se foi.

— Chega! Decidi! Esta noite vou embora, vou fugir — confidenciou Rosa, por telefone, à amiga Clara. — Estou cansada desta vida! Quero ser livre!

— Mas, Rosa, você tem certeza? Já pensou bem nisso? — advertiu Clara. — Além do mais, você não conhece direito esse tal de Nino. O que você sabe dele?

— Nada! — disse ela. — Mas isso não me importa, basta saber que ele vive longe daqui.

— Quando é que vamos nos ver de novo?

— Logo, Clara, não tenha medo. Te amo, tchau.

Naquela mesma noite, a viúva Merlo, vizinha dos Martinez, foi acordada por um barulho que fez o quarto tremer. Por um instante, pensou que uma bomba houvesse explodido. Quando ergueu as persianas e olhou para fora, teve a sensação de que um avião tivesse bombardeado o edifício. Percebeu que, no apartamento ao lado do seu, havia um buraco. Espalhados na rua estavam pedaços da persiana, as dobradiças, a tela da janela, a grade, um monte de fragmentos do reboco.

Nino arranjara um jipe grande, com uma alavanca e um cabo de aço. Prendera o cabo nas grades e, pisando fundo no pedal do acelerador, arrancara.

Foi assim que chegou até Rosa.

Fugiram juntos.

Por dois dias, moraram na casa de Occhiuzzo, que os hospedou sem muito entusiasmo. Depois, Nino falou para Rosa que queria um relacionamento sério com ela.

— Quer casar comigo? — perguntou, um segundo depois.

— Sim — respondeu ela instintivamente.

Não estava, de fato, convencida disso, mas queria sair dali. Sonhava mudar de rua, de bairro e, talvez, até de cidade. Sentia-se sufocada naquele mundo. Se amava Nino ou não era uma questão secundária. Aquele rapaz a salvara. Com o tempo, talvez o amasse. Aprenderia a gostar dele.

Giaconia queria fazer as coisas como manda o figurino e foi pedir a mão de Rosa ao pai. Levou-lhe o dinheiro para consertar a janela e um "extra" para agradar à mulher. Se fosse outro rapaz, o senhor Martinez teria mandado embora e talvez mantivesse Rosa trancada em casa por mais um ou dois anos. Mas sabia quem era Nino; no bairro, ouvira falar dele e dos seus amigos Corleoneses.

Quando Giaconia pediu-lhe a mão da filha, Mariano Martinez não teve coragem de dizer não.

Sua bênção era mera formalidade. Sabia que, depois da "fuga", a filha não era mais apenas "coisa sua".

Rosa não estava apaixonada por Nino. Caíra em seus braços porque não tinha chance contra o pai, porque aceitaria até fugir com o diabo para sair daquela casa. Nino, talvez, fosse pior que o diabo, mas isso ela ainda não tinha como saber.

2

ROSA estava aborrecida. Ia se casar em uma semana, e Nino só a deixou convidar os parentes mais próximos. Ninguém mais.

— Nem Clara?

— Não, nenhum amigo — respondeu Giaconia. — Caso contrário, não vai ter cerimônia. E, além disso, não gosto dela...

Fez uma pausa e deixou escapar uma frase.

— Ela pertence a uma família ruim!

Era como se quisesse fazê-la entender que ele sabia mais do que podia revelar.

— Mas o que é que você está dizendo?

— Confie em mim.

Não disse mais nada. Saiu, deixando-a só. Naquela mesma noite, Rosa telefonou para Clara. Conversaram um pouco; depois, a amiga, com uma ingenuidade desarmante, fez a pergunta decisiva.

— Escuta, como vão os preparativos para o casamento? Quero saber de todos os detalhes. Vai, conta!

Rosa ficou embaraçada, procurou as palavras certas para dizer que não podia convidá-la.

— Clara, eu realmente...

Não teve coragem.

A amiga entendeu seu embaraço.

Sabia que Nino não gostava dela e procurou corrigir seu erro.

— Já entendi, Rosa, fique tranquila... Eu só queria dizer que, quando tudo isso acabar, tomaremos um sorvete. Desejo tudo de bom para você.

— Clara, me perdoe.

— Não se preocupe, sei que não é culpa sua. Um beijo.

Para se casar em segredo, Giaconia escolheu a Cappella della Sacra Spada. Era uma obra-prima do barroco escondida entre os conjuntos habitacionais de concreto que se deterioravam no bairro de Brancaccio. Um lugar íntimo e encantador. Parecia feito propositadamente para acolher os foragidos que não temiam a Deus, os procurados com um cadáver escondido no carro e alguns santinhos no bolso, que seguiam a fé com a mesma imprudência obstinada dos policiais que os perseguiam.

Atrás da igreja, duas rotas de fuga se abriam para o norte e para o leste. De um lado, estava a estadual para Agrigento; de outro, a autoestrada para Catânia. Somente ali certos mafiosos com paixão pelas coisas complicadas podiam entrar e sair sem chamar muito a atenção.

Era o único lugar, em toda a Palermo, no qual Nino Giaconia se sentia seguro, quase como se fosse o dono da casa.

O padre também era da família, chamava-se padre Mariano Zolfo. Era um sacerdote que agia com base nos fatos e não ligava para boatos. Sabia manter a boca fechada e — o que era mais importante — nunca fazia perguntas. Não era um homem de honra, mas faltava-lhe pouco para isso. Era primo em segundo grau de um boss de Villagrazia. Usava a igreja mais como casa própria que como residência do Nosso Senhor. Para os pobres, mostrava os dentes, portava-se como um homem que não se podia corromper e que jamais venderia a alma ao diabo. Com os mafiosos, não se arriscava. Quando era hora de receber os poderosos da vez, escancarava as portas ao terror e ficava bem quietinho. Para o padre Zolfo, muitos homens de honra tinham um fascínio pelo proibido. Seu fascínio era uma espécie de amor não declarado e não correspondido, íntimo, enfático, irresistível, assim como a vocação. Ele os venerava e, em pensamento, secretamente os enfileirava como peças de uma coleção privada e maligna. Durante o dia, ouvia-os e aconselhava-os. À noite, acariciava-os em pensamento, desejando conhecer aqueles que não conhecia e que ainda faltavam para terminar sua coleção.

Nino foi procurá-lo quando faltavam dois dias para o casamento. Antes de abrir a boca, pôs em sua mão dez notas de 100 mil liras.

— Padre, isto é para os seus orfãozinhos — começou, irônico.

— Obrigado, Ninuzzo, obrigado...

O padre ergueu a batina e enfiou o dinheiro no bolso direito da calça. Em seguida, acomodou Nino na sacristia e correu para fechar a porta que ligava o escritório à capela. Como a casa do pároco era um local muito frequentado, queria evitar que alguém — os chatos de sempre — entrasse de repente.

— Estou ocupado agora! — disse ao jovem sacristão, deixando-o de guarda na porta.

Voltou correndo, agitado, e desculpou-se com Giaconia por tê-lo feito esperar.

— Ninuzzo, sou todo ouvidos... diga-me... em que posso lhe ser útil?

Os dois, como de costume, se entenderam imediatamente. As palavras naquela igreja eram como as preces, supérfluas.

Padre Zolfo não era tolo. Sabia muito bem que Nino não tinha vindo para fazer caridade. Por trás disso, devia haver alguma outra coisa. Armou-se de paciência e esperou que o rapaz lhe contasse tudo.

— Padre, quero pedir um favor ao senhor — começou o jovem Corleonese. — Vou me casar daqui a dois dias e a cerimônia deve durar pouco, no máximo, dez minutos, por motivos, como se diz... de ordem pública. O senhor entendeu?

O sacerdote continuou calado.

Antes de responder, procurou refletir sobre o sentido daquela expressão.

O que ele quer dizer com ordem pública?

Pensou um pouco, mas depois se deteve na expressão.

Ele está com medo da polícia!

Com os anos, Nino aprendeu a ser prudente. A experiência lhe ensinara que, quanto menos tempo passasse andando por Palermo, menores seriam as chances de ser preso. Bastava folhear os jornais: a cidade estava cheia de foragidos capturados na hora em que se sentiam mais seguros.

Mas existe no mundo um lugar mais seguro que uma igreja? Não, não existe!

Um casamento rápido; era disso que precisava.

Padre Zolfo entendeu tudo, quando Nino pôs mais cinco notas de 100 mil liras na sua mão e apertou-a com firmeza. A expressão do padre, que antes estava tensa, subitamente se abriu num sorriso cúmplice.

— Ninuzzo, faço qualquer coisa para satisfazer alguém como você, alguém com um coração tão grande! Está bem! Espero você em dois dias, escolha a hora.

Sabia que não se podia dizer "não" a alguém como Nino. Só de olhá-lo já sentia medo. Sabia que era generoso, mas não queria vê-lo com raiva.

* * *

Apesar de todas as coisas estranhas que já vira na vida, o padre Zolfo ainda não fizera o casamento de um foragido em tão pouco tempo.

A cerimônia foi celebrada às três da tarde. Para fazê-la durar até às três e dez, o sacerdote resumiu o ato ao essencial. Pulou a acolhida e a liturgia da palavra. Começou com um pai-nosso e se concentrou na manifestação do consentimento e na bênção das alianças.

Rosa chegou à igreja parecendo uma virgem e muito bonita, num vestido que tinha aroma de lavanda. Fora feito por um costureiro de Corso dei Mille, um dos poucos que ainda costurava à mão. O vestido era de organza, com o corpo bordado, mangas bufantes e a saia ampla e volumosa, que se alargava até quase tocar o chão, como o botão maduro de uma tulipa, que se dobra sob o próprio peso. Seus cabelos estavam presos num coque, e o véu sobre o rosto deixava entrever apenas a maquiagem em torno de dois olhos negros e palpitantes.

Nino vestia um terno de linho azul, com camisa branca e gravata prateada, sapatos pretos de verniz, o rosto bem barbeado, cheirando a colônia Dior, e os cabelos untados de brilhantina. Comprara o terno e os acessórios na loja De Spuches, atrás da via Dante, que adquiria os tecidos diretamente da Índia e confeccionava tudo sob medida.

Rosa estava elegante, com uma elegância espontânea.

Ele não. Parecia embaraçado e sentia-se como um peixe fora d'água. Estava ansioso não só porque ia se casar com a mulher dos seus sonhos, mas porque só conseguia pensar em terminar rapidamente a cerimônia e fugir dali. Se pudesse, graças ao seu temperamento, teria se casado sozinho.

Teria resolvido tudo num minuto!

O que é que queriam? A noiva assinaria uma autorização, ele poderia ter falado em nome dela diante do Senhor e dispensado os músicos.

Propôs a ideia, brincando, mas nem tanto, ao padre Zolfo que, do alto de sua sabedoria, o repreendeu, com todo o respeito.

— Meu filho, como você pretende subir ao altar sem a sua esposa? O Senhor se ofende com isso. Além do mais, você pretende criar os casamentos por correspondência?

Durante os três primeiros minutos da cerimônia, Nino parecia ausente. Em vez de olhar para a esposa, só conseguia fitar a entrada da capela, por medo de ver aparecer, de um momento para o outro, um pelotão de carabinieri com as armas apontadas.

No restante do tempo, procurou controlar e estudar cada gesto, cada mínimo movimento.

— Algum problema? — sussurrou-lhe Rosa, diante do altar.

— Não, amor, nada, só estou emocionado.

Não era verdade.

Nino sentia às suas costas os olhares dos parentes de Rosa. Lá estavam os pais, os tios, os primos, o irmão predileto, Pino, que sempre fora muito próximo a ela. Só faltava o outro, Diego, que havia muitos anos fora fazer fortuna nos Estados Unidos e ficara preso em Nova York.

Giaconia temia perder o controle de seus gestos brutos e desajeitados e que eles denunciassem aquela elegância de fachada, nitidamente artificial e pouco apropriada àquele corpo de minotauro. A cerimônia durou um amém. Nem bem entraram na igreja, já havia acabado. Graças ao padre Zolfo, os recém-casados entraram e saíram como um sopro de vento, uma lufada do siroco. Tudo fora muito rápido: não demoraram a dizer o "sim" e menos ainda a trocar as alianças e a se beijar e cumprimentar — sem muitas formalidades — os convidados que foram até a igreja.

Quarenta.

Vinte num lado da nave e vinte no outro.

Em seguida, saíram no carro que os esperava do lado de fora com o motor ligado e desapareceram.

Voaram como as dez pombas brancas que, do sino da igreja, foram soltas na direção do céu de gaze.

Padre Zolfo estava feliz.

Antes de fugir, Nino cumprimentou-o em nome do cunhado, um dos killer mais sanguinários dos Corleoneses e, talvez, a peça mais valiosa e cobiçada que faltava ao sacerdote na sua coleção imaginária. Talvez, um dia o conhecesse e, quem sabe, ele também quisesse se confessar.

Era o seu sonho.

Pensou que daria qualquer coisa para, algum dia, falar com o cunhado de Nino.

— Daria tudo, inclusive isto — disse, contando o dinheiro que Nino lhe entregara.

Não era verdade, mas agradava ao padre dos boss pensar assim.

3

O casamento foi festejado entre as mesas brancas e as colunas em estilo *liberty* do Grotta Azzurra, um restaurante no golfo de Mondello. Era uma festa a portas fechadas, somente para os parentes mais próximos do casal.

No início, Nino fora contrário a organizar o banquete. Uma semana antes das bodas, ele e a futura esposa discutiram sobre o assunto.

Ele lhe dissera palavras duras.

— Mas o que faremos na recepção para entreter as outras pessoas? — irritava-se Giaconia. — E se houver um contratempo e não formos ao restaurante, o que vamos dizer aos convidados, mandamos um cartão?

Rosa estava prestes a explodir. Com esforço, tratara de se controlar.

— Não me interessa! — gritou, com os olhos arregalados. — Que casamento não tem recepção? Não quero fazer essa desfeita aos nossos parentes, ouviu?

Depois de uma discussão cansativa, Nino, por fim, se convencera. Para satisfazê-la, chamou o proprietário do restaurante, oferecendo-lhe 5 milhões de liras à vista para organizar uma recepção à altura das suas expectativas.

— Quero que tudo saia perfeito!

No início, Nino ficou tentado a correr mais alguns riscos e fazer uma parada no restaurante depois da igreja, mas no último minuto — quando já estavam no carro — mudou de ideia.

— Não vamos mais ao banquete.

— Bastava uma passada rápida — disse Rosa, tentando fazê-lo voltar à razão. — Não podemos abandonar os convidados desse jeito!

— Eu sei — respondeu ele. — Mas é melhor evitar, você tem que entender...

Disse-lhe, então, que um tira que fazia parte do livro-caixa dos Corleoneses, alguém de codinome "sino" — justamente porque servia para dar o alarme, em caso de perigo —, uma hora antes do casamento avisara que era melhor não ser visto circulando por ali. Ouvira falar de uma batida policial iminente, coisa das grandes. O delegado de polícia tinha mobilizado inclusive a Divisão Motorizada para realizar buscas e apreensões na região de Mondello.

Buscavam armas e foragidos.

Nino tinha que ir embora, mudar de ares, se quisesse consumar o casamento. Se ele se arriscasse, a surpresa feita aos convidados acabaria levando-o direto para a delegacia.

— Eu não posso ir até Mondello. Vá você — disse Nino à esposa, com o tom de quem diz uma coisa, mas pensa em outra.

Rosa estava ficando irritada; em seguida, pensou melhor:

— Não importa — suspirou, resignada. — Vamos embora, e pronto!

Frustrada e aborrecida, Rosa fez o carro parar diante de uma cabine telefônica e ligou para o irmão.

— Pino, você vai ter que tomar conta de nossos parentes; eu não posso ir.

Entregou em suas mãos o sucesso da recepção. E fez isso com uma única esperança: que seus parentes e os do marido, entre um doce e um café, não saíssem dali se matando. Havia boas razões, para dizer a verdade, para que isso acontecesse.

Ao chegar ao restaurante, em lugar dos recém-casados, os convidados encontraram um gigantesco bolo de casamento. O doce fora colocado pelo chef no centro da sala, como uma espécie de ponte ideal, com Nino e Rosa. Um símbolo, um totem, que devia servir, de qualquer modo, para lembrar a presença deles.

— Caramba, mas é muito bonito, o fim do mundo! — exclamou um dos convidados, que não se lembrava de já ter visto um bolo assim tão grande.

Os convidados foram recebidos com um aperitivo à base de ostras e champanhe. Havia cinquenta pessoas: as quarenta da igreja e mais uma dezena que não pudera comparecer à cerimônia.

A sala do restaurante parecia enorme e dispersiva; era, talvez, excessivamente grande para um número tão pequeno de pessoas, mas seu tamanho era proposital. Pino, para ser visto por todos, subiu na cadeira, pediu um minuto de silêncio e propôs rapidamente um brinde.

— À saúde de vocês sabem quem! — exclamou, sem mencionar nomes. — Bom apetite!

— Viva Nino! — gritou, orgulhoso, um primo do noivo.

— Não! Se é assim, viva Rosa! — gritou, quase ao mesmo tempo, um dos Martinez.

Ao dizer isso, os dois não lançaram sequer um olhar ao outro. Faziam de tudo para que os aplausos obtidos com o brinde de um encobrissem e superassem aqueles que, pouco antes, se seguiram ao brinde do outro. Era um desafio, uma maneira, como outras, de continuar uma guerra antiga, uma hostilidade que já durava, pelo menos, vinte anos.

No restaurante, como na igreja, os parentes do noivo e da noiva continuaram a ignorar-se.

Os familiares de Nino eram todos de Corleone, mafiosos "vencedores". Os de Rosa eram, por sua vez, Palermitanos, "perdedores", derrotados pelos Corleoneses e sobreviventes de uma das mais ferozes guerras na história da máfia, que estourara entre 1981 e 1983, com mil e quinhentos mortos apenas na Sicília ocidental.

Na época que Nino se casou com Rosa, os "brutamontes" de Palermo comandavam, e era a primeira vez que um casamento, ainda que rápido e acidentado, punha ao redor de uma mesa o velho e o novo, as vítimas e os assassinos.

Para os Palermitanos, era necessário mais que um simples banquete de boas-vindas para apagar o sofrimento do passado. As lembranças ainda estavam vivas em suas feridas, ainda queimavam como sal sobre a carne viva. O ódio que acompanhara a chegada dos Corleoneses a Palermo havia alguns anos continuava a encher suas bocas do gosto amargo do veneno que insistia em ficar ali, apesar do vinho, do bolo de casamento e dos pedaços derretidos de sorvete, perfumados com jasmim e canela.

Era a hipocrisia que tornava aquela encenação mais suportável, o esforço de cada família em parecer mais feliz e unida que a outra, e a consciência de se sentar à mesa sabendo — de uma vez por todas — que não devia cedê-la ou dividi-la com o inimigo.

— Cada um senta onde quiser? — perguntou a Pino um primo de Giaconia, olhando-o com suspeita.

— Não, Salvatore — apressou-se em responder —, você vai encontrar uma etiqueta com o nome sobre cada cadeira.

Todos os lugares estavam marcados.

Nenhuma possibilidade de erro.

Nenhuma invasão de campo.

Para convencer todos a participar, os esposos estavam empenhados em fazer valer uma regra não escrita, uma regra da qual não se podia prescindir:

antes, durante e depois da festa não deveria haver misturas entre os Giaconia e os Martinez, cada um devia ficar no seu lugar.

Cada um com a sua família.

Durante a recepção, alguns convidados disputavam quem tirava mais fotos. Faltou pouco para que os dois fotógrafos contratados para a ocasião saíssem dali loucos. Os familiares de Nino eram mais desbocados, afrouxavam o nó da gravata e faziam confusão.

Os tios e primos de Rosa, que eram Palermitanos, eram considerados mais refinados, eram mais silenciosos e passavam o tempo a atormentar quem passasse na frente deles.

"Olha como ele está vestido!", ou então: "Olha que gravata feia aquele outro está usando!" Durante toda a festa. Um tiro ao alvo constante.

O bolo estava delicioso: tinha três andares e era uma das delícias do menu, junto com as lagostas recém-pescadas e o Moet & Chandon Reserva Imperial.

Para que não houvesse reclamação, as primeiras duas fatias de bolo, iguais e de mesmo tamanho, foram oferecidas, ao mesmo tempo, aos membros mais velhos de cada família.

Os garçons, antes de oferecê-las, para que não houvesse erro, se entreolharam. Esticaram o braço no mesmo instante, de modo que ninguém, no fim das contas, podia se lamentar de ter sido servido em segundo lugar. Havia também uma pequena orquestra que tocava, no centro da sala, valsas e mazurcas, para que aqueles que já tinham mais idade e não sabiam se mover no ritmo da música moderna pudessem participar.

Os parentes de Rosa dançaram entre si num lado do restaurante. Os parentes de Nino fizeram o mesmo do outro lado. Ninguém — nem mesmo por engano — invadiu o território do outro.

O bolo, no centro da sala, servia de divisor de águas. Tornou-se uma espécie de linha imaginária, um concentrado de areia e dinamite, pronto a ceder ou saltar no ar à primeira faísca.

Pino, que, além de ser o irmão da noiva era o único "*ascaro*" (um Palermitano que trabalhava para os Corleoneses), parecia o responsável pelos fogos de artifício.

Do início ao fim do banquete, passou o tempo correndo de um lado para o outro do restaurante para apagar os pavios e os incêndios que inevitavelmente se acendiam pelos motivos mais banais: olhares grosseiros, provocações, ciúmes, comportamentos julgados inoportunos de uma ou outra das facções.

— Você tem que dizer ao senhor vestido de branco na primeira mesa do lado direito para não olhar para este lado — dizia a Pino, mostrando os dentes, um dos parentes de Giaconia. — Não gosto de ser observado.

— Está certo, senhor.

— Você tem que dizer àquele "brutamontes" da mesa do centro que se deve segurar o garfo com a mão esquerda, não com a direita. Não é uma pá — sussurrava no ouvido de Pino um outro homem, mas do grupo dos Martinez, do lado oposto da sala.

— Está certo, senhor.

A todos, Pino respondia "está certo, senhor". Tanto para os Palermitanos quanto para os Corleoneses. E, para evitar que alguma confusão ocorresse, em vez de levar as mensagens aos seus destinatários, mastigava-as e engolia-as uma por uma. No fim da festa, foi o único que não tocou na comida, mas não tinha fome.

Todas aquelas mensagens, venenosas e afiadas como espadas, chegavam ao seu estômago e lhe davam azia.

O casal foi acompanhado até a via Roma, em frente à estação central, pelo motorista que os encontrou do lado de fora da igreja. Na praça, havia a confusão da tarde, um caos ordenado onde só os Palermitanos se arriscam e que, em certos casos, é pior que um tsunami: o trânsito enlouquecido com os motoristas buzinando sem parar, um ônibus bloqueado entre dois automóveis em fila dupla, os taxistas que disputavam o último cliente disponível.

Vestidos com a roupa da cerimônia, Nino e Rosa entraram na estação e partiram no trem, o primeiro que ia para Messina.

Não deu nem tempo de comprar os bilhetes.

Desceriam na estação de Bagheria. Lá, um automóvel, arranjado pelos homens de Nino, estaria esperando por eles e os levaria até a província, numa daquelas regiões tranquilas onde poderiam esperar até que as águas em Palermo se acalmassem.

Não trouxeram consigo nem mesmo a bagagem.

As notas que enchiam os bolsos de Giaconia lhe permitiam comprar qualquer coisa que lhes fosse oferecida.

— Não teremos problemas — sorria Nino, orgulhoso, mostrando a Rosa um maço grosso de notas.

No trem, ocuparam o carro de número 4. No compartimento havia, em sua maioria, estudantes e casais de aposentados, pessoas que voltavam para casa depois de um passeio na cidade. Apenas alguns se admiraram de ver os dois viajando, de mãos dadas, na segunda classe. Os mais espertos pensaram que se tratava de alguma extravagância de um fotógrafo artístico, que queria ser original e provavelmente depois da igreja pusera os clientes no trem para realizar um serviço "diferente" e imortalizá-los, como faziam todos os outros, diante das fontes e jardins habituais.

— Caramba! Como são esquisitos! — comentou em voz alta um rapazinho falante que estava com três amigos na parte da frente do carro.

Devia ter, no máximo, uns catorze anos, e tomava Nino e Rosa por dois caipiras, duas vítimas para implicar durante a viagem.

Nino, que o ouviu, no início fingiu não perceber. Parecia ridículo que alguém como ele descesse ao nível de um linguarudo, um vermezinho com tosse. Mas, como ele continuava a fazer a encenação, a certa altura, Nino se cansou. Levantou-se e, por um segundo — um segundo que para o rapazinho durou uma eternidade —, olhou-o direto nos olhos. Congelou-o com um de seus olhares corrosivos, e o rapaz — que, antes, bancara o engraçadinho — se encolheu, calou a boca e baixou a cabeça, sentado no banco como um cão que acabara de apanhar, e ficou quieto pelo resto da viagem.

Ocasionalmente, sem que fosse percebido, levantava a cabeça para certificar-se de que Nino ainda estava sentado. Temia que, de um momento para o outro, ele se levantasse e começasse a espancá-lo.

Pouco depois de Villabate, passando em meio a uma planície de vegetação seca e densa, o trem diminuiu a velocidade. Subitamente.

Avançava devagar.

Havia um incêndio grande que parecia alcançar os trilhos e os vagões.

Um camponês queimara uma grande pilha de galhos secos e perdera o controle do fogo. Para controlá-lo, foram enviados bombeiros, acompanhados de carabinieri. O comboio atravessou duas fileiras de arbustos que ardiam em chamas altas, despertando a curiosidade e também o medo de todos os passageiros.

— Olha! Parecem as fogueiras de São José! — gritou um estudante, impressionado com aquela visão infernal.

Não se via mais nada, a não ser o mar, havia apenas fogo ao redor, enquanto as janelas ficavam cobertas por uma espessa camada de fuligem. Estava quente, choviam cinzas e uma nuvem avermelhada escurecia o azul-turquesa do céu.

Parecia que estavam ao pé do Etna, sentindo a terra tremer, o vulcão retumbar e se preparar para lançar as "bombas", rochas flamejantes que desciam do monte até o vale e pareciam pequenos meteoritos.

Bagheria ficava bem atrás da colina, embora agora parecesse muito distante. As chamas pouco a pouco foram controladas, mas a composição subitamente se deteve. Um dos maquinistas se intoxicou com a fumaça e foi levado ao hospital. Era preciso esperar a troca. Nino apertou a mão da mulher, bastante alterado.

— O que foi? — perguntou Rosa, percebendo a mão suada.

— Nada, amor, está tudo certo, é só o calor.

Giaconia cerrou os dentes. Só fazia isso quando ficava agitado.

No vagão da frente, um jovem apontado pelos carabinieri saíra do trem. Os militares tinham que verificar se todos os passageiros estavam bem. Um pouco de fumaça entrara também no restante da composição, e na frente o ar estava pesado, quase irrespirável. Nino se levantou e observou a cena pelo vidro da porta que separava um carro do outro. Não podia saber que o rapaz saíra para um simples controle.

Giaconia, de regra, sempre se preparava para o pior diante do inesperado. Fazia isso por um reflexo condicionado.

Do coldre que trazia nas costas, Nino tirou uma pistola — uma Smith & Wesson calibre 38 com tambor — e a deixou ao seu lado. Queria que ela estivesse ao alcance da mão.

Na frente deles, os bancos estavam vazios; ninguém se sentara ali. Rosa viu o marido com a arma e decidiu se levantar.

— O que vai fazer? Enlouqueceu?

Giaconia obrigou-a a olhar para frente e não se mexer.

— Senta — ordenou-lhe. — E finge que está tudo bem.

O carabiniere avançava na direção deles, aproximando-se cada vez mais; agora estava a poucos metros.

Rosa tremia.

Nino, que tinha gelo no lugar do sangue, tentou acalmá-la.

— Fica tranquila, põe esta arma sobre as pernas; se precisar, vou pegá-la, certo?

Rosa, obediente, assentiu com a cabeça.

O marido ergueu o vestido, que era volumoso e tinha várias camadas, abriu caminho em meio ao tecido com as mãos e apoiou a pistola sobre os joelhos dela; em seguida, abaixou a saia e se recompôs na velocidade da luz.

Nenhum dos outros passageiros percebeu qualquer coisa.

Giaconia ainda teve tempo de pôr os óculos de sol e fingir que olhava com muito interesse uma paisagem desinteressante — obscurecida pela fumaça do lado de fora do trem.

Rosa sentia o estômago revirar.

Se pudesse, teria se levantado e gritado, mas tentou resistir. Queria ser fria, assim como o aço da pistola que gelava suas pernas. O policial estava dando uma olhada rápida no compartimento. Todos pareciam estar bem: olhou os rapazes, os aposentados, depois se ocupou dos recém-casados. Aproximou-se e, virando-se para Rosa, deu um sorriso cúmplice.

— Bom dia. Felicidades — disse, com voz galante.

Era um belo rapaz, louro, de olhos azuis, com aparência esportiva e sotaque do norte. Devia ter, no máximo, vinte e dois anos.

— Obrigada — respondeu ela, gentil, dando uma leve cotovelada em Nino para que ele também respondesse à cortesia do militar.

Nino estava tenso, muito tenso.

— Obrigado — retrucou, olhando o rapaz durante um segundo como se quisesse medi-lo.

Depois voltou-se novamente para a janela.

O cabo pensou que aquele homem tinha algum problema, devia ser temperamental.

E se afastou.

Nunca na vida Nino pensou que iria agradecer a um tira. Porém, mais que trocar palavras de cortesia ou mostrar-se sociável, interessava-lhe observar — através dos óculos de sol — a imagem do carabiniere refletida no vidro, sem nunca perder de vista sua mão direita que balançava, sem querer, diante do coldre com a pistola de ordenança. O cabo não o reconheceu, era muito jovem e crescera muito longe de Corleone para conhecer seu rosto. Pensou apenas que fosse um tipo estranho. Prosseguiu na inspeção, foi até o fundo do trem e saiu.

Finalmente, o novo maquinista chegou, vindo de uma estação vizinha. Ouviu-se um apito ao longe e o trem partiu bem devagar. No carro dos recém-casados, reinava o silêncio. E em algum momento, encoberto pelo ranger dos trilhos, ouviu-se apenas um baque, um barulho surdo, como se um objeto pesado caísse no chão.

Fora Rosa que, num gesto quase de libertação, ao sinal de que o perigo cessara, afastou sem querer as pernas, deixando cair a pistola. Giaconia, sem dizer nada, pegou-a, colocou-a no coldre e tossiu como se limpasse a garganta.

O carro que estava à espera de Nino na estação de Bagheria encontrava-se no estacionamento, diante do segundo trilho.

Assim que a esposa entrou no carro, ele ligou o motor e partiu.

Entraram na autoestrada e seguiram na direção de Palermo, passando pelo cruzamento para Agrigento. Por mais de uma hora não trocaram palavra. Deixaram que as cinzas do grande fogo — o encontro com o carabiniere, a tensão, o medo — se depositassem lentamente ao seu redor.

Rosa estava com o rosto sombrio como as nuvens carregadas de chuva que via avançarem na direção deles. De repente, uma lágrima brotou em seu rosto, depois outra. A maquiagem borrou, dois riscos de rímel se formaram e sujaram as maçãs do rosto.

— O que foi, Giò, o que é que você tem?

Quando queria ser carinhoso e apaixonado, Nino chamava-a Giò, que era o diminutivo de joia.

Rosa sentiu necessidade de um pouco mais de ar.

— Encoste, por favor.

Pouco mais adiante, à direita, havia um posto. Nino diminuiu a velocidade, parou o automóvel e ajudou-a a descer.

Rosa apertava na mão direita uma bolsa preta de couro.

Foi ao banheiro, olhou-se no espelho e chorou até que a raiva que lhe comprimia a boca do estômago diminuísse lentamente. Em seguida, abriu a bolsa. Tirou o vestido de noiva e vestiu uma camiseta branca e uma calça jeans.

Saiu vinte minutos depois.

Nino fumava um cigarro com os braços apoiados no teto do carro. Olhou atentamente para a mulher: parecia diferente vestindo uma roupa normal. Era como se tivesse saído uma outra mulher do banheiro.

Entraram no carro e partiram. Podiam-se ver alguns raios a distância. Começou a chover: no início algumas gotas, depois cada vez mais forte. Terminaram no meio de um temporal. Rosa não tinha ainda liberado toda a tensão do corpo.

Tinha vontade de gritar e lutou para se controlar.

Nino não queria que a mulher ficasse triste no dia do casamento. Queria fazer alguma coisa para distraí-la dos maus pensamentos, animá-la e mostrar-lhe, como se diz, que o copo estava cheio pela metade. Mas não sabia o que dizer para consolá-la e acabou falando uma coisa óbvia, a primeira que lhe passou pela cabeça.

— Giò, fique tranquila, vai dar tudo certo.

Depois, pôs a mão em suas costas e de lá desceu para o colo.

Rosa assoou o nariz e tentou se controlar.

— Sim, está bem — respondeu.

Giaconia não era sensível o suficiente para compreender a causa do tormento que tomava conta do coração da mulher. Pensou que estivesse aborrecida com ele por não terem participado do banquete nupcial.

Tentou consolá-la. Fez isso lhe dizendo uma mentira que sempre mantinha de reserva e que costumava usar quando os doces ventos de uma conversa se transformavam em turbulência.

— Não se preocupe, Giò, numa dessas noites voltamos ao *Grotta Azzurra* e eles vão cozinhar as mesmas coisas que foram servidas no banquete, prometo. Vou lhe oferecer um belo jantar romântico. Satisfeita?

Rosa não respondeu.

Ela não se sentia satisfeita.

Ainda pensava na pistola sobre as pernas enquanto estavam no trem, e era como se aquela cena finalmente tivesse aberto seus olhos. Agora começava a perceber que tipo de vida teria junto a um homem como Nino.

Alguns dias depois do casamento, Pino telefonou para a irmã e lhe deu um resumo da festa no *Grotta Azzurra*.

— Como foi a recepção? — perguntou Rosa.

— Ótima! — respondeu ele. — Claro que pareciam duas festas diferentes, mas no fim todos se divertiram.

Pino só omitiu que, durante todo o jantar, tinha mantido os Corleoneses separados dos Palermitanos.

Rosa não era boba. Enquanto o irmão falava, era como se visse toda a cena.

Ela imaginava a dança dos seus parentes e dos parentes do marido dos dois lados do bolo, e tudo lhe parecia uma espécie de réquiem, uma espécie de funeral antecipado, celebrado sem os corpos dos defuntos. Estava desiludida, desanimada, porque aquele casamento e aquela fuga-relâmpago pareciam imitar os tempos e as maneiras de uma comédia grotesca.

O foragido, afinal de contas, era o marido, não ela. Recebera os crimes de Giaconia como dote, como um enxoval nupcial.

Rosa não era má. Era apenas uma garota inquieta, que não soubera esperar pelo homem certo e que, para poder sair de casa, renunciara ao direito de viver seu momento de felicidade e de glória.

— E a noite de núpcias, como foi? — perguntou-lhe o irmão.

— Deixa para lá — cortou Rosa, em tom abatido.

Um quarto de hora. Eis o quanto durou o dia mais bonito da sua vida. Mais ou menos o tempo que se leva de Palermo a Villabate num trem sem atrasos. Nenhuma foto de lembrança. Nenhuma viagem de núpcias. E uma noite, a primeira, passada numa casa na beira da estrada próxima a Marineo, uma velha casa isolada e desabitada que um amigo de Nino, que a utilizava como armazém e mais frequentemente como *pied-à-terre*, pusera à disposição dos dois. Tinha feito amor, pela primeira vez, num quarto úmido no primeiro andar daquela casa.

Era uma construção vermelha com um gigantesco número 13 pintado na parte de cima, o número da estrada estatal que corria a seu lado. Nino tinha a mania de se esconder nos lugares mais imprevistos. Na primeira noite que passou com a mulher, Giaconia tinha trazido um velho gravador com a fita de Gianni Celeste, um cantor napolitano, um dos mais populares, e que tanto lhe agradava. Antes de se deitar, ligou o gravador e escolheu uma música que falava do mar.

Foi a única nota romântica da noite, além do fogo na lareira, que projetava sobre a parede amarela de rocha a dança deselegante e improvável de dois vultos decompostos. Sombras incertas, enrijecidas pelo embaraço, quando, ao contrário, deveriam estar inflamadas pela paixão.

— Giò, foi bom para você? — perguntou Nino, quando terminaram de fazer amor.

Esperava uma confirmação.

— Inesquecível! — comentou, seca, a mulher, virando-lhe as costas.

Era uma resposta irônica e, até mesmo, um pouco desafiadora.

Rosa não sentira nada.

Não queria se lembrar de nada; ao contrário, sentia necessidade de esquecer tudo, incluindo o abandono e a tristeza que a cercavam.

Naquela noite, Rosa associou o sexo ao frio, à umidade e ao cheiro de mofo, o cheiro das coisas esquecidas, das coisas com as quais ninguém se importa.

Um cheiro que rapidamente se tornaria familiar.

Ainda não tinham uma casa.

Mas o que Rosa não sabia, embora adivinhasse, era que nunca teriam uma casa deles. Todos os lugares em que se esconderam daquele dia em diante não eram para sempre, eram refúgios que podiam durar uma semana ou dois meses, tocas, buracos para lagartixas, esconderijos improvisados onde era impossível criar raízes.

— Quando vamos ter a nossa casa? — havia perguntado Rosa ao marido enquanto ainda estavam na cama, naquela primeira noite.

— Nós não precisamos de uma casa nossa — respondera Giaconia, com as mãos apoiadas na cintura. — Nós temos Palermo aos nossos pés. Eu sou o rei e você é a minha rainha.

Em seguida, apagou as luzes e adormeceu imediatamente.

Rosa, durante toda a noite, não conseguiu fechar os olhos.

4

Palermo, 2008

Os anos passaram e os tempos se tornaram difíceis para Giaconia e companhia. As coisas em Palermo estavam mudando. Não eram mais como antes. Os Corleoneses ainda comandavam, mas não tinham mais a força de antigamente. As capturas da polícia e as confissões dos pentiti* tinham enfraquecido o clã em todos os níveis, desde os meros soldados, passando pelos quadros intermediários até os antigos chefões do segundo escalão.

---

* Mafiosos capturados pela polícia e que decidem colaborar com a justiça para obter benefícios e reduções da pena. (N. T.)

A antiga Cosa Nostra de Riina e Provenzano chegara ao novo milênio com medo de desaparecer, de ter que administrar a pior crise militar e financeira de todos os tempos.

Os chefes dos Corleoneses, as lendas, os que nunca se deixavam capturar, estavam agora fora do esquema.

Seus discípulos, os jovens — quando não se arrependiam —, apodreciam na prisão sob o ultrarrígido regime, o sistema 41-bis.* Era preciso reconstruir todo o grupo e, sobretudo, fazer *bisiniss*, ganhar uns "trocados". Faltava dinheiro para os que estavam presos e para suas famílias, para pagar os advogados e os juízes corruptos. Toda atividade, toda forma de renda de que os Corleoneses dispunham no passado estava encerrada, interrompida pelos confiscos e sequestros de bens.

Todos os testas de ferro sem antecedentes criminais que recebiam dos Corleoneses partes dispersas do seu império foram identificados e neutralizados. Não se lavava mais dinheiro no exterior.

Os únicos proventos que choviam no caixa da máfia eram os que vinham das extorsões.

Mesmo os milhares de dólares do tráfico de drogas, que, durante um tempo, enriqueceram os boss, eram apenas uma recordação. Agora, para comprar a heroína da América, tinham que recorrer aos primos da 'ndrangheta, aos calabreses, os únicos que contavam com bons contatos do outro lado do Atlântico.

Occhiuzzo e Giaconia eram os dois últimos Corleoneses da velha escola, "duros e puros", os últimos dois foragidos que ainda podiam zombar da lei e da má sorte. Na lista dos procurados, eles eram os primeiros e, depois deles, todos já haviam sido presos.

No vácuo de poder que se criou em Palermo depois da captura de Riina e Provenzano, os dois cunhados tinham realizado o sonho de uma

---

* Neste sistema, o preso é mantido numa cela estreita, sem qualquer direito a praticar recreação, atividade cultural, comunicar-se com outras pessoas mesmo por carta, telefone ou qualquer outro meio. Seu único "privilégio" é receber alimentação, cuidados médicos e uma visita mensal de 10 a 30 minutos de um familiar de primeiro grau. (N. T.)

vida, tinham se tornado dois chefões, os dois novos astros nascentes da Cosa Nostra. E representavam a barreira que devia impedir os Palermitanos de retomar sua cidade.

Fazia algum tempo que Nino não queria que Rosa pusesse nem mesmo o nariz para fora de casa. Ele chamava isso de instinto de proteção, mas, na verdade, era muito ciumento e ocupava-se criando distrações para ela.

Rapidamente a mulher se deu conta de que — por ironia do destino — passara de uma prisão à outra, da casa do pai à casa de Nino, de uma inquietude sedentária a uma nômade.

No dia em que Nino a convenceu a ir embora com ele, prometera-lhe que seria recompensada por aquele sacrifício.

— Juro — repetia ele toda semana — que farei você viver como uma princesa.

Passaram-se doze anos desde o casamento, e a única coroa que Rosa sentia sobre a cabeça estava cheia de espinhos, como aquela de Nosso Senhor na cruz.

Frequentemente ela passava semanas sem falar com ninguém.

Para exercitar a mente, todas as manhãs Rosa anotava uma frase no diário e escrevia cartas que normalmente não enviava. Não podia tocar no telefone, nem sabia usar o computador. A obsessão do marido com traidores e tiras, o fato de que frequentemente se imaginava preso, perseguido, interceptado, a mantinha isolada de tudo e de todos.

Não podia sair durante o dia, somente à noite (e com ele). Era uma jovem mulher de trinta anos, que vivia como uma freira enclausurada, sepultada viva, assim como um daqueles pobres-diabos que Nino, depois de ter matado, fazia desaparecer dentro das colunas de concreto dos edifícios em construção.

Às vezes, ouvia música clássica, esforçava-se para recordar alguns passos de dança e praticava na sala de estar, para se movimentar. Durante o dia, folheava jornais, revistas de fofocas, histórias em quadrinhos, mas depois também se cansava deles. Quase sempre ficava com o nariz grudado no vidro da janela que dava para a estrada e olhava de longe o mundo no qual não podia entrar.

Rosa não podia ver nem mesmo os irmãos. O mais velho, Diego, apaixonara-se por Nova York. Depois de deixar Palermo, alguns anos antes, batera na porta de um boss ítalo-americano que o fizera entrar na família dos Gambino e o colocara para trabalhar como pizzaiolo num de seus restaurantes.

O outro irmão, Pino, tinha ficado em Palermo.

Nino convidou-o para trabalhar como "contador" dos Corleoneses. Anotava entradas e saídas no livro-mestre das extorsões.

No início, o rapaz comportava-se direito, se dedicava, trabalhava duro e voltava para casa em seguida. Depois se juntou a um grupo de vagabundos e começou a chegar tarde da noite, a gastar dinheiro, a comprar carros e joias para as mulheres. Andava com picciotti, que, quando não tinham cocaína, não conseguiam se divertir.

E todos tinham uma maldita necessidade de dinheiro.

Sempre.

Pino organizou, com dois deles, o assalto a um banco de Bagheria. Deu errado. Um vigilante conseguiu atirar. Seus cúmplices morreram. Ele conseguiu fugir, mas foi preso antes que pudesse escapar e jogaram-no na cadeia.

Rosa ficou completamente só, uma figura esmaecida que se alimentava de silêncio e lembranças, um objeto inanimado numa casa sem alma, como todas aquelas em que vivera com Nino.

Às vezes, parecia que sua presença era um incômodo para ele, assim como na igreja, no dia do casamento. O marido lhe falava carinhosamente, mas não havia nenhum brilho em seus olhos. Parecia sempre pensar em outra coisa. Andava pela casa como se ela não existisse.

Podia ficar com um homem assim durante toda a vida?

Desse jeito, acabaria ficando louca, mas, mesmo que quisesse, Rosa não podia voltar atrás.

Gostando ou não, agora era a senhora Giaconia, com tudo que isso significava.

5

Palermo, agosto de 2008

POR muito tempo, os Giaconia passaram de um esconderijo a outro, sem fixar raízes em parte alguma. Mas, no décimo segundo aniversário de casamento, Nino deu de presente a Rosa uma casa “de verdade”.

Mudaram-se para um apartamento no último andar de um edifício no Papireto.

Atrás deles estava a catedral de Palermo.

Na frente, o mercado das Pulgas.

O apartamento dava para a Piazza Domenico Peranni, um largo onde também vivia a inimiga histórica de Giaconia, a procuradora-substituta Elvira Salemi.

Era uma magistrada jovem e empreendedora, um osso duro de roer, que estudara durante anos os crimes dos Corleoneses e sonhava acabar com aquela erva daninha. Havia representado a promotoria pública em uma dezena de processos em que Occhiuzzo e Giaconia foram indiciados.

Elvira era uma bela mulher, alta, esguia, cabelos longos e louros na altura das costas, olhos escuros, de uma magreza nervosa. Uma mulher diferente das sicilianas clássicas, mais normanda que árabe.

Tinha sempre um ar sombrio, um véu de inquietude que a fazia aparentar sofrimento e que, ao mesmo tempo, fascinava.

Não era casada nem comprometida.

Era solteira por opção.

Tinha medo de sofrer por um homem — alguns anos antes, passara por algo semelhante —, tendo buscado e encontrado no trabalho o companheiro ideal. O único que lhe daria a liberdade de escolher como e quanto tempo passariam juntos.

Para Giaconia, Elvira tornara-se uma obsessão, uma verdadeira doença. De manhã, atrás da janela do quarto, se divertia ao espiá-la, enquanto saía para o trabalho. Seu delírio de onipotência era tal que, às vezes, na frente da mulher, ameaçava abrir o vidro e gritar com todas as forças o nome da juíza. Só pelo gosto de ser ouvido.

— Talvez eu faça isso uma manhã dessas. Já imaginou? — dizia, virando-se para Rosa. — Já imaginou a cara que ela faria?

Rosa, atrás dele com o café na mão, não prestava atenção.

Mas Nino insistia:

— Já imaginou?

— Não, não quero imaginar — interrompia ela, aborrecida, na terceira vez que ele lhe perguntava.

— Deixa pra lá.

Giaconia abria a janela e limpava a voz.

— Olha que vou chamá-la — dizia, provocando a mulher e tentando ser levado a sério.

Continuava a falar besteiras até que Rosa esboçasse um sorriso e então se calava.

Nino estava brincando. Sentia prazer em fazer aquela encenação. E, com essa brincadeira tola, queria que Rosa percebesse o quanto fora esperto ao escolher aquela casa. Embora parecesse louco, Giaconia estava convencido de que aquele apartamento, na verdade, era o lugar mais seguro para se esconder. A polícia procurava-o em toda parte. Mas não podia passar pela cabeça nem mesmo do mais arguto investigador que um dos mais ferozes Corleoneses ainda em liberdade, o killer predileto de Gaspare Occhiuzzo, se escondesse justamente ali, a poucos metros em linha reta da juíza Salemi, em frente a um edifício que era vigiado noite e dia por um carro da polícia e por dois guardas armados.

Rosa não se importava com a casa. Odiava-a. Aliás, odiava todas as casas em que o marido a obrigava a viver sozinha.

Queria sair.

Sentia-se sufocar entre aquelas paredes.

Chega, não fico mais aqui!

Numa manhã em que Nino espiava a juíza pela janela e encenava seu teatrinho insano costumeiro, Rosa tentou convencê-lo a levá-la a alguma parte.

— Vamos sair? Tenho vontade de dar uma volta.

— Não — respondeu ele, vago. — Agora tenho que ir, tenho coisas para fazer; estão me esperando. Mas esta noite levo você para jantar fora, amor. Juro! — disse com a mão no coração. — Fique bem bonita, pois venho pegá-la às oito.

Rosa passou o dia todo pensando que vestido ia usar, como se o encontro com o mundo exterior fosse com um príncipe encantado.

Por fim, escolheu um tailleur azul, maquiou-se, procurou a bolsa e os sapatos certos, pôs um colar de pérolas, arrumou-se com cuidado e se perfumou com duas gotas de *Poison*. Era louca por cremes e perfumes, que o marido nunca deixava faltar.

Às seis horas, com duas horas de antecedência, já estava pronta.

Ficou assim por toda a noite, imóvel e bonita, sentada no sofá da sala de estar à espera de Nino.

O marido não veio, nem às oito, nem às dez, nem às onze.

À meia-noite, telefonou.

Disse que tinha um problema, um imprevisto, e que não voltaria para casa antes da madrugada.

— Vá dormir, amanhã nos vemos.

Nem mesmo lhe pediu desculpas.

Rosa só foi vê-lo três dias depois.

Para evitar que a mulher ficasse de cara feia por muito tempo, Nino levou-lhe duas bolsas cheias de presentes caros: peles, sapatos de marca, joias. Acreditava poder trocar suas ausências por aquelas coisas, mas pensava em usá-las também como adiantamento para as ausências futuras.

Entre os muitos presentes, havia um faqueiro de ouro Cartier, sobre o qual fizera imprimir em relevo suas iniciais: N & R.

Nino queria que a mulher o usasse todos os dias.

— Você é uma rainha, só o ouro deve tocar sua boca — exagerava.

Ela não tocou no faqueiro.

Nem uma vez.

E continuou a usar os mesmos garfos, as mesmas facas e as mesmas colheres de sempre. Fazia isso por comodidade, mas também para não se dar por vencida.

O máximo que Giaconia inventou para ser perdoado foi organizar um jantar em casa, no terraço, onde dominavam as torres da catedral e os telhados dos edifícios do centro histórico de Palermo.

Comprou um robalo gigantesco e cozinhou-o no vapor. Arrumou a mesa, acendeu as velas e pediu à mulher para sentar-se.

— Viu, amor? Eu trouxe você para jantar fora — brincou, enquanto ela se sentava.

Depois, começou a comer e a rir com gosto.

Fizera uma brincadeira.

Mas Rosa não gostou e olhou para ele mal-humorada.

Jogou o guardanapo e se levantou da mesa.

— Vá para o inferno, Nino!

Trancou-se no quarto e deixou-o comendo sozinho.

A partir do dia seguinte começou a sair às escondidas, todas as vezes que sentia vontade, todas as vezes que Nino preferia o trabalho a ela.

Sem dizer nada a ele, pela manhã e à noite, saía para a rua. Nas primeiras vezes, ainda a pé, dava uma volta pelo quarteirão e voltava pelo mesmo caminho, como se tivesse medo de se perder. Depois começou a usar o carro, o Y10 do marido, que ele não usava mais, porque tinha um outro maior com motorista, um certo Tony, que o levava sempre a toda parte.

Normalmente Rosa descia até Mondello e subia para a cidade. Pegava a estrada que costeava Monte Pelegrino e que passava por Addaura para rever os lugares em que vivera quando era criança.

Ficava horas inteiras olhando o mar e respirando seu cheiro. Depois, pegava a estrada para o centro de Palermo. Observava os casais na saída do cinema, os rapazes que faziam algazarra na Piazza Unità D'Italia, os vendedores das lojas do Centro, que dispensavam sorrisos a todos os clientes que entravam. Invejava-os, invejava sua vida modesta, seu tempo cheio de nada.

Um dia, um rapaz se aproximou para perguntar-lhe a direção da Piazza Politeama.

— Siga reto a partir daquele ponto — indicou Rosa, apontando o dedo na direção da via Libertà.

— Obrigado.

— Não tem de quê.

Virou-se sem olhar, imersa em seus pensamentos, e retomou o passeio. Um ciclista que estava numa mountain bike e que se aproximava em velocidade sobre a calçada tentou se esquivar, freou, mas não conseguiu evitar que uma roda passasse sobre seu pé direito.

— Ai!

Rosa sentiu uma dor lancinante e caiu sobre o calçamento, mas tinha tanto medo da reação de Nino se ele soubesse de suas saídas às escondidas, que pensou rapidamente em não dar importância ao incidente. O machucado não podia ficar aparente, senão...

— Tudo bem? — perguntou o ciclista, largando a bicicleta. Vestia uma roupa justa, que ressaltava o físico esguio e musculoso. Tirou o capacete e os óculos escuros. Era bronzeado, tinha olhos verdes, cabelos castanhos. Segurou a mão de Rosa e a apertou. Ela sentiu um arrepio percorrer-lhe a espinha.

— Senhora, quer que chame uma ambulância?

— Não, obrigada — respondeu ela, apressada, sem conseguir desviar o olhar daqueles olhos. — Está tudo bem!

Soltou a mão do rapaz, pôs-se de pé e desapareceu, virando a esquina. Mancava, mas a sensação que o rapaz lhe transmitira ao tocá-la a acertara em cheio.

Talvez um outro homem fosse a solução dos seus problemas; alguém que a fizesse se sentir amada, completa. Nino não a atraía mais; a alternativa era ter um amante, construir para si um mundo paralelo. Vontade não faltava, mas certamente faltava a coragem de fazê-lo.

Tentou não pensar nisso.

Entrou numa cabine telefônica e ligou para a amiga Clara.

— Olá! Sou eu! Agora sou eu quem te convido para um sorvete.

— Rosa, que prazer!

Viram-se pouco nos últimos anos, mas sempre permaneceram em contato. De vez em quando, Rosa telefonava, mas toda vez que prometiam se ver, o encontro pontualmente fracassava.

Clara não podia se conter. O entusiasmo na voz da amiga encheu o coração de Rosa de alegria.

— Diga onde você está! Eu me encontro com você agora! — disse a outra.

Rosa precisava estar perto de uma pessoa que a compreendesse e lhe quisesse bem. Encontrou-a na sorveteria do Foro Italico, no calçadão da via

Messina Marine. Clara tinha cabelos curtos e louros que emolduravam o rosto oval. Era baixa e esguia, com a pele clara salpicada de sardas. Era tímida e falava em voz baixa. Havia anos estava noiva de um rapaz que trabalhava cinco dias por semana em Pisa, onde era pesquisador de uma empresa farmacêutica. Viviam juntos quando ele estava em Palermo, queriam se casar, mas até que ela encontrasse um emprego, se possível na Toscana, era melhor adiar.

A sorveteria era um local escondido, mas dispunha de um grande espaço aberto, onde as mesinhas eram rodeadas por um jardim de samambaias e hibiscos.

Rosa esperava Clara sentada num canto. Bebericava um copo d'água. Estava irreconhecível. Usava uma jaqueta jeans, um boné na cabeça e escondia os olhos por trás dos óculos escuros negros. Tinha um aspecto horrível. Não usava maquiagem, parecia envelhecida, magra, uma sombra de si mesma.

— Rosa! O que aconteceu?

Por pouco Clara não a reconhecera.

Rosa abraçou a amiga e apertou-a com força.

— Estou bem. Não fique preocupada — sussurrou ao seu ouvido. — Fico feliz em ver você.

Envergonhava-se de dizer a verdade, de admitir que era uma mulher solitária e infeliz.

Não quero que sofra por mim.

Um garçom se aproximou.

— Em que posso ajudar?

Para que ele saísse logo, Rosa respondeu pelas duas.

— Duas casquinhas de morango. Obrigada.

Clara buscou o olhar da amiga, tirou os óculos e segurou sua mão.

— Rosa, você tem certeza de que está tudo bem? Sua aparência não me agrada. Diga a verdade. Você está assim por causa do Nino?

Rosa tentou parecer despreocupada, mas sua voz tremia.

— Você sabe como são os casais, com altos e baixos. Brigam, discutem, levam vidas separadas, mas no fim se querem muito bem.

Clara ouvia com atenção. Percebia que Rosa estava constrangida e tentou ajudar.

— Você tem que tentar seguir sua vida, Rosa. Não pode continuar assim, não pode viver com um homem como esse. Você tem que deixá-lo, se está infeliz.

Acariciou seu rosto e fez-lhe uma proposta.

— Olha, por que você não passa um tempo comigo, como nos velhos tempos? O que acha? Meu noivo não está aqui, ficaremos sozinhas e ninguém vai perturbá-la.

Rosa interrompeu-a com uma revelação inesperada.

— Clara, pode acreditar, eu teria muito prazer em ir com você, sério... mas estou grávida, estou esperando um bebê. E estou certa de que, com o nascimento de um filho, todos os meus problemas com Nino vão se resolver.

A amiga não sabia o que dizer.

Rosa estava grávida e agora só pensava nisso. Pensava no sopro de vida que trazia dentro de si. Estava quase na sexta semana de gravidez, e ser mãe era a única coisa pela qual ainda parecia valer a pena ficar naquela casa. Não era apenas o egoísmo ou o medo mesquinho de ficar sozinha que lhe fazia desejar fortemente aquele filho. O que mais a atormentava era a perspectiva de não encontrar uma lembrança na qual sobreviver. Sua história era, na verdade, a história de uma mulher que tinha congelado as lembranças, que tinha perdido o sentido do tempo e das coisas ao redor. Uma criança talvez a distraísse daqueles pensamentos, a trouxesse de volta ao mundo feito de sons, de emoções, de esperança, de todas as coisas que Rosa começara a não experimentar, a não sentir mais havia meses, ou melhor, havia anos.

Como foi que aconteceu esse presente de Deus? Quando nós o concebemos?

Eram perguntas que cruzavam sua mente e que geravam muitas outras.

Não esperava estar grávida.

Como a menstruação estava atrasada, entrou numa farmácia e, sem muita esperança, comprou um teste de gravidez.

Tinha certeza de que o resultado seria negativo.

Mas fizera dois, e ambos tinham dado o mesmo resultado. Ainda não conseguia acreditar que seria mãe. Justo agora que não pensava mais nisso.

No fundo, não havia uma paixão verdadeira entre ela e Nino.

O sexo entre eles era sem desejo, sem fantasia. O tipo de sexo que o afeto e a rotina transformam com o passar dos anos num imposto que causa ansiedade toda vez que chega o dia de pagar.

A cama dos Giaconia era o terreno de encontro entre duas obsessões em conflito: a de Nino pelos negócios, e a de Rosa pela liberdade. Duas exigências que permaneciam confinadas em seus espaços, nos respectivos cantos, sem nunca encontrar um terreno intermediário no qual pudessem conviver.

Rosa sabia que o marido a traía sistematicamente. Em certas noites, voltava para casa com o aroma de um perfume barato ou com brilhos no rosto ou colados no casaco. Ela sabia, mas preferia fingir e sofrer em silêncio.

Nino, por outro lado, venerava-a como a uma virgem. Às vezes, tinha até mesmo medo de tocá-la.

Quando estava cansado ou desejava uma transa sem compromisso, ia ao *Blue Angel*, um local novo onde trabalhavam dançarinas de striptease vindas da Europa Oriental. Eram lindas e fáceis. O proprietário sempre as colocava à sua disposição. Sabia que Giaconia era um dos clientes que pagava bem e que era melhor tê-lo como amigo.

Tudo dependia dele, da sua disponibilidade.

Se Nino tinha pressa, escolhia uma das meninas e faziam sexo oral no banheiro dos homens ou no carro, no estacionamento atrás do clube. Outras vezes — quando queria fazer as coisas com calma — levava a prostituta a um hotel da periferia e realizava cada capricho seu. Sabia que àquela mulher podia pedir tudo, tudo aquilo que, sob os lençóis, não poderia ou saberia pedir a Rosa.

— Então, não está zangado? — admirou-se Rosa, quando anunciou a gravidez.

— O que é isso, amor? É maravilhoso! Estou muito feliz!

Nino recebeu a notícia de que ia ser pai surpreendentemente bem. Rosa espantou-se. Na hora de dizê-lo, imaginara uma de suas crises nervosas. Durante anos, Giaconia fora contrário à ideia de aumentar a família. Não queria filhos, mamadeiras e fraldas no meio da casa.

Mas a mulher queria.

Em seus sonhos mágicos de adolescente, queria uma casa cheia de bebês. Se dependesse dela, teria tido um filho pouco depois do casamento, quando era mais jovem e, talvez, mais irresponsável.

Mas Nino sempre a impedia.

— Está cedo ainda, Giò, vamos nos divertir agora — repetia. — Além disso, uma criança deve viver livre e feliz.

Dizia isso sabendo que eles nunca teriam nem uma coisa nem outra.

Não deviam falar de filhos.

Nem por brincadeira.

Agora, depois dos quarenta anos, Giaconia parecia ter mudado de ideia.

Mas, por quê? Por que, da última vez que fizeram amor, permanecera sobre o ventre da mulher mais que de costume? O que o levara a querer um filho depois que ela desistira de pedir a ele?

Mas é claro, eu sei no que ele está pensando!, refletia Rosa.

Estava certa de que Nino fizera isso para evitar que ela se cansasse daquela vida, que o abandonasse à própria sorte. Giaconia, com todo o cinismo e a presunção de também viver a vida dos outros, percebera — e talvez realmente acreditasse — que a mulher, com um filho para cuidar, não o deixaria nunca.

A solidão não seria tão pesada e ele poderia se dedicar a si mesmo e à Cosa Nostra de corpo e alma.

Como você está enganado!

Rosa não amava mais o marido. Talvez nunca o tivesse amado. Mas, agora que estava grávida, queria aquele filho com todas as suas forças. Devia manter o casamento, ao menos, até o fim da gravidez. Encarou isso como uma missão e fez uma promessa, um acordo tácito com Deus: se o pequeno nascesse saudável, jurou a si mesma que o deixaria crescer como uma criança normal, sem seus sofrimentos, sem a angústia de ter que se esconder sempre. Ao contrário dela, o filho viveria livre, sob a luz do sol.

Depois do parto, iria embora com ele.

Para bem longe daqui, para longe de toda esta sujeira!

Nino, porém, não devia saber nem suspeitar de nada, senão teria feito de tudo para prendê-la. Se desconfiasse que na cabeça da mulher se agitava esta ideia doentia, era capaz de fazer uma loucura, talvez até de matar os dois, ela e a criança.

Finja que você está feliz, não o deixe perceber nada.

Rosa começou a encher a casa de brinquedos, de carrinhos de bebê, de andadores, fraldas e aquecedor de mamadeiras, todos os objetos que serviam para colorir de esperança e delicadeza aquela expectativa.

Faltava pouco para poder saber o sexo do filho, mas ela ficava sem dormir à noite por não saber ainda. Se o ultrassom não podia revelar nada ainda, talvez houvesse um modo de responder à sua curiosidade.

Tinha ouvido falar que, na via Sant'Agostino, dos lados da via Maqeda, vivia uma velha parteira conhecida pelo nome de "Mãe Santa". Era uma espécie de oráculo pagão. Nos distritos e nos bairros antigos de Palermo, tinha fama de raramente errar uma previsão. Tinha um método todo seu para dar às mulheres ansiosas como Rosa as respostas que elas buscavam. Pedia um pouco da urina da mulher, derramava-a em um copo, punha dentro uma semente e esperava. Se a semente germinasse, era menino; se a semente ficasse como estava, menina.

— São velhas crenças populares — avisou o marido. — Não perca tempo com essas tolices!

— O que é que tenho a perder, se for até lá? Nada! — objetou Rosa, dando de ombros. — E, na pior das hipóteses, terá sido um passeio. E você vai me deixar ir, não é ?

Nino não teve coragem de proibi-la.

Foi ver a Mãe Santa e esperou a conclusão do ritual. Sua semente, ao contrário das de outras mulheres, se comportou de maneira distinta.

Não se abriu nem permaneceu intacta.

Tornou-se subitamente negra, negra como uma semente de alcatrão. Era a primeira vez que isso ocorria e devia ser um sinal terrível, porque a Mãe Santa, mal vira a semente queimada, começou a se agitar, a se sentir mal e a gritar.

Pensou que Rosa fosse uma espécie de demônio, um espírito maligno que viera para matá-la. Pôs-se a gritar, a chutar as cadeiras até que Rosa saiu da casa e se afastou. Rosa, perturbada, tomou aquilo como um mau presságio.

Antes de voltar para casa, passou na igreja da Madonna delle Anime Decollate, ofereceu à Virgem suas orações, depois voltou para o carro e prosseguiu na direção do Papireto.

Agora tinha medo, medo de perder tudo: a criança, sua vida longe dali, seus projetos futuros.

Voltou para casa, deitou-se na cama e não se levantou por dez dias.

* * *

Duas semanas depois, à noite, Rosa acordou sobressaltada.

Sentia-se mal, queria vomitar.

Tinha dores lancinantes no baixo ventre e sentia a barriga vazia, como se algo lá dentro a estivesse devorando com voracidade. Em certos momentos, sentia facadas que se cravavam nela como pontas agudas, e as dores faziam-na curvar-se. Ficou durante algum tempo na cama, no escuro.

Esperava que os espasmos diminuíssem, mas sentiu nas pernas uma sensação de algo frio e molhado.

Acendeu a luz do abajur.

Percebeu que o lençol estava molhado de sangue.

— Não, por favor, nãoooooo!

Seus gritos agitaram como um trovão o silêncio da casa.

Nino, que dormia profundamente, subitamente se levantou, empunhou a pistola que sempre guardava debaixo do travesseiro e, sem olhar, mirou diante dele, na direção de um ponto qualquer do corredor.

Acreditava que fosse um ladrão, que Rosa o tivesse visto e se assustado.

O rosto da mulher era uma máscara disforme, concentrada de dor. Gritava tão alto que corria o risco de acordar todo o condomínio.

Nino não sabia mais o que fazer para acalmá-la.

— Pssit! — continuava a repetir, com o indicador na boca.

Em seguida, abraçou-a.

Rosa se esquivou, ficou de pé e, como se tivesse uma iluminação, se acalmou. Um pensamento devia ter abrandado por um instante o aperto que lhe comprimia as entranhas e ela o seguira para ver aonde ele a estava levando.

Foi ao banheiro, usou a ducha e voltou.

Sem nem mesmo olhar para o marido, deitou-se novamente na cama, desligou o abajur e fechou os olhos. Sentia-se como se estivesse presa num pesadelo. Queria apenas livrar-se dele.

Tremia como uma folha.

Com a mão, tocou no lençol; ainda sentia aquela sensação de coisa úmida.

O sonho era real.

Aquele sangue descera.

Ainda o sentia ali, quente, pegajoso, no meio das pernas.

Estou perdendo o bebê!, pensou, perturbada. *Estou perdendo o bebê!*

Acendeu a luz de novo.

— Nino, por favor, me diga que está tudo bem!

— Certo, amor, certo...

Nino tinha posto a pistola debaixo do travesseiro.

Não sabia o que fazer e abraçou-a de novo.

— Giò, se acalme, fique tranquila — sussurrava. — Você vai ver que não é nada.

Repetia isso a cada dois segundos, como um disco quebrado.

Dizia isso porque era o que devia dizer, talvez dissesse mais para si mesmo que para Rosa, embora nem ele pudesse acreditar nisso.

Para acalmar a mulher, esforçou-se para manter um tom de voz suave, reconfortante. Mas, por mais que se empenhasse, saía uma voz hesitante, um falsete que lançava palavras confusas, murmuradas, sem sentido.

— Preciso de um médico! — gritou a mulher subitamente. — Não fique aí parado! Eu sinto, perdemos o bebê!

Recomeçou a gritar como uma louca.

Nino, tomado de pânico, cobriu sua boca com a mão.

Temia que os vizinhos a ouvissem, que chamassem a polícia e que ela fosse até lá para prendê-lo.

Deitou-a na cama e olhou para a mancha de sangue no lençol. Aumentara ainda mais. Ou, ao menos, assim lhe parecia.

Fez um esforço para pensar.

Devia encontrar uma solução rapidamente.

Não podia levar Rosa a um hospital, era muito arriscado. Os jornais publicavam continuamente fotografias suas; um médico podia reconhecê-lo e avisar a polícia. Já podia ver o filme da sua captura: terminaria na prisão de um minuto para o outro, como o mais cretino dos homens, como um ladrão vulgar de galinhas.

Não, deve haver outra maneira de sair dessa encrenca.

Andou pela sala de estar, ligou o celular e teclou o número de Tony Melluso, o homem de honra de Corso dei Mille, que era seu motorista e faz-tudo. Um soldado fiel, em cujo coração o medo e a reverência ao patrão tinham sempre prevalecido acima de qualquer ambição.

— Padrinho, o que houve?

O motorista perguntou ofegante, com a voz ainda cheia de sono.

— Você tem que me ajudar, minha mulher está mal.

— O que ela tem?

— Está perdendo sangue, você tem que arrumar um médico.

— Um médico qualquer?

— Não, um para as coisas de mulher.

Giaconia queria dizer "um ginecologista", a palavra estava na ponta da língua, mas a ansiedade e o aborrecimento pelo acidente ocorrido repentinamente eram tais que ela não conseguiu sair.

— Não se preocupe, senhor — tranquilizou-o Tony que, por respeito, sempre o chamava de senhor. — Eu resolvo isso.

Tony tinha um primo ginecologista, um picciotto, de trinta anos, que se formara havia pouco tempo.

Tinha aberto um pequeno consultório e lhe pedira ajuda — *você conhece gente importante*, dissera — para encontrar novos clientes para a nova profissão.

Chamava-se Pasquale, mas todos o chamavam de "doutorzinho", porque era jovem e recém-formado.

Tony ligou para ele e disse-lhe para preparar rapidamente o consultório.

— Vai, força, anda! Depressa!

O primo estava tonto de sono. É verdade que era ambicioso, mas não a ponto de correr para a rua no meio da noite. Falava ao telefone com um olho aberto e outro fechado, e disse a Tony para ligar pela manhã.

— Estarei no consultório às sete. Até lá.

— Você não entendeu, Pasquà! Você tem que ir rápido! — gritou Melluso. E, para que ele entendesse melhor, tentou explicar a situação.

— A paciente é uma pessoa importante.

— Quem é? — perguntou o primo, cada vez mais preguiçoso.

— É alguém que você deve tratar como se fosse sua mãe.

Tony não lhe deu nem tempo de discutir, desligou e saiu de casa.

Da cama, Pasquale se arrastou até a cozinha. Preparou um café, vestiu-se e foi para a rua. Subiu na velha Vespa "especial" cinza, que mantinha próximo à casa para ir até o consultório.

O consultório ficava em Brancaccio, atrás da loja de artigos de prata Di Cristofalo.

Enquanto isso, Tony ligou para Giaconia e deu-lhe o endereço.

— Via del Cigno, 11. Vamos nos encontrar lá. Vou estar na frente do consultório.

Nino desligou o telefone e correu para Rosa.

— Amor, encontrei o médico! Vamos!

Ajudou-a a se vestir, colocou-a no carro e, em seguida, disparou como um foguete na direção de Brancaccio. Saiu da rua Calatafimi, entrou na via Regione Siciliana e, poucos minutos depois, se lançou através da via Villagrazia, a poucos metros do consultório de Pasquale.

Tony o esperava na rua.

— Estou aqui, padrinho, tudo certo?

Com a habitual adulação que demonstrava em relação ao patrão, Melluso abriu a porta do carro do lado do passageiro. Queria ajudar a mulher do boss a entrar no consultório do médico, mas Giaconia, ofendido, impediu-o, afastando-o rudemente.

— Você me espera lá dentro. Quem cuida dela sou eu.

Nino entrou no consultório com a mulher nos braços. Estava agitado, sem fôlego. Rosa não queria andar para não complicar as coisas, porque se dera conta de que tinha uma hemorragia interna. Mantinha um braço em volta do pescoço do marido e, com uma das mãos, cobria o rosto inchado pelas lágrimas.

Nino deitou-a sobre a maca com delicadeza, como se segurasse um vaso de cristal. Encarou o médico com um olhar ameaçador e se pôs a estudá-lo.

Queria ter certeza de que era feio, delicado e que usava luvas. Cumpria todos os três requisitos.

O "doutorzinho" suava frio, estava morto de medo. Pensou que era melhor não encarar a mulher e menos ainda quem a acompanhava. Mas, por um instante, com o rabo do olho, ele a viu e achou-a muito bonita, mesmo naquelas condições. *Parece Maria Callas*, pensou.

Tinha os mesmos cabelos negros, o pescoço comprido, o nariz aquilino, o olhar agudo e magnético. Devia ter uns trinta e cinco, no máximo, trinta e seis anos.

Pasquale compreendera que se tratava da mulher de um foragido; pelos boatos do bairro, sabia que o primo andava com vagabundos perigosos. Aquela visita o aterrorizava, mas, na esperança de resolver a situação, mostrando-se eficiente e zeloso, já estava pronto à espera deles, com o aparelho de ultrassonografia ligado e a sonda na mão.

Não disse nem bom-dia nem boa-noite para Nino.

O suor escorria pela testa e aumentava o nervosismo. O "doutorzinho" nunca se destacara pela coragem; por isso, escolhera ser ginecologista. Porque sempre lidaria com mulheres, e ele era amigo das mulheres, alguém que falava com elas, que sabia sempre como agradá-las.

Agora, porém, sentia medo. Muito medo.

Pediu licença para ir ao banheiro, mas Giaconia respondeu que não — um não seco, peremptório. Portanto, Pasquale devia se esforçar ao máximo para não esvaziar a bexiga ali mesmo e examinar "a senhora", como aqueles dois esperavam que fizesse.

Rosa estava dura como um manequim.

No seu íntimo, pedia a todos os santos do paraíso que o médico não dissesse aquilo que ela já imaginava. Sabia muito bem que o feto estava morto, sentia isso, mas, pela primeira vez na vida, diante daquele pressentimento terrível, implorou a Nossa Senhora que a desmentisse.

Nino já tinha seu diagnóstico em mente.

Continuava a repetir que "era tudo tolice"; preocupações inúteis. Insistia para que Pasquale terminasse de examinar a mulher e os mandasse de volta para casa.

Não conseguia se tranquilizar, o lugar não lhe agradava.

Sentia uma estranha ansiedade.

— Giò, viu? Você não tem nada — continuava a repetir para a mulher. — Anda, diz isso para ela, doutor!

O "doutorzinho" não queria contradizê-lo.

Evitou dizer não, mas também não disse que sim.

Esboçou um sorriso forçado e espalhou sobre a barriga de Rosa um líquido gelatinoso.

Estava apavorado, mas lúcido o suficiente para intuir que qualquer coisa que Rosa tivesse devia ser necessariamente algo grave.

— Um momento, por favor — disse, voltando-se para Nino.

Respirou fundo.

A primeira coisa que fez foi limpar a vagina da paciente de todo o sangue que havia dentro. Em seguida, começou a examiná-la, primeiro, manualmente, depois com a ajuda do ultrassom.

Rosa sabia que, normalmente, quando havia um feto, havia também batimentos cardíacos.

Não se ouve nada, diabos!

A sonda foi passada sobre a barriga, desenhando dezenas de círculos, mas, do maldito aparelho, durante dois intermináveis minutos, não se ouviu som algum.

O coração do feto parara de bater. Rosa esperou. Dentro dela ainda havia uma última esperança. Pôs-se a contar.

Um, dois, três.

A sonda recomeçou.

Rosa contou até vinte, mas nada aconteceu. E, quando o ginecologista guardou o instrumento, virando-se para Nino e meneando a cabeça, percebeu que estava tudo acabado.

Pôs-se a gritar de novo, a lamentar-se como um animal ferido. Teve outra crise e começou a arranhar o pescoço, suplicando ao marido que fizesse alguma coisa e lhe restituísse aquilo que a natureza tirara.

— Você pode tudo! Você pode fazer qualquer coisa! — gritou para ele, fora de si. — Agora vai, faz meu filho viver de novo!

Chorava. Delirava.

Recomeçaram as dores, que, em seguida, tornaram-se muito fortes, intermináveis.

Para acalmá-la, o "doutorzinho" injetou-lhe meia ampola de um potente analgésico.

Giaconia fechou os olhos e abaixou a cabeça.

Agora, para o médico, vinha a parte mais difícil.

Precisava fazer a curetagem: o feto estava morto e a barriga precisava ser limpa. Caso contrário, a mulher corria o risco de contrair septicemia. Além disso, havia a hemorragia.

Precisava operá-la rapidamente.

— O senhor sabe fazer essa cirurgia, não é? — perguntava Nino, ofegante, com o ar de quem não estava acostumado a ouvir um não.

— Na verdade, eu... nunca fiz — gaguejou o jovem médico. — Além disso, não tenho os instrumentos necessários: ferros, anestesia. O senhor precisa levá-la para o hospital!

— Nada de hospital! Faça você, agora! Entendeu?

Num instante, Nino passara do "senhor" ao "você".

Deixou a mulher na maca e, com uma das mãos, segurou a gola de Pasquale, erguendo-o uns poucos centímetros do chão, e começou a apertar como se tivesse uma enorme tenaz entre os dedos.

Tony tirou-o de suas mãos antes que o matasse.

— Está bem — disse o pobre doutor, quase roxo.

Respirou fundo de novo e tomou coragem.

O "doutorzinho" nunca fizera uma cirurgia daquele tipo. Mas era esperto o bastante para perceber que, se ele se recusasse, estaria morto ao amanhecer.

Não tinha escolha.

Ele precisava fazer aquele serviço — e direito. Era o único modo de continuar vivo. Agora estava enterrado nessa história até o pescoço. Maldisse a hora em que atendera o telefonema do primo. Pegou uma agenda do bolso e discou o número de outro ginecologista, mais experiente que ele.

Era um antigo colega de curso, com quem costumava sair à noite e que realizava esse tipo de procedimento todos os dias.

O colega devia estar de plantão no hospital, o Civico.

O telefone tocou várias vezes, depois finalmente alguém atendeu.

— Preciso de você. Está de plantão?... Certo, já estou indo!

Giaconia e Melluso o observavam. Ouviam a conversa com atenção.

Decidiram rapidamente o que fazer: Nino ficaria ali no consultório com Rosa. Pasquale, escoltado por Tony, pegou a Vespa e foi ao encontro do amigo, no pronto-socorro.

Era tarde e, por sorte, não havia emergências no hospital.

Pasquale explicou ao colega o caso que tinha nas mãos e ele concordou com o diagnóstico.

— Você tem que operá-la. Não pode trazê-la até aqui?

— Não. Não posso.

Pasquale não podia dizer mais nada ao amigo. Apenas pediu que ele o ajudasse.

— Por favor, me diga como faço a cirurgia.

O "doutorzinho" se lembrava de ter estudado aquela cirurgia nos livros, mas uma coisa era a teoria, outra, a prática e o risco que corria.

Depois de ouvir as instruções do colega, pegou emprestados os instrumentos corretos — válvulas vaginais, pinças, cureta, dilatadores de Hegar e anestésico. O amigo lhe deu, ainda, um líquido branco que parecia leite.

— Fique atento para não usar demais nela, senão ela para de respirar.

Pasquale anuiu, agradeceu, voltou ao consultório e, às três da manhã, com o medo apertando-lhe o coração, se aventurou naquela cirurgia.

A cirurgia durou uma hora, mas parecia que tinha durado dois dias.

Rosa acordou devagar, consciente, mas ainda tonta pelo efeito do anestésico.

Abriu os olhos.

Procurou Nino.

Com a mente, já pensava na próxima gravidez.

Estava fraca, mas o cérebro funcionava.

Fez duas contas de cabeça.

Se engravido de novo no outono, tenho o bebê no próximo verão.

O marido apertava sua mão.

— Como você está, Giò?

— Nino — pediu ela —, promete que, assim que eu puder, faremos outro?

Queria se acalmar. O marido sorriu e olhou para ela sem dizer nada, com os olhos imóveis, inexpressivos, de animal transformado em homem.

Giaconia estava habituado a fazer promessas que depois não mantinha. Mentir era tão fácil para ele quanto atirar. Mas dessa vez era diferente, não sabia o que inventar.

Rosa olhou-o atentamente.

E leu em seus olhos: percebeu que não teria outro filho, que ele não chegaria nem no próximo verão nem no outro. Nino, desta vez, nada podia fazer, nem podia contar uma de suas mentiras habituais. O marido, pela primeira vez, ficou sem palavras, oprimido pelo peso da tragédia que teria que lhe contar.

— Onde está o médico?

Rosa estava apavorada, procurava com os olhos o "doutorzinho". Virou-se para a direita e, na parede de azulejos verdes, viu uma mancha de sangue.

Sua angústia cresceu até explodir na garganta.

Olhou para o chão.

O cadáver de Pasquale jazia de barriga para baixo, perto de sua cama.

Tony se deu conta de ter perdido o primo no momento em que entraram no maldito consultório. Até levou consigo uma velha coberta para embrulhar o cadáver quando o trabalho acabasse. Ele a pôs no carro, no porta-malas.

Sabia do que o patrão era feito. Entre matar ou deixar vivo, na dúvida, matava. Nunca deixava vestígios atrás de si, nem testemunhas incômodas.

O "doutorzinho" morrera para salvar a vida de Rosa.

Giaconia matara o rapaz sem conseguir esconder o orgulho que iluminou seu rosto, a euforia que brilhava como prata nos olhos negros por não ter falhado em uma operação delicada e clandestina. O boss se limitou a esperar que o jovem médico terminasse o trabalho e lhe devolvesse a mulher. Então, na hora certa, tirou a pistola do cinto e cravou duas balas na sua cabeça.

Pum pum.

A sangue-frio.

Sem nem ao menos dizer obrigado.

Rosa, no início, não entendeu por que o marido quisera eliminar o rapaz. Só compreendeu depois, quando Nino, em voz baixa — quase um sussurro — lhe disse a verdade. Contou-lhe tudo, que o ginecologista tinha raspado com muita força com a "colher", danificando "uma coisa que se chamava endométrio" e que o útero tinha se fechado. Não poderia mais ter filhos. Nunca mais.

Por isso, explicou-lhe, teve que matá-lo. Porque ele os condenara a ficarem sozinhos, sozinhos eternamente no inferno que era a vida deles.

Rosa sentiu-se morrer.

Nino a abraçou, deixou-a chorar; em seguida, falou com o tom de quem quer (e deve!) aceitar de modo cristão a vontade de Deus.

— Amor, esse não era o seu destino — concluiu, fingindo estar resignado.

Pensava — esperava — que Rosa, cedo ou tarde, se conformaria. Não tinha percebido ainda que a mulher fora embora junto com o filho, junto com o doutor, junto com todos que morrem todos os dias.

Agora era um deles: uma morta.

— O que posso fazer por você, amor? Diga que eu faço!

Rosa fitava-o como se ele estivesse falando por trás de um vidro, de um mundo distante, do abismo de desejos opostos que os separara durante anos.

Nino começou a sacudi-la.

— Giò, está me ouvindo? Está tudo bem? Vamos para casa, minha vida?

O som daquelas palavras chegou atenuado aos seus ouvidos, quase como se viesse do outro lado da rua.

Que casa? Que vida?

Rosa não acreditava ter nem uma nem outra e, enquanto pensava nisso, continuava a tocar a barriga. Durante anos sobrevivera à encenação do seu casamento, alimentada por uma única certeza: a certeza de ter nascido para ser mãe. Ainda o era, ela sabia, e ninguém naquela sala, nem mesmo Deus, podia agora convencê-la do contrário.

6

CICCIO Di Maio era um homem honrado de Attofonte. Era filho e neto de um mafioso. Antes de ser trancado no Ucciardone, trabalhara como motorista para Gaspare Occhiuzzo. Da última vez que o prenderam fora somente por seis meses, um "nada" para alguém como ele; mas agora estava cansado de ficar atrás das grades. Não que a prisão o incomodasse. Era como sua segunda casa. Durante anos entrara e saíra da cadeia, e tinha vários amigos em todas as penitenciárias.

A questão era outra.

Queria rever o filho, ficar um pouco com ele, e o único modo era arrancar o dente mais doloroso de todos: tornar-se um pentito. Para falar na gíria dos povoados palermitanos, Di Maio *cantou sem precisar apanhar.*

Fez isso por Robertino, porque seu sonho era levá-lo com ele, tirá-lo das areias movediças de uma terra que, cedo ou tarde — disso estava certo —, o teria engolido e esmagado.

Ciccio era separado.

Iniciara com a mulher uma complicada guerra de cartas marcadas. Em jogo, estava a confiança do filho. E esperava que sua colaboração o ajudasse a ter alguma esperança de vencer aquela queda de braço.

Pediu para falar com a juíza Salemi. Não a escolheu por acaso, queria se entregar para a mulher que mais incomodava os Corleoneses.

Contou-lhe a história e o papel de cada um dos homens que Occhiuzzo tinha recrutado para reconstruir o clã dos "brutamontes". Falou dos soldados, dos peixes pequenos e, em seguida, passou a tratar dos cúmplices, dos colarinhos-brancos, dos políticos e dos policiais corruptos.

O trabalho minucioso que Occhiuzzo e Giaconia tinham feito para pôr novamente de pé um grupo de mafiosos anônimos e confiáveis foi perdido. A juíza Salemi preencheu centenas de páginas de depoimentos. Em poucos meses, ocorreram dezenas de prisões e capturas. Os herdeiros de Riina não se lembravam de nenhum pentito que tivesse causado mais danos que Di Maio.

No início, Elvira desconfiara de Ciccio, vira-o com suspeita. Era sempre um pouco cética em relação aos pentiti que brotavam na serra dos Corleoneses. Em sua carreira, tinha desmascarado, pelo menos, quatro impostores e enviara todos para o 41-bis. Eram pentiti de "laboratório", instruídos por dever e enviados para reconhecimento do território inimigo pelo próprio Occhiuzzo, para jogar fumaça nos olhos dos juízes nas salas de audiência e disseminar o veneno.

Era um sistema que a Cosa Nostra havia testado com a ajuda de homens de honra trancados nas prisões. O objetivo era neutralizar o instrumento da colaboração, criar um curto-circuito no sistema judiciário. O raciocínio de Occhiuzzo se baseava numa equação simples: se todos os pentiti dizem coisas distintas, no final, nenhum pentito é confiável.

Era uma estratégia que, na cabeça dos Corleoneses, cedo ou tarde provocaria o caos.

Desde o início, Di Maio demonstrara à juíza Salemi não ser um pentito como os outros. Levara-a até a região de Lercara, fazendo-a encontrar 300 mil euros em dinheiro, escondidos num baú enterrado ao pé de uma oliveira.

Eram parte do suborno depositado nos caixas dos Corleoneses por uma multinacional francesa que tinha aberto em Bagheria um gigantesco shopping center e, antes de desembarcar em Palermo, como ocorria frequentemente, tinha que pagar uma taxa. Di Maio conhecia o lugar no qual Occhiuzzo havia escondido aquele dinheiro e imediatamente falou dele para a juíza, antes que os Corleoneses soubessem do seu arrependimento e pudessem tirar o baú de lá.

— Di Maio, continue assim. Estamos trabalhando bem! — congratulou a doutora Salemi quando percebeu que ele falava sério. — Agora vem a parte mais difícil.

— Eu sei, doutora, mas o que devo fazer? Agora que estamos no baile, devemos dançar.

Algumas semanas depois, Di Maio faria sua primeira aparição na sala de audiência como colaborador. Tinha que depor como testemunha no processo que acusava Occhiuzzo — junto com outros dez homens de honra — do assassinato de três agentes de custódia em serviço no Ucciardone. Eram servidores do Estado que se recusaram a trabalhar como "aviões" para o boss levando mensagens de uma ala a outra do cárcere: pagaram por isso com a própria vida.

Ciccio Di Maio sabia tudo daquela história porque fora um dos killer. Sabia quem tinha atirado com ele e quem tinha ordenado os três homicídios. No mínimo, Occhiuzzo pegaria uma prisão perpétua, a terceira condenação na sua longa carreira de boss foragido.

Giaconia não se importava com os processos.

Quando aparecia um novo pentito e um de seus homens se preocupava, ele sempre repetia o mesmo refrão.

— Paciência, não é em todo cão que passa que podemos atirar uma pedra!

Mas o cunhado não.

As condenações lhe davam azia e deixavam-no de mau humor por, pelo menos, uma semana.

— É preciso fazer o corno mudar de ideia! — continuava a gritar, espumando.

Estava furioso. Queria que Di Maio retirasse todas as acusações, que as engolisse todas, da primeira à última.

— Ele tem que dizer que está mentindo, senão vai se arruinar!

Seus capangas estavam sentados ao redor de uma mesa. Não se ouvia uma única mosca. Occhiuzzo estava tão nervoso que suas mãos tremiam.

Giaconia tentou fazê-lo raciocinar.

— Gaspare, desculpe, mas como vamos fazer para calar a boca dele? O que já está cantando há meses, está fazendo canto e contracanto, como vamos fazê-lo engolir todas essas coisas?

— Ele vai! — rugiu o cunhado. — Você vai ver como ele vai!

Ficou em silêncio por alguns momentos; em seguida, como se fosse iluminado por uma ideia diabólica, os olhos brilharam. No seu rosto desenhou-se um sorriso sádico.

— Esse infame tem um filho, não tem?

Ninguém confirmou nem desmentiu.

Não havia necessidade.

A pergunta do chefão dos Corleoneses era, ao mesmo tempo, uma pergunta e uma resposta.

Aquela criança existia, alguém se lembrou dela, mas, na cabeça de Occhiuzzo, já estava morta.

* * *

Occhiuzzo havia se acalmado nos últimos anos. Quando podia, tentava conter a raiva, mas sua natureza permanecia a mesma: a de um homem rude, violento e vingativo. Nunca fora alguém com quem se pudesse argumentar. Há algum tempo, quem representava um problema era assassinado sem que houvesse qualquer discussão antes e sem que se tentasse mudar a cabeça das pessoas que, em vez de serem redondas, lhe pareciam quadradas.

Avisava uma primeira vez; depois, uma segunda; na terceira, se aborrecia, fazia um dos seus capangas atirar à queima-roupa e se curava da sua doença.

Mas aquelas eram outras histórias, outros tempos.

Agora era diferente.

Estava atravessando uma fase crítica, na qual, para administrar a Cosa Nostra, eram necessários silêncio, astúcia e paciência. Era preciso mover-se com cautela. Nem uma gota de sangue havia sido derramada em Palermo nos últimos dois anos. Todos os boss, mesmo os mais endurecidos, tinham feito da necessidade uma virtude. Foram forçados a desaparecer e fazer o mínimo de barulho possível. E o mesmo teve que fazer Occhiuzzo. Tornara-se o homem invisível. Mas aquele Di Maio era um espinho cravado em seu flanco, ele não o suportava mais. Para dobrá-lo, estava disposto a esquecer a diplomacia e retomar as velhas práticas.

— Chumbo! Só chumbo para esses infames sem gratidão! — descarregava a raiva, dando socos na mesa.

Normalmente, quando havia questões importantes a serem discutidas, Occhiuzzo convocava seus picciotti para uma autoescola anônima entre a Piazza Noce e a rotunda da via Leonardo da Vinci. A autoescola era uma atividade de cobertura entregue a dois aposentados de Misilmeri, gente educada, mas leal a ele. Tudo aparentemente conforme a lei e com todas as autorizações e licenças emitidas pelas autoridades competentes. Mais que fazer dinheiro, aquele local servia de defesa para o ofício secreto do chefão dos Corleoneses. Era o quartel-general de todos os seus negócios, do gerenciamento dos aparatos de contabilidade das rendas originárias das extorsões. Uma central do medo para onde confluía o dinheiro de milhares de pequenos comerciantes extorquidos. Sem contar os grandes empresários e os gerentes dos shopping centers, que pagavam todo mês — mais ou menos — uma generosa contribuição para garantirem para si a paz, para dormirem tranquilos à noite.

Era a única renda garantida para os Corleoneses, o único dinheiro com que podiam equilibrar os balanços.

Sob a autoescola, em grande segredo, Occhiuzzo fizera construir uma espécie de bunker. Um cômodo blindado, que se ligava através de um alçapão escondido por um tapete marrom à sala onde eram realizados os exames para a obtenção da carteira de motorista.

O bunker media trinta metros quadrados. Era frio e úmido no inverno e quente no verão. Tinha piso de cimento e paredes sem reboco. No centro, havia uma mesa de fórmica, com algumas cadeiras de plástico de jardim ao redor. Havia um aquecedor elétrico e o necessário para sobreviver alguns dias sem ter que sair. Também havia uma geladeira e a televisão via satélite.

Quando havia uma reunião, os homens de Occhiuzzo entravam na autoescola um por um. Desciam pelo alçapão sem chamar muito a atenção, sentavam-se ao redor da mesa e esperavam pacientemente a chegada do chefão.

Occhiuzzo, temendo uma emboscada, sempre chegava por último. Ou mudava o lugar do encontro sem aviso prévio. Tinha medo de ser vendido aos tiras.

Giaconia herdara do cunhado a obsessão por traidores e emboscadas. E sempre o precedia; antes de escoltar o boss ao bunker, fazia-o esperar dez minutos no carro para inspecionar pessoalmente o subterrâneo da autoescola. Inspecionava-o com um estranho dispositivo eletrônico que devia captar a presença de grampos ou escutas. Somente quando a luz verde do escâner piscava é que Nino saía e fazia sinal a Occhiuzzo para que ele entrasse, que ali estava tudo certo. Normalmente, o chefão dos Corleoneses entrava e se sentava na cabeceira. Bebia uma xícara de café com um cubo de açúcar e começava a falar.

Sempre fazia isso com um sorriso.

Mesmo quando havia problemas.

Nesse dia, porém, era diferente: todos os seus homens se prepararam para encarar o demônio.

7

ROBERTINO Di Maio morava em Lercara Friddi. Vivia com a mãe, Carmela, uma mulher pequena, de cerca de quarenta anos, mas ainda jovem e atraente. Carmela cuidava do barão Giacinto Fontana, um antigo proprietário de terras da região, doente do coração, rico e sem filhos. Preso a uma cadeira de rodas, contratou-a no início para ajudá-lo na casa, mas, depois, tomou-se de simpatia por ela.

Começou a afeiçoar-se e queria se casar com ela. Em troca do casamento, ofereceu até a inclusão do seu nome no testamento. Queria presenteá-la com dois apartamentos e dois hectares de terra fora da região.

Carmela, de vez em quando, pensava na proposta de casamento, ainda que, para casar-se, tivesse que esperar pelo divórcio de Ciccio. Pensava nela, sobretudo, porque ganhava pouco e, do marido, que era um criminoso inveterado, não recebia nem um tostão.

Passava da manhã à noite com o barão e, algumas vezes, levava Robertino. Fechava-o num cômodo para fazê-lo estudar e, depois dos deveres, ligava a tevê e o deixava assistir aos desenhos animados. Outras vezes, Carmela tinha muito o que fazer na casa do velho e não podia tomar conta dele. Deixava Roberto com o avô — seu pai — que criava vacas e tinha um pequeno curral num hectare de terra, distante dois quilômetros da região.

Robertino era um menino gracioso, moreno, de cabelos negros e olhos castanhos. Alto, magro, elegante. Não parecia um menino de treze anos. Todos que o viam pela primeira vez lhe davam, pelo menos, uns três anos a mais.

Tinha paixão pelos cavalos.

O pai — quando militava na Cosa Nostra e tinha muito dinheiro, a ponto de poder cobrir toda a casa com notas — comprara um só para ele. Um árabe com pelagem branca e crina negra.

— Gostou?

— Sim, papai, é muito bonito...

Para Ciccio, custara uma fortuna. Robertino o chamou de Aggaddo, porque o garanhão nunca ficava fechado, tentava sempre sair a qualquer custo. Se fosse um homem, teria brigado com todos ao redor.

Do avô, Robertino conseguira permissão para manter o cavalo no curral das vacas. Quando ficava com ele, dava-lhe pessoalmente a comida e o escovava duas vezes ao dia, no nascer e no pôr do sol. Para montá-lo melhor, tinha frequentado uma escola de equitação. Com o tempo, ele e o animal tornaram-se uma coisa só. Tinham participado de algumas competições na província de Palermo e conquistado, sem muito esforço, dois troféus e uma placa. Na escola, Robertino não ia bem, mas não se importava com os estudos.

— Os livros não servem para eu montar a cavalo — repetia para a mãe. Seu sonho era se tornar um jóquei.

Os homens de Occhiuzzo, para atraí-lo para a armadilha, foram buscá-lo na pequena propriedade do avô. Passaram-se por agentes da Direção de Investigação Antimáfia (DIA). Para não levantar suspeitas, arrumaram distintivos falsos e um Alfa 33 com farol azul. Das pistolas, obviamente, não havia necessidade.

Ao chegarem, encontraram Roberto diante do curral. Estava sentado no banco de um velho trator enferrujado, deixado no meio de um jardim cheio de ferros-velhos. Brincava com o volante. Girava para a direita e a esquerda, e com a voz tentava imitar o barulho de um motor a diesel sem silenciador.

— *Pam... papam... papapapam...*

Um dos falsos tiras se aproximou dele e sorriu. Tinha grandes bigodes e trazia um óculos de sol pendurado.

— Você é filho de Gaspare Di Maio?

— Sim.

Robertino olhava ao redor, buscava com os olhos o avô que se afastara nos campos para regar uma fileira de tomates.

O falso policial mostrou-lhe uma carteira com uma placa de metal fixa dentro de um estojo de couro. Depois, dobrou os joelhos e pôs uma das mãos nas costas de Robertino.

— Seu pai está à sua espera a cinco quilômetros daqui, trouxemos uma ordem de levar você até ele. Você quer vê-lo?

O menino arregalou os olhos.

— Papai? Meu pai? Onde ele está? É verdade que ele está aqui perto?

— Sim, foi ele quem nos disse onde podíamos encontrar você...

Robertino não via o pai havia um ano.

Estava muito agitado e mal podia esperar para abraçá-lo, mas o avô lhe recomendara que o avisasse sempre antes de se afastar por qualquer motivo.

O rapazinho virou-se para o carro. Antes de entrar, pensou ainda por um momento.

Fixou o horizonte, aguçando a vista.

Nada. O avô não chegava.

O homem com bigodes e óculos escuros percebeu seu mal-estar e o tranquilizou.

— Roberto, não precisa se preocupar — disse ele, com um tom de voz suave —, dois outros colegas estão vindo, e eles vão dizer ao seu avô que você está com a gente. Enquanto isso, você entra no carro porque seu pai tem pressa e deve partir.

Robertino não conseguia suportar a ideia de estar a poucos quilômetros do pai e não poder abraçá-lo. Mas isso nunca aconteceria. Se soubesse, teria roído os dedos um minuto depois.

O homem com bigodes era baixo e robusto. Tinha um rosto gorducho e calmo, a aparência lhe causava simpatia, parecia bonachão, alguém em quem se pode confiar.

Convenceu-se.

— Está bem, vamos...

Entrou no carro com os faróis azuis e desapareceu atrás de uma colina. Ao retornar, o avô tentou encontrá-lo, procurou-o em toda parte, desesperou-se, mas no início não pensou em sequestro. Temia que o neto tivesse sofrido um acidente qualquer e examinou, palmo a palmo, o pequeno pedaço de terra e também a região ao redor. Em vão.

Ao escurecer, voltou desesperado para casa e telefonou para os carabinieri.

— Socorro! Meu neto desapareceu!

Somente quando pôs o fone no gancho se deu conta do cartão deixado próximo à porta. Nele se via um país dominado por uma fortaleza e, abaixo, em letras maiúsculas, os dizeres: SAUDAÇÕES DE CORLEONE.

O avô de Roberto entendeu tudo rapidamente.

Caiu por terra de joelhos e segurou a cabeça com as mãos.

Um grito desesperado ecoou na região, mas Robertino já estava muito longe para poder ouvi-lo.

* * *

A notícia do sequestro chegou ao Palácio da Justiça enquanto a juíza Salemi conversava com um policial recém-nomeado. Tratava-se de Matteo Di Giannantonio, o novo chefe da "Catturandi". Um belo homem de trinta e cinco anos, atlético, introvertido, de poucas palavras, que, muitos anos antes, despertara a atenção do noticiário. Antes de tornar-se caçador de mafiosos, fora uma vítima da máfia.

Quando era menino, perdera o pai, também policial, morto a tiros dentro de uma tabacaria, no Centro de Catânia.

Matteo fora encontrar a juíza Salemi para pedir-lhe permissão de interrogar Ciccio Di Maio. Queria algumas explicações sobre Occhiuzzo e Giaconia, detalhes que talvez o ajudassem a apertar o cerco em torno dos dois foragidos. O telefonema que avisou a juíza do rapto do garoto mudou o rumo das coisas.

— Rápido, vá atrás de Di Maio! — gritou Elvira para a secretária.

A juíza Salemi, que era uma mulher correta, escrupulosa, tentou localizar o pentito. Queria ela mesma comunicar-lhe o ocorrido, antes que Ciccio soubesse por outra pessoa. Enquanto isso, encarregou Giannantonio de avisar a Delegacia e partir imediatamente para as buscas.

— Vamos, talvez tenhamos sorte e consigamos encontrar os raptores com o menino.

— Está bem, doutora, vamos rápido — tranquilizou-a o policial.

A Delegacia mobilizou mais de mil homens para encontrar Robertino. Foram examinadas todas as regiões em torno de Lercara Friddi, os currais, os estábulos, as ruínas, as estufas de tomates, as chácaras em construção, os velhos armazéns. Quaisquer fendas em que os sequestradores pudessem ter escondido o garoto foram revistadas e verificadas com o auxílio de cães. Para facilitar as buscas, o delegado ordenou que um helicóptero decolasse do aeroporto militar de Boccadifalco, mas em vão.

Não havia meio de encontrar aquele menino. Era como procurar uma agulha no palheiro.

A notícia sobre o cartão deixado na porta da casa do avô de Roberto foi a única a não sair nos jornais. A juíza Salemi e Di Giannantonio guardaram-na para si. Antes de torná-la pública, queriam receber dos Corleoneses uma prova de que o filho do pentito ainda estava vivo.

Robertino foi mantido prisioneiro numa granja na região de Marineo. Trancaram-no fundo de uma adega, dentro de um gigantesco barril vazio que não era mais usado porque estava úmido e esburacado.

O menino tinha à sua disposição uma coberta e um penico para suas necessidades. Os carcereiros — dois — vigiavam-no dia e noite e usavam sempre balaclavas. Ciccio Di Maio sabia que, por trás do desaparecimento do filho, estavam os Corleoneses — a juíza Salemi lhe dissera —, mas ouviu os conselhos de Elvira e a deixou agir, deixou que ela e Di Giannantonio se encarregassem de procurar o garoto.

Robertino permaneceu quase dois meses nas mãos dos sequestradores. Viveu os últimos dias de vida como um cão, a pão e água. Estava pálido, pele e osso. Desde que o raptaram, perdera dez quilos. Noite e dia, mantinham-no preso com uma corrente no pescoço e davam-lhe de comer colocando sob seu rosto uma tigela de cobre.

Ficou tão fraco que tinha que rastejar para andar um metro. Não conseguia mais se mover.

Roberto estava tão fraco que a ideia de morrer não lhe causava medo. Na verdade, a morte, mais que uma condenação, começava a parecer-lhe uma libertação.

8

JÁ fazia dois meses do rapto de Robertino, e jornais, investigadores, juízes, todos falavam dele no passado, como se sua morte fosse coisa certa, a solução mais lógica de um caso que — na falta de provas ou de pistas dignas de serem examinadas — talvez tivesse sido muito apressadamente confiado à própria sorte.

Carmela, a mãe do menino, estava convencida de ter identificado o primeiro responsável pelo desaparecimento do filho: Ciccio, o ex-marido.

— Por favor, se você puder, faça alguma coisa — implorou nas colunas de um jornal local, mas seu apelo caiu no vazio.

Tentou contatá-lo por telefone através da DIA. Escreveu para ele. Tentou falar com ele de todos os modos, para convencê-lo a retirar as acusações, mas não o encontrou ou ele não se deixou encontrar.

Por fim, fez chegar a ele uma última mensagem escrita à caneta que se supunha ser o adeus a toda esperança. Um epitáfio: *te odeio, infame.*

Ciccio Di Maio, mesmo com a vida do filho em jogo, manteve regularmente seu testemunho no processo pelo homicídio dos três agentes de custódia.

Na audiência, acusou Occhiuzzo e Giaconia sem hesitar. Para muitos observadores, sua decisão pareceu mais uma loucura que um ato de coragem. Mas o pentito, na verdade, não tinha culpa, fez-se forte com os conselhos da juíza Salemi. Fora ela que lhe explicara que o único modo de rever Robertino era não se curvar, demonstrar aos Corleoneses que não tinha medo.

— Fique tranquilo, Di Maio — confortava-o Elvira. — A pressão da polícia é tal que Robertino voltará para casa são e salvo. Confie em mim.

Di Maio confiou, continuou a colaborar, mas cometeu um erro.

Fatal.

Irreversível.

Talvez o maior de sua vida.

A juíza Salemi, infelizmente, falara cedo demais. Di Giannantonio e seus homens, em quase oito semanas de buscas, não chegaram a nenhuma conclusão. Não tinham nem ao menos uma vaga ideia da região onde concentrar as buscas.

O otimismo do comissário, assim como o da magistrada, com o passar do tempo, chocou-se contra os obstáculos do mutismo, do silêncio que envolvia, como um manto negro, o desaparecimento do menino.

Informantes, confidentes, pobres-diabos, ninguém falava. Ninguém sabia nada sobre o esconderijo no qual mantinham Roberto prisioneiro.

Os Corleoneses foram hábeis em não deixar vazar nem mesmo o menor detalhe daquela história.

Por quase dois meses, todos os dias, Ciccio Di Maio pedia notícias do filho a qualquer pessoa: magistrados, comissários, delegados, meros funcionários.

Mas, passada a emoção do momento, todos os senhores das instituições que no início lhe disseram para ficar tranquilo — *o Estado está do seu lado!* — desapareciam ou não podiam ser encontrados ou tentavam ganhar tempo ou abriam os braços. O pentito se sentia enganado, tinha a impressão de que a polícia havia deixado de procurar seu filho. Convenceu-se de que, para certos funcionários vindos do Viminale, interessava apenas saber quem eram os tiras corruptos sobre os quais falara com a juíza Salemi.

— De resto, ninguém se importa com a minha vida, a minha família, a minha condição de pai... — desabafava Ciccio com seus anjos da guarda, os agentes da DIA que o vigiavam dia e noite.

Talvez estivesse quase certo.

Roberto estava morto. E Di Maio queria acertar as contas com Elvira por aquela morte até agora somente imaginada. Acertar as contas por todas aquelas palavras — confiança, paciência, justiça... — com que ela enchera sua cabeça e que o impediram de fazer talvez a única coisa desesperadamente razoável que havia para fazer: ceder à chantagem, retirar as acusações, ir até os Corleoneses e dizer:

— Está certo, vocês venceram, filhos da puta! Eu me rendo! Devolvam meu filho!

A ordem de matar Robertino partiu diretamente de Gaspare Occhiuzzo. O boss acordou Giaconia no meio da noite.

— Gaspare, você tem certeza? — perguntou Nino ao cunhado. — Não é melhor esperar mais um pouco?

— Tenho certeza. Chegou a hora daquele cãozinho imundo. Não vamos libertá-lo!

— Está bem... se você está dizendo.

Occhiuzzo, pela primeira vez, teve a impressão de perceber uma nota de incerteza na voz de Nino, mas atribuiu-a ao sono ou a um problema na linha.

Amanhecia.

Giaconia se levantou e pôs o café no fogo.

Foi para o banheiro, fez a barba. Antes de entrar no chuveiro, procurou Tony Melluso, pediu que fosse buscá-lo.

— Temos uma tarefa urgente que devemos terminar, venha rápido.

Tony entendeu.

Às cinco da manhã daquele 8 de setembro, Nino Giaconia, sentado ao lado do guarda-costas num Fiat Punto verde, já estava na estrada Palermo-Agrigento. Havia uma brisa leve, e no ar, um aroma de jasmim.

— Menos mal — pensou Giaconia em voz alta —, está começando a refrescar.

Naquele verão, os laranjais na beira da autoestrada, que chegavam até o mar de Aspra, foram flagelados pelo siroco. A estiagem fora tão grande que a pouca água encontrada pelos camponeses não foi suficiente para eles. Cultivos inteiros secaram. O calor rachou a terra, deixou sulcos e expôs suas raízes, um pouco como fazem os terremotos quando liberam sua força impiedosa e destrutiva.

— Sabe, padrinho — dizia Tony a Giaconia —, ontem à noite, vi um filme em que o aquecimento do planeta provocava a fúria dos elementos. Ondas gigantescas que cobriam cidades inteiras, tempestades de neve, pedaços de gelo de meio metro que caíam do céu. Todos morreram e voltou-se à era glacial. Dá para imaginar a Sicília se transformando no Polo Norte?

— Não se preocupe, Tony — tranquilizou Nino. — Não corremos esse risco. Mesmo se um dia o mundo inteiro se transformasse num único bloco de gelo, tenho certeza de que a Sicília ainda existiria. Aqui o calor não vem de fora, vem de dentro, é a terra que o expulsa! Nós só temos que saber onde pomos os pés!

Eram quase sete horas.

O carro passou pela placa que dizia MARINEO. Tony deu muitas voltas pela região, antes de entrar na estrada correta e chegar ao destino. O boss e o motorista tinham que ter certeza de que ninguém os seguia.

Para chegar à fazenda da região de Favazza, onde ficava o cativeiro de Robertino, era necessário entrar na estrada federal 118, na direção de Ficuzza, passar por dois viadutos, tomar o caminho à esquerda no quilômetro quarenta e sair ao lado de uma colina até que a estrada não o seguisse mais na direção do vale. Os carcereiros, funcionários de Nino, fizeram Robertino sair do cativeiro e o levaram para a parte de trás da fazenda, com o passo do condenado antes de uma execução.

O menino não conseguia ficar de pé no chão.

Ficara no escuro por quase dois meses. Com a mão direita, cobria os olhos para não ser ofuscado pela luz. Esforçou-se para olhar para frente, percebeu que os homens que o acompanhavam não usavam mais as balaclavas. Por um momento, pensou, acreditou, que o estivessem libertando. Agora eram quatro, e com eles também estava o homem de bigodes, o falso policial que o convencera a segui-lo quando estava na casa do avô. Estava tenso, muito tenso. Não sorria mais, como da primeira vez que o vira. Ainda usava os óculos escuros. Robertino o viu afastar-se para fumar um cigarro.

Nino, que estava tentando ganhar tempo, segurava o celular, na esperança de que Occhiuzzo ligasse para ele e acabasse tudo.

Olhou o visor: não havia chamadas nem mensagens. Fechou-o novamente.

Com um gesto, fez sinal aos homens para se prepararem.

Chegara a hora.

Tirou do bolso uma corda de náilon, pegou as duas extremidades e estrangulou Roberto. O sol estava atrás dele, mas ainda assim usava os óculos escuros. Giaconia não teve coragem de olhar diretamente para a vítima.

9

AGORA Rosa vivia no escuro, tornara-se uma filha da noite. Desde o aborto, vivia fechada em casa, vestia um roupão e, entrincheirada na sala de estar, tinha feito daquele cômodo o seu mundo.

Mantinha, inclusive, as persianas abaixadas, para que a luz não entrasse mais. Não conseguia nem mesmo olhar-se, sentia uma espécie de repulsa pelo próprio corpo.

De vez em quando, pensava também em suicídio, mas, quanto mais se convencia de que a morte a libertaria, menos encontrava a força ou a coragem de tirar a própria vida. Entupia-se de psicotrópicos para encontrar alívio e, nesse meio-tempo, rezava para se tornar uma só com a dor.

A mente começou, pouco a pouco, a traí-la e então chegaram as visões. Lutava dia e noite com os fantasmas, espectros que apareciam sob a forma de crianças: crianças com corpos mutilados, algumas sem a cabeça, outras sem os braços.

Eram presenças maléficas que a cercavam e não lhe davam trégua. Apareciam inesperadamente, sacudiam-na no sofá e se enfureciam quando ela não se levantava e começava a brincar com elas.

Aquele inferno começava e terminava sempre do mesmo modo. Um menino, menor que os outros, parava diante dela, chamando-a de "mamãe", e começava a gritar até que ela o segurasse pelo braço.

Certas noites, tinha certeza de que estava enlouquecendo.

Às vezes, se levantava e se escondia, tremendo toda, debaixo de uma mesa, e gritava de medo.

Outras vezes, tentava fechar os olhos, tapar os ouvidos para não ouvi-los e não encarar seus demônios, mas eles agiam como sempre. Eram criaturas que não se submetiam às leis da física, que não conheciam obstáculos. Multiplicavam-se como insetos, metiam-se entre os dedos das suas mãos, entre as pálpebras que mantinha fechadas e faziam de tal modo que ela os visse e ouvisse.

— Mamãe, mamãe!

Gritavam como loucos.

Eram tantos que Rosa não conseguia saber nem mesmo quantos eram. Eram como os demônios do Castello della Zisa, como aquelas pinturas no vestíbulo da fonte, que, durante séculos, haviam enlouquecido imperadores e emires que tinham tentado contar seu número.

Em certos momentos, Rosa mal podia respirar, mas percebeu que, com a televisão ligada, os fantasmas lhe causavam menos medo.

Mantinha a tevê sintonizada no mesmo canal, da manhã até a noite. E todo aquele bombardeio de imagens, aquela desordem de vozes que se seguia na grade de programação, ora alegres, ora tristes, ora neutras — vozes de atores, de apresentadores, de narradores publicitários —, era usado para combater suas visões, a Babel de sonhos decompostos, de sussurros metálicos e alterados que explodia na sua cabeça, com a intenção precisa de enlouquecê-la.

Rosa sabia, em seu coração, que aquelas presenças eram fruto da sua imaginação. Porém, aqueles seres barulhentos que dançavam raivosos ao seu redor lhe pareciam tão reais a ponto de convencê-la que sempre haviam habitado aquela casa.

Uma noite chegou mesmo a confundir o marido com um deles.

Nino dormia.

Ouviu-a gritar e acordou.

Levantou-se, correu pelo corredor que separava seu quarto da sala de estar onde Rosa se fechava. Queria apenas ter certeza de que estava tudo bem. Abriu lentamente a porta. Parou na soleira da sala de estar.

Giaconia tinha os cabelos em pé, completamente despenteados pelo sono, e vestia um pijama preto de seda. No escuro, realmente podia ter um aspecto inquietante. Rosa olhou para ele, mas, com a luz do corredor atrás dele, não o reconheceu. Confundiu-o com um dos demônios que a atormentavam.

— Socorro! — gritou.

Aterrorizada, agarrou-se à coberta e se colocou novamente, tremendo inteira, debaixo da mesa. Estava tensa e contraída como um elástico a ponto de arrebentar.

— Vai embora, por favor, vai embora!

Parecia em estado de choque e agora causava pena a Nino. Ele queria abraçá-la, como fazia de vez em quando, mas percebeu que era melhor ir embora. Ele não sabia o que Rosa via ou acreditava ver quando estava em meio aos delírios. Mas, daquela vez, deixou que pensasse que ele era um de seus fantasmas, o único que alguma vez fora derrotado e a deixara em paz.

* * *

Raramente Giaconia preocupava-se com alguma coisa, mas, quando lhe ocorria ter muitos pensamentos em mente, cerrava os dentes e ria um riso histérico. Assim como no trem, no dia do casamento, quando percebera que o carabiniere se aproximava dele e de Rosa. Para todos os seus homens, a mandíbula inchada do chefão e aquela risada nervosa eram o sinal de que ele estava fora de si, de que era melhor ficar longe dele.

Giaconia era assim, tinha cem faces, e sob cada face sempre havia outra. Se um dia se sentia triste, com as outras faces fazia de tudo para parecer alegre. Quando se mostrava compreensivo e calmo, significava que era melhor esperar outra coisa. Sua força era essa: parecer sempre o contrário do que era. Por isso, tornara-se um bravo killer, porque ninguém o ouvia chegar, porque o primeiro homem que matara, Fredo, fora seu melhor amigo.

Naquela noite de início de setembro, algumas horas depois do assassinato de Robertino, enquanto voltava para casa com Tony, Nino estava estranhamente silencioso. Parecia pálido, tenso e não conseguia nem mesmo cerrar os dentes.

Pela primeira vez, tinha medo de revelar o que era: um homem preocupado.

Tony, que o conhecia bem e contava até sua respiração, percebeu rapidamente e tentou sondar seu humor.

— Padrinho, o senhor está estranho, parece aborrecido. Está tudo bem?

— Você é idiota? — aborreceu-se Nino, deixando escapar uma risada histérica. — Não vê que estou na paz dos anjos? Mas que merda que você tem na cabeça?

Giaconia mandou-o parar, abriu a porta, desceu e fingiu uma irritação que, ao contrário, era medo, terror.

— Adeus! Nos vemos amanhã!

Bateu a porta, liberou Tony e se foi.

Fez a pé os últimos cem metros que o separavam de casa. Estava uma pilha de nervos. Sentia-se aterrorizado com a ideia de que Tony pudesse ter, de algum modo, percebido sua perturbação.

Entrou em casa.

Dentro de um armário, de frente para a entrada, havia uma garrafa de bourbon fechada. Abriu-a, pôs três dedos num copo. Tomou tudo de um fôlego só. Sentiu a garganta queimar. Foi para o banheiro, lavou o rosto, enxugou, lavou de novo. Olhou-se no espelho. Não conseguia reconhecer seus olhos.

Nem mesmo o sabonete conseguiu acabar com sua inquietação. Giaconia tinha o terror pintado no rosto, e não havia meio de fazê-lo passar.

De qualquer modo — a distância —, a esposa também percebeu.

Do outro lado da casa, Rosa percebeu no ar uma leve onda de angústia, quando o marido entrou. Suas antenas ainda funcionavam bem e eram as únicas coisas dentro da sua cabeça que, apesar de todo o esforço para desaparecer, ela não tinha sabido ou podido extinguir.

Desde que perdera a criança, ela e Nino quase não se falavam. Ele havia tentado ficar ao seu lado, reiniciar o relacionamento. Mas todas as suas aproximações, todas as palavras dirigidas a ela foram miseravelmente repelidas por Rosa. Era como falar com uma estátua de granito. Mesmo na aparência, ela parecia uma mistura de água e cimento, a pele branca, a boca cerrada, o corpo rígido e duro.

Naquela noite, Rosa percebeu na casa uma atmosfera estranha. As criaturas que habitualmente lhe faziam companhia subitamente ficaram quietas.

Giaconia abriu a porta da sala de estar.

Como sempre, estava escuro; como sempre, a tevê estava ligada. Nino parou na soleira, sem ter certeza se devia entrar ou ir embora. Rosa olhou-o do sofá, percebeu que algo acontecera. Dessa vez, era ele que parecia ter visto fantasmas.

— Está tudo bem? — perguntou, com um fio de voz.

Depois, voltou a olhar a tela da tevê.

Nino, que estava para ir embora, se deteve.

Voltou-se subitamente.

Não esperava que Rosa falasse.

Deu um passo para frente, como se quisesse ter certeza de ter ouvido bem. Eram as primeiras palavras que a esposa lhe dirigia após semanas de silêncio.

— Sim, tudo bem — mentiu, caminhando na sua direção. — Tenho umas coisas na cabeça, amor. Mas não se preocupe, você tem que pensar em você, pensar em melhorar.

Tentou aproximar-se, inclinou-se para acariciá-la, mas ela o evitou. Não queria ser tocada. Nino se esforçou para ser ainda mais carinhoso. Tomou sua mão, segurou-a com força e beijou-a. Ainda uma vez, tentou falar-lhe com o coração.

— Olha, eu sei que você está sofrendo e quero que saiba que também estou mal por termos perdido nosso filho. Hoje, mais do que nunca, me pergunto que tipo de pai eu seria...

Disse isso, endireitou-se e saiu da sala de estar.

Parecia sincero. Rosa não precisava duvidar. Uma lágrima de Nino parou em sua mão um segundo antes que o marido deixasse o quarto com o peso que carregava consigo.

10

A magia da Piazza Bellini estava toda concentrada ali, nas três cúpulas de San Cataldo, vermelhas como a vergonha, árabes e putas, prontas a acender-se sem motivo e a iluminar-se com os primeiros raios de sol. Às seis e meia da manhã, a juíza Salemi e Di Giannantonio arrastaram o cadáver da sua derrota nos fundos daquela igreja.

Matteo acordara Elvira, passara para pegá-la e a levara a uma confeitaria que nunca fechava. Famosa pelos croissants saborosos, era um lugar que ele conhecia bem, aonde ia para fazer um lanche sempre que a insônia ou um telefonema do escritório tiravam-no da cama. O local, apesar da hora, já estava discretamente cheio. Na porta se encontrava Tommaso, o mendigo sexagenário que, ao amanhecer, examinava a via Maqeda, no trecho entre a estação e os Quatro Cantos, buscando um buraco onde se esconder, antes que o sol nascesse.

Tommaso era o último exemplar de vampiro guloso, criatura que preferia os *cannoli* a sangue, sobretudo os vencidos, que, no meio da semana, ninguém mais queria; por isso, ele se apresentava para reclamá-los, pois o confeiteiro, toda terça-feira, jogava-os fora, mudava a vitrine e preparava os novos, com a massa fragrante e a ricota fresca.

No interior do estabelecimento, apoiados no balcão de alumínio grosseiro, havia cinco ou seis figurantes da Vucciria: vendedores de peixe, açougueiros, "doceiros", farmacêuticos. Em silêncio, devoravam quilos de croquetes e tomavam litros de *chinotto.* Enchiam as barrigas até não aguentar mais, antes de começar a descida dos Juízes, atravessarem a pé a via Roma, descerem quinze degraus e assumirem seu posto na tela ainda úmida do mercado imortalizado por Guttuso.

— Bom dia, doutor — disse o atendente.

— Bom dia — respondeu o comissário.

Matteo e Elvira pediram cappuccino e croissant e se afastaram para uma pequena varanda, na parte de trás do local. Ambos estavam vestidos à vontade, de jeans e camiseta, e tinham o ar preocupado. Ninguém fez caso do seu aspecto. Era normal encontrar naquele bar casais de amigos ou namorados que esticavam até o amanhecer nos estabelecimentos do Centro antes de voltarem para casa, faziam uma visita — mortos de fome — a San Cataldo para comer um croissant, com os olhos inchados de sono.

O comissário pigarreou.

— Doutora — começou, tentando encontrar o tom certo —, encontramos as roupas de Roberto.

Disse isso à queima-roupa. Sem nem mesmo dar a Elvira tempo de preparar-se para o golpe.

A juíza Salemi continuou em silêncio.

Observava a espuma do cappuccino, que se dissolvia lentamente, mais ou menos como seu autocontrole de mestre.

Arrumou os cabelos num gesto mecânico; em seguida, pôs-se a remexer na bolsa com as duas mãos, quase como se quisesse escondê-las da vista do comissário.

Elas tremiam, não conseguia mantê-las firmes.

Droga, acalme-se!

Tirou os óculos escuros, um molho de chaves, em seguida, contas a pagar, numa série de movimentos rápidos e iguais. Finalmente, parecia ter encontrado o que procurava: o maço de Merit Blu. Abriu-o, mas, na hora de tirar um cigarro, fechou-o e o empurrou com violência novamente na bolsa.

— Malditos — desabafou.

Deu um soco na mesa e a dor se transformou em resignação.

Duas horas e meia antes, por volta das quatro, um fazendeiro de Marineo, nas redondezas da fazenda Favazza, enquanto estava sentado na beirada de um bebedouro e esperava que seus animais matassem a sede, percebera alguma coisa estranha, próxima a uma caçamba de lixo. Era um envelope de plástico manchado de sangue. Dentro, havia uma camiseta vermelha, um par de calças azuis e duas meias brancas. Fedia a vinho, e o tamanho era o de um rapazinho.

O fazendeiro, que, como todo mundo, via a tevê, pensara que estivessem relacionados a Robertino. Pegou o envelope e chamou o 113, esperando — muito preocupado — que uma patrulha da polícia chegasse e viesse pegá-lo.

— Eu só encontrei o envelope, que isso fique bem claro, não sou ninguém, não quero saber nada — dissera aos agentes que o haviam interrogado.

O envelope foi levado rapidamente a Palermo, ao gabinete da polícia forense.

Os técnicos de laboratório, nas primeiras análises, confirmaram os temores mais obscuros. As roupas pertenciam, sem dúvida, a Robertino. Eram as mesmas que o garoto vestia no dia do desaparecimento. Provavelmente também era seu o sangue com que estavam manchadas, mas, para terem certeza, era necessário esperar pelo resultado do exame de DNA.

— Sinto muito, doutora, sinto muito — disse Matteo com o rosto tenso. — O menino deve ter sido mantido em alguma adega escondida, enfiada sabe Deus onde. É isso que eu acho por causa do odor de vinho com que estavam impregnadas. Neste momento — acrescentou, pessimista —, não acredito que vamos encontrar o corpo.

Elvira segurou a cabeça entre as mãos. Agora devia dizê-lo ao pai de Roberto. Encarou Di Giannantonio, como se estivesse se olhando no espelho, e contou-lhe o último encontro com Di Maio.

A última vez que o tinha visto fora na DIA de Roma, poucos dias antes. Elvira não conseguia esquecer o rosto do pentito, as rugas que lhe apareceram na fronte pelo sofrimento e pela raiva, a barba por fazer, as pupilas fechadas, contraídas no esforço de refrear tudo naqueles olhos furiosos, o orgulho e os lampejos de loucura, o medo e o desejo de vingança.

— A senhora vai me pagar; se Deus existe, doutora, a senhora, os Corleoneses, a polícia, todos vão me pagar, juro pela vida do meu filho!

Elvira recordava o rosto de Di Maio. Ele também se tornara uma outra pessoa, meio diabólico. Por um segundo, ela viu a chama da vingança queimar naquelas palavras ditas ao vento. Di Maio deixara de lado o papel de pentito. Por um segundo, falara de novo como um mafioso, e em seguida os papéis se inverteram. Ele era o juiz e ela, a ré.

— Está feliz agora? Agora que acabou com a minha vida?

Lançou sobre ela todo o seu desprezo, acusou-a de tê-lo traído, de transformar ele e o filho em cordeiros de sacrifício, peças inconscientes — entre ela e a máfia — naquele obscuro jogo de damas.

E, quando terminou o julgamento, dispensou-a com aspereza e uma ponta de arrogância.

— Já terminei, senhora Salemi, agora a senhora pode ir.

— Ele me chamou de senhora — disse Elvira com um suspiro. — Nem juíza nem doutora, simplesmente senhora. Tirou tudo de mim, até a dignidade, como fiz com ele...

Elvira não tentou nem mesmo responder. Ouviu até o último impropério, até o último insulto que Di Maio lançou contra ela e a equipe liderada por Di Giannantonio. E, no final, ouviu-se dizer apenas uma palavra:

— Desculpe.

Não conseguiu dizer mais nada. Não conseguiu entender a razão daquela insistência, talvez excessiva, com que havia convencido Di Maio a não desistir, a não pensar no grito de socorro que se erguia do cativeiro do filho. Uma insistência que não devia ser muito diferente daquela que Occhiuzzo tinha usado com seus homens para fazer precipitar as coisas, dando a ordem de apertar, talvez até antes do tempo — mas quem podia dizê-lo? —, a corda de náilon no pescoço de Roberto.

— É minha culpa, é tudo minha culpa... — repetia Elvira ao comissário.

Sim, sentia-se culpada. Não tinha nenhum direito de pressionar aquele homem, de obrigá-lo a ultrapassar seus limites. Agiu assim apenas porque não tinha nada a perder, porque não era a vida de um parente seu que estava em jogo. É fácil pisar no pedal do acelerador quando não se está dirigindo. Se fosse seu filho ou seu irmão, talvez tivesse refletido com mais calma e talvez tivesse parado. Ou encontraria o modo de deter os Corleoneses, *aquelas feras selvagens*, antes que fosse tarde demais.

— Na verdade, podíamos ter tentado ganhar tempo — murmurou para Matteo —, iniciar uma negociação. Podíamos, ao menos, ter tentado — concluiu com tristeza.

Mas não, as coisas foram diferentes.

— Ninguém negocia com a máfia. Foi o que me ensinaram os professores: linha-dura, sempre! Se você se ajoelha é o fim. E, por isso, tudo me escapou das mãos, porque estava cega pela obsessão de vencer, de chegar ao fundo dessa história a qualquer custo, a qualquer preço...

A juíza Salemi olhou para o comissário e fez uma pausa. Acendeu um cigarro e, enquanto isso, perguntou-se se Matteo também a via como os outros, como uma mulher sem escrúpulos na carreira, sem amores, sem amigos verdadeiros, fiel apenas ao trabalho que, depois de tê-la desiludido, a traíra.

Sim, talvez nisso precisasse buscar as razões para o fracasso com Di Maio. No egoísmo, na ambição. Tudo aquilo que Elvira fizera fora para ser a mais corajosa, a mais respeitada, a mais temida. Era assim mesmo na época do colégio, quando estudava com as freiras, as Servas do Sagrado Coração de Jesus, e tornara-se a primeira da classe e a espiã do diretor. Um monstro de antipatia. Somente entre os bancos era a número um, quando vestia sua divisa azul e, com o dedinho erguido, se punha de pé diante da lousa. Somente então tinha esperança de que alguém se apercebesse dela. Porque depois, fora da escola, quando tocava o sinal, todos desapareciam e ela se tornava invisível para todos. Uma sombra, uma miserável qualquer.

Para não se sentir sozinha, afundava nos livros, olhava os colegas do alto de sua presunção e seu coração macerava no vinagre. Era pedante, mimada, afetada, e os colegas a esnobavam, mantinham-na distante como a peste. Para não falar dos rapazes. Não havia um que se aproximasse dela. Devia haver algum motivo.

Talvez fosse tudo culpa sua.

Elvira crescera numa família burguesa e rica, uma daquelas famílias com o futuro no bolso e o nariz empinado. Ambos os pais eram magistrados. Ninguém na casa lhe dizia não. Durante toda a vida, só ouvira da boca da mãe o mesmo refrão: seja a melhor, a mais bonita, a mais corajosa, continue assim.

Depois de alguns anos, ela acabara por se convencer. Nunca houve incerteza, hesitação, perplexidade.

Fora criada como uma palermitana que só podia conhecer uma parte de Palermo, a parte "segura", aquela das escolas de vela, do círculo "L'Auria", de Cuba e do bar diante do cinema Tiffany.

Locais onde, até onde sabiam os pais, os riscos eram mínimos, e as tentações, poucas. Locais onde os rapazes eram incentivados a se controlarem uns aos outros e manter o inimigo distante. E o perigo mesmo estava na esquina. Era a ressaca que subia da vila e da periferia, uma geração como a sua, mas que, no entanto, falava num dialeto limitado — uma língua incompreensível para Elvira — e vestia roupas baratas. Eram picciotti que se divertiam com pouco, viviam sem regras e, quando podiam, metiam-se nos bairros dos ricos para subvertê-los. Elvira conhecia apenas o salão da sua cidade, a via Liberdade, a via Belmonte, a Piazza Politeama. Durante muitos anos, faltara-lhe o restante, a parte mais secreta e fascinante. E, de fato, a outra Palermo, a de Ballarò, Acqua dei Corsari, Vergine Maria, a Palermo colorida dos becos, dos postes, dos filósofos de rua, ela descobrira já adulta. Olhara-a com os olhos de uma turista qualquer, que nunca havia estado lá e entrava nela pela primeira vez. Para atuar como juíza e interrogar os pentiti, também teve que estudar o odiado dialeto.

Só de ouvi-lo ficava enjoada.

Detestava sua sonoridade.

Às vezes, quando ainda era mocinha, no ônibus que a levava da escola para casa, cruzava com famílias inteiras da vila que, obviamente, ignoravam seus preconceitos. Sentavam-se perto dela e pareciam ter prazer em falar ao seu ouvido. Elvira tinha vergonha deles. Pareciam-lhe todos "mal vestidos", todos grosseiros, todos cafonas. Era gente que, se não fosse juíza, nem mesmo teria sabido que existia, gente como Ciccio Di Maio, gente que devia conhecer, com quem devia falar para poder entender.

Naquele bar de San Cataldo, enquanto revivia junto com o comissário o filme dos últimos dois meses da magistratura de uma só vez, Elvira

Salemi, pela primeira vez, teve dúvidas. A dúvida de ter fracassado, a dúvida de ter enviado para a morte um menino por mero capricho: o de obrigar o pai, Ciccio Di Maio, a renegar o passado para aprender uma língua que não era a sua.

Matteo continuava a olhá-la com um misto de interesse e preocupação.

— Está bem, doutora?

Elvira subitamente teve uma tontura e cobriu os ouvidos com as duas mãos. Parecia que ia enlouquecer, como uma baleia investida pelas ondas de um radar. Era como se, pensando naquele menino, ouvisse um murmúrio sempre mais forte que lhe entrava na mente. Vinha de outra parte do local, ou talvez não, era alguma coisa que vinha de fora, que crescia lentamente e ecoava em seus ouvidos até parecer-lhe insuportável.

Fiquem quietos, chega!

O atendente atrás do balcão conversava com a esposa. Os seguranças da juíza, na rua, conversavam, apoiados nos carros, com os do comissário. Apenas o mendigo Tommaso falava sozinho. Mas todos, de modos diferentes, falavam da mesma coisa: o desaparecimento de Robertino Di Maio. Era disso que toda a Palermo falava havia dias. O rapto do rapazinho tinha realizado uma espécie de milagre. Tinha atingido o estômago e a cabeça de uma cidade que, no passado, esquecera e digerira qualquer coisa, prepotências e delações, horrores e maldades, mas que agora estava cansada de apenas olhar. A angústia que acompanhava as buscas daquele menino se tornara, naqueles dias, a angústia de todas as famílias que, à noite, se reuniam diante da tevê, nos condomínios dos ricos e nas casas dos pobres, nos becos da via Alloro, assim como nos edifícios em estilo *liberty* do bairro de Matteotti.

A foto de Roberto na sela de seu cavalo, oferecida pelo avô a dois jornalistas, havia dias não saía das primeiras páginas dos jornais. Aquela imagem estava em toda parte, estampada nos noticiários da tevê local, nos mostruários das bancas de jornal, nos anúncios nas igrejas e na entrada dos supermercados. O nome de Roberto estava na boca de todos. Ouvia-se ser sussurrado no porto, entre os estivadores do "navio postal" de Nápoles, no Mercado de Hortifrutigranjeiros, entre os trabalhadores que descarregavam caixas de berinjelas da Tunísia e tomates de Pachino. Mas também circulava entre os rapazes da Universidade, entre os membros do Parlamento e os batedores de carteira da Região, até mesmo nas prisões. Mesmo Santa Rosália o ouvira ser sussurrado entre uma súplica e outra. As mulheres que subiam o Monte Pellegrino a pé, da estrada até o cume do santuário, durante o trajeto, rezavam e se distraíam. Porque também elas só pensavam nele, naquele menino do qual não se sabia mais nada.

Até mesmo no Ucciardone acontecera uma coisa inesperada. Uma dezena de homens de honra presos, mafiosos da velha escola, escrevera uma carta aos jornais para dissociar-se daquele crime odioso. Occhiuzzo e seus picciotti, ao sequestrarem Roberto, tinham se colocado contra toda a Palermo, a parte boa e a parte má, a dos honestos e a dos desonrados, a dos devotos e a dos sem Deus.

O erro que cometeram os Corleoneses não fora tanto o fato de usar a arma da vingança contra um pentito. O povo estava habituado àquilo desde os tempos de Tommaso Buscetta, quando irmãos, mulheres e primos de colaboradores da justiça ficaram cheios de chumbo apenas porque, em suas veias, corria o mesmo sangue dos traidores. Esta era a primeira vez que os boss se vingavam em um inocente. Era a primeira vez que a máfia traía a si mesma e à sua história. Ninguém, nem mesmo o mais feroz açougueiro a serviço da Cosa Nostra, jamais chegara a tanto.

— Tudo bem?

Matteo repetira várias vezes a pergunta a Elvira, segurando-lhe a mão.

Ela parecia em transe, arregalou os olhos e olhou ao redor como se tivesse saído de seus pensamentos e estivesse vendo o bar pela primeira vez.

— Sim — respondeu, sem muita convicção —, estou bem, obrigada.

Pensava de novo em Di Maio.

E agora, como digo a ele?

Era como se tivesse medo de ter esquecido alguma coisa, como se, chegada à última cena da sua relação com o pentito, quisesse saltar voluntariamente o epílogo trágico — as roupas sujas de sangue encontradas pelo fazendeiro, Robertino que estava morto e jamais voltaria — na esperança de encontrar um final melhor.

Agora você tem que aceitar: acabou, Elvira. Vai aceitar isso ou não?

Não queria aceitar. E, nos tempos mortos em que rebobinava o filme para levá-lo de volta ao primeiro quadro, voltava a observar Matteo, com os cabelos louros cortados rente, com aqueles olhos verdes, profundos e penetrantes, sintonizados na mesma angústia.

Por que disse todas essas coisas a ele?

Estava surpresa com a súbita vontade de dividir a amargura e a sensação de derrota com um desconhecido. Porque era isso que Di Giannantonio era para ela. Não sabia nada dele e nada os mantivera unidos naqueles meses, salvo o pensamento de vencer aquela guerra, que era, sobretudo, uma guerra de nervos. Matteo até agora fora um companheiro de viagem. Assexuado, transparente. Por que agora o olhava de modo diferente? O comissário não era um amigo nem alguém com quem saísse à noite. Além disso, nos últimos meses, somente saía com mulheres, em geral, da mesma idade, igualmente complicadas, ambiciosas e, no fundo, infelizes. Chamava-as de portos seguros.

Há tanto tempo que desconfio dos homens, sobretudo os que são como ele, bonitos, atléticos, com o olhar astuto... e, além disso, quem sabe quantas mulheres ele tem...

Houve apenas três homens importantes em toda a sua vida. O último, seu namorado, um oficial da Marinha, a tinha trocado por uma amiga sua um ano antes. Começaram a sair a três, sempre juntos. Por muitos meses. Quando acabou, Elvira fora a última a saber que os dois tinham um caso.

Já chorara e já estava se recuperando um pouco. E até agora nenhuma história séria, apenas passatempos, alguns flertes, algumas transas aleatórias, mas nada sério. Saídas ocasionais e apenas com gente que não queria ver todos os dias, a quem procurava — no máximo — apenas nos fins de semana, se os telefones das amigas estivessem ocupados.

Mesmo quando ia para a cama com um homem, Elvira se comportava como na vida. Não aproveitava nada, tinha pressa em terminar, em demonstrar para si mesma que o prazer máximo era o autocontrole, a consciência de não depender de ninguém.

Ela trabalhava com Di Giannantonio e, daqueles com quem trabalhava — magistrados, advogados, guardas ou policiais —, esquecia o rosto propositadamente. Eram ectoplasmas, corpos que flutuavam anônimos entre os corredores do Palácio da Justiça. Equipamentos; sim, aquela era a palavra certa, equipamentos que apareciam de acordo com a necessidade, justamente como os grampeadores, como a impressora do computador, como o telefone.

— Doutora, quer outro café? — perguntou o comissário, percebendo seus olhos perdidos no vazio.

— Não, obrigada, querido — respondeu Elvira, perdida em seus pensamentos. Subitamente se deu conta da gafe e mordeu a língua.

Está vendo? Pobre coitada. De senhor passei a querido rapidamente. Estou perturbada; sim, deve ser esse o motivo. Estou em choque por Robertino; agora, se me calar por um momento e retomar o controle... uma pausa e tudo volta a ser como antes... Sim... isso eu posso fazer... mas, enquanto isso, você deve se desculpar com ele e voltar a chamá-lo de senho,

— Devo desculpas ao senhor, comissário, estou muito cansada — apressou-se em acrescentar, acendendo outro cigarro e segurando os óculos escuros, vermelha de vergonha.

— Não precisa se desculpar — deteve-a Di Giannantonio.

Matteo sorriu, pegou sua mão e, com tom afetuoso, tentou deixá-la à vontade.

— Eu entendo você perfeitamente.

Elvira ficou confusa.

Você, ele disse, você, vo-cê, já viu como são os homens? Esperam a primeira chance. Não se pode cometer um engano que lhe fodem; você oferece um dedo, eles querem o braço. Agora quer dar o golpe, esquece o "senhor". Seja gentil e aceite o "você". Mas sem muito entusiasmo.

— Está certo — disse a Matteo com distanciamento e o tom mais neutro possível —, então, muito obrigada, preciso ir.

Durante todo o tempo, Di Giannantonio a tinha ouvido com atenção, pois sabia que Elvira precisava se abrir e não a interrompera enquanto desfiava aquele seu rosário cheio de espinhos, onde havia mais golpes que lamentos. Observara-a sofrer e atormentar-se e maldizer-se e rir histérica pelas coisas que quisera fazer e não tinha feito com Di Maio. E, enquanto a observava, pensava que ela era muito bonita.

Matteo ficou um pouco envergonhado por ter aquele pensamento, mas não conseguiu sentir-se culpado. Elvira o agradava. Não era apenas bonita, era irônica, talvez frustrada e cheia de complexos, o tipo que sempre o intrigava.

Fora do bar já era dia.

Um fio de luz iluminou obliquamente a mesinha onde eles se isolaram. Parecia um refletor apontado para um palco escuro. Matteo olhou o relógio. Oito horas. Dentro do bar, ligaram a tevê. No telejornal, diziam que a polícia encontrara as roupas de Robertino. Em San Cataldo, por alguns minutos, não se ouvia uma mosca. Assim como em todo o bairro, em toda a cidade. Palermo estava sem palavras. O padre da Martorana se preparou para fazer soarem os sinos para o morto.

11

ROSA também estava diante da tevê naquela manhã, pois o televisor era mantido ligado sempre, dia e noite, para combater seus demônios. Normalmente, qualquer coisa que ouvisse ou visse na tela a entediava. Mas a história de Robertino a afetara. Naquele dilúvio de televendas, jogos de perguntas, programas de culinária e programas de encontros, fora a única coisa a interessá-la, a única na qual prestara um pouco mais de atenção. Também ela imaginava que o sequestro fosse obra da máfia ou de algum malvado que enlouquecera. Mas, no início, estava muito cansada e deprimida para querer saber mais. Quando ouviu dizer na tevê que os Corleoneses haviam raptado Roberto, no início, não dera importância à coisa. Muitos jornalistas faziam o mesmo, tinham esse vício. Quando não sabiam o que escrever, para não errar, atribuíam aos Corleoneses.

Assim, ninguém podia desmentir.

Todo homem capturado, todo cristão desaparecido, tudo era sempre culpa deles, dos herdeiros de Riina, quer estivessem envolvidos ou não. Se Rosa, no início, não se importara, com o passar dos dias a curiosidade prevaleceu sobre aquela espécie de torpor que lhe encobria a mente.

A história de Robertino a fizera voltar — coisa estranha — a querer falar com Nino. E não porque tivesse saudade das conversas inúteis, *ele não lhe faz falta, confessa*, mas porque imaginava que Giaconia, sendo quem era, podia ter, em comparação a todos os outros — a tevê, os jornais, até mesmo a polícia —, informações de primeira mão. O difícil era convencê-lo a abrir-se.

Você deve perguntar a ele, ele deve saber de alguma coisa.

— Não, não sei nada, não fomos nós; você sabe que os jornalistas sempre dizem mentiras.

Todas as vezes que a mulher lhe pedia notícias, Nino prestava muita atenção para não se trair, para permanecer sempre vago.

Tinha dito, no entanto, que os sequestradores eram, com certeza, pessoas vindas de fora, que deviam ter alguma conta pendente com Di Maio. Não seria tão estranho assim se o pentito tivesse mais inimigos que amigos. Em seguida, o marido lhe explicou que toda aquela polícia pelas ruas não fazia mais que atrapalhar sua vida cotidiana, dificultar seus deslocamentos e os do cunhado.

Palermo, durante aquelas semanas, era um inferno, e Giaconia pusera uma mão no coração. Jurara que toda a Cosa Nostra — ele, inclusive — estava mobilizada para fazer o menino voltar para casa são e salvo.

— Também é do nosso interesse — dissera.

Não se limitou a mentir, como era seu costume. Giaconia se superara ao representar o papel do homem sensível, quando, cerca de um mês depois do rapto de Roberto, a mulher lhe pedira pela enésima vez notícias do sequestro e ele se mostrara triste.

— Não o encontramos; quem sabe que fim levou, pobrezinho... Se descubro quem raptou o pequeno, arranco-lhe o coração com minhas próprias mãos.

Mal Rosa ouviu no telejornal a voz do apresentador que anunciava, sem condicional, a morte do menino, seu coração de mãe fracassada — inesperadamente — recomeçou a bater.

Eles fizeram isso. Eles o mataram, você viu?

Quanto mais ouvia o noticiário, menos podia crer. Acompanhou-o até o fim, para ter certeza de que entendera direito. Viu as imagens da roupa de Roberto recuperadas no laboratório da polícia forense, a coletiva de imprensa do delegado, os policiais na janela do esquadrão móvel — indefesos e impotentes — enquanto, do alto, olhavam Carmela, a mãe de Roberto que saía da Delegacia amparada por parentes.

Não, não posso ver isso. Chega.

Imaginou-se no lugar daquela mulher e sentiu um punhal cravado no coração. Apertou o botão vermelho do controle remoto e desligou a tevê. Estava com uma dor de cabeça terrível, veio-lhe uma náusea tremenda. Nino não estava, devia ter saído, não ouvira seus passos pela casa. Correu até o banheiro para vomitar e voltou à sala de estar. Deitou-se de novo no sofá. Era quase meio-dia, mas, para ela, era sempre noite, e nunca era muito tarde para tentar dormir.

Em seguida, para dormir por algumas horas, Rosa recorreu a um potente sonífero do qual sempre tinha um estoque. O marido comprava-lhe duas cartelas a cada três dias. Mas não sabia onde, diabos, estava o último comprimido da embalagem nova. Procurou no armário do banheiro, e nada. Foi à cozinha revistar uma caixa onde mantinham alguns medicamentos de emergência. Também nada ali. Havia muita luz, os olhos se cansavam. Numa mesa, viu o celular que Nino lhe pedira para usar somente em caso de emergência.

Giaconia não tinha um número fixo, trocava-o continuamente e, cada vez que o fazia, deixava o novo sobre um post-it preso à geladeira.

O último era 337-363126.

Rosa digitou-o no teclado e iniciou a chamada. A campainha tocou duas vezes e a ligação caiu. Tentou de novo. Dessa vez, o marido respondeu. Giaconia reconheceu o número imediatamente, sabia que só podia ser uma pessoa.

Ficou preocupado.

— Giò, o que aconteceu? Tudo bem?

— Não encontro minhas pílulas para dormir...

— Tem uma caixa nova dentro do casaco. Eu o deixei sobre a poltrona no quarto. Não me lembro se no bolso direito ou esquerdo, procure... estou chegando, tchau.

Giaconia desligou, a mulher ouviu um leve vozerio no fundo. Devia estar ocupado numa de suas reuniões. Rosa deixou o celular na mesa de jantar, ali onde o havia encontrado, e, arrastando as pantufas no piso, caminhou até o último cômodo no fundo do corredor, onde dormira — havia muito tempo — com o marido. Encontrou-o diferente da última vez que estivera ali. Não conseguia ficar ali por muito tempo. Parecia-lhe frio, hostil, recordava-lhe de coisas que tentava esquecer, a mancha de sangue sobre o lençol, as dores na barriga, o aborto, a morte do "doutorzinho".

A desordem daquele quarto deixava-a nervosa. Sobre os móveis, havia um dedo de poeira, a cama estava desfeita, havia xícaras vazias de café sobre ambas as mesinhas de cabeceira, o ar era viciado. Abriu a janela e olhou ao redor.

O casaco que buscava era um casaco cáqui de estilo safári, de algodão leve, que o marido vestia porque era confortável e cheio de bolsos. Pendia de uma poltrona de três pés, estofada, de couro bordô.

Era uma daquelas poltronas amplas, inglesas, que são vendidas nas lojas de aluguéis navais. Giaconia comprara-a porque lhe agradava, porque o fazia sentir-se importante. Tony a carregara nas costas até a casa, fazendo um enorme esforço para transportá-la até o terceiro andar.

Por dois meses, Nino deixou-a num canto da casa, esperando comprar uma escrivaninha que fosse digna da cadeira. Mas, depois, ela fora exumada e colocada, provisoriamente, perto da cama, para usá-la quando se vestia ou tirava a roupa. Rosa pegou o casaco pela gola e procurou no bolso esquerdo. Logo encontrou a caixa de comprimidos.

Aqui estão.

Voltou a colocar o casaco no lugar, mas, por descuido, ele acabou escorregando das costas de couro da poltrona e caiu no chão. Rosa pegou-o, e notou, no piso, um estranho objeto, uma espécie de fantoche. Devia ter caído de um dos bolsos internos.

Era um homenzinho vermelho, de tecido, e parecia, à primeira vista, um brinquedo, a miniatura de um motociclista ou algo parecido. A postura era essa, parecia pronto para segurar um guidão. Tinha os joelhos dobrados, o peito estendido para frente, os cotovelos afastados, os punhos fechados. Estava vestido com uma espécie de casaco branco e calças justas, enfiadas em botas compridas. Na cabeça, tinha um capacete e usava óculos de proteção.

O que é isso?

Rosa não sossegava. No início, parecia um motorista. Sentou-se na cama e observou aquele objeto com mais atenção. Virou-o e revirou-o entre as mãos por alguns minutos. Subitamente notou minúsculos aros de metal sobre as botas, na altura dos tornozelos.

Eram esporas.

Entendeu.

É um jóquei. É isso.

Fazia calor do lado de fora, mas ela começou a sentir frio, como quando tinha um pressentimento. Examinou um pouco mais aquele boneco, começou a cheirá-lo. Sentiu um cheiro forte, pungente. Parecia-lhe o fedor da uva azeda ou do mosto que fermenta em excesso e cheira a vinagre. Rosa teve a sensação de que, dentro do fantoche, havia alguma coisa, alguma coisa que, toda vez que o inclinava ou virava de cabeça para baixo, batia nas paredes internas. Virou-o novamente, devagar, prestando atenção em cada som dessa vez, procurando ouvir até mesmo o menor rumor que pudesse lhe dar um indício, uma ideia. Nada. Olhou na parte anterior. Não viu nada demais. Mas, na parte de trás, mais ou menos na altura dos ombros, percebeu que o casaco branco do jóquei estava rasgado.

Havia um pequeno furo circular remendado com agulha e linha preta. As bordas estavam manchadas de vermelho, pareciam sujas de caneta. Rosa tentou enfiar a unha, mas não conseguiu alargar o buraco, pois a costura era cruzada, e a abertura, muito estreita. O fantoche fora aberto e costurado, disso tinha certeza.

Mas por quê? Para esconder o quê?

Rosa não conseguia resistir: devia olhar, devia saber. Com o coração na boca, pegou na caixa da mesinha de cabeceira uma tesoura de manicure. Cortou as roupas do fantoche, um corte reto de baixo até em cima, e afastou a espuma. Dentro, encontrou um pedaço de papel, um bilhetinho enrolado. Pegou-o. Era comprido e estreito como um cigarro. O vermelho de que estava manchado não era caneta, era sangue, pelo menos assim lhe pareceu pela consistência. Rezou para que fosse a mensagem de um traficante, o recado de um mafioso, o apelo de um presidiário a seu marido, qualquer coisa, menos o que temia que fosse, desde que encontrara o jóquei.

Sentiu-se desequilibrar e buscou um apoio para não cair. Como em um lampejo, lhe veio à mente uma imagem, uma visão que tentou afastar rapidamente: a de um menino com seu cavalo.

Rosa foi invadida pelo pânico, a respiração estava entrecortada. Tentou concentrar-se no bilhete. Abriu-o e começou a ler. Nele havia seis palavras, escritas com uma letra redonda e quase infantil:

PAPAI, POR FAVOR, NÃO ME DEIXE MORRER.

Embaixo, havia uma data: 6 DE SETEMBRO

Roberto!

Caiu sem forças sobre a cama, inerte, como o fantoche que tinha nas mãos, e sentiu um abismo abrir-se debaixo dela, como se, de um momento para o outro, tivesse que afundar no inferno.

Sim, era Roberto, e aquele bilhete era seu último e desesperado apelo, a última súplica que Ciccio Di Maio, seu pai, jamais recebera. Por uma dessas estranhas peças do destino, o fantoche acabara nas mãos da última pessoa que deveria recebê-lo.

Rosa era uma mulher que ainda não dera um sentido à sua dor, uma dor absoluta, insuportável, que até agora tinha vagado pela casa sem nunca tornar-se culpa, expiação.

Mas agora, pela primeira vez desde que abortara, Rosa sabia para onde dirigir aquela dor.

Alguns dias antes de mandar matar Robertino, Gaspare Occhiuzzo o obrigara a escrever um bilhete num pedacinho de papel. Queria enviá-lo ao pai como prova de vida. Fora ao local do cativeiro na fazenda Favazza para sugerir ao rapazinho as palavras que devia usar. Ele escrevera uma após a outra. No dia seguinte, tinha enviado um de seus homens a uma loja de brinquedos para comprar um jóquei ou qualquer coisa parecida. Recomendara que fosse macio.

— Uma coisa com espuma que depois podemos preencher!

Assim que o pegou, abriu-o e enfiou dentro dele o recado, costurando-o de novo com agulha e linha. Em seguida, pediu a Giaconia que encontrasse um meio de entregá-lo a Ciccio di Maio. Era um modo de fazer com que o pentito soubesse (de maneira discreta, evitando a polícia) que o menino ainda estava vivo e que os Corleoneses estavam dispostos a negociar sua libertação.

A metáfora do jóquei não se referia apenas à paixão de Roberto. Era mais que isso. Na gíria da máfia, devia sugerir ao pai que era mais sábio "mudar de cavalo". Ou seja, parar e retirar todas as acusações, se ainda queria ter esperança de rever o filho vivo. Esse era o projeto inicial de Occhiuzzo. Mas as coisas, como quase sempre ocorre, no fim tinham tomado uma direção diversa.

Di Maio, pressionado pela juíza Salemi, tinha levado os policiais a prenderem o proprietário de duas clínicas particulares nas quais os Corleoneses tinham investido muito dinheiro. Além disso, testemunhava regularmente no processo pelo homicídio dos agentes de custódia. Em particular, tinha sido rigoroso com Occhiuzzo, o chefão dos Corleoneses. Diante do juiz, definira-o como um "louco sanguinário, que cuspiria até mesmo no túmulo da mãe".

A televisão transmitia a audiência ao vivo. Occhiuzzo a acompanhava. Ao ouvir as declarações de Di Maio, o sangue lhe subiu à cabeça. Tinha arremessado uma cadeira contra a tela e errara. Depois, chamara Nino.

— Chega, esse filho da puta me fez perder a paciência!

Tinha literalmente perdido a cabeça.

Em vez de esperar que Giaconia enviasse o fantoche e que Di Maio — ao recebê-lo — pudesse avaliar uma mudança de direção, o chefão dos Corleoneses decidira finalizar a partida.

Queria vencer.

Na mesa de jogo.

Do seu modo.

Depois de haver mandado estrangular o rapazinho, decidiu que seu corpo seria dado como ração aos porcos. Ordenara o mais infame dos delitos. Devia ser uma coisa que ninguém jamais esqueceria, uma advertência a todos os seus soldados, aos que estavam livres e aos presos, àqueles que não tinham intenção de arrepender-se e aos que começavam a pensar a respeito.

Giaconia tinha certeza de que ninguém jamais saberia do pior assassinato que ele cometera. Menos ainda sua mulher.

Porém, o jóquei no bolso do casaco parecia uma mensagem para Rosa, um sinal que Roberto enviara para lhe dizer que seu marido o matara. Um pequeno pedaço dele, ainda vivo, apesar de tudo.

* * *

Mentiras, um monte de mentiras. Durante toda a vida, o marido mentira para ela, e dessa vez ele também havia mentido. Fingia não saber quem raptara Robertino e, no fim das contas, ele é que havia raptado o menino.

Assassino maldito!

Mas como Rosa podia imaginar que, na sua coleção, Giaconia tivesse acrescentado também a morte de um menino inocente? Era essa a barreira que Nino devia transpor para ser o mais importante dentro da Cosa Nostra?

Louco, é um louco doente...

E pensar que Nino representara o papel de marido triste, de alguém que, no fundo, tinha sonhado tornar-se pai, enquanto ela sofria por ter abortado.

Desgraçado!

Fora ele que matara Robertino, ou um de seus homens, um de seus açougueiros?

Que importância tem isso agora, Rosa? São todos assassinos, você sempre soube, sempre o encobriu, você é como ele.

O boneco era a prova de que Nino estava envolvido. Bastava saber isso, que seu marido e os Corleoneses tinham ultrapassado o limite e agora não iriam parar diante de mais nada. Aquele inocente era o assalto à última fortaleza. Mudaria alguma coisa saber quem tinha matado e quem tinha ficado olhando, quem tinha dado a ordem e quem a executara?

Você é igual a ele.

Só havia um modo de mudar as coisas. Levantar-se do sofá, vestir-se e sair, fugir para longe daquele monstro, buscar ajuda.

Sim, certo, mas para onde você vai? Se a pegarem, eles a prenderão. Você é igual a ele, você tem que entender isso.

Rosa sentia-se numa armadilha, não conseguia respirar e nem mesmo se mover. Era prisioneira, trancada num caixão de madeira, debaixo de um metro de terra. Robertino era apenas o último prego que o marido havia pregado sobre seu caixão, antes de enterrá-la viva.

Ele quer que você morra, quer se livrar de você, não entendeu ainda? Se você não fizer nada, cedo ou tarde, ele matará você também.

Pegou o bilhete. Abriu-o de novo. Leu-o lentamente na contraluz, esperando entrever algo diferente, alguma coisa que antes tivesse escapado. Nada. Só o pedido de ajuda e a data, 6 de setembro. Roberto fora raptado em 18 de julho. Rosa lembrava bem disso, porque fazia pouco que abortara e começara a manter o televisor sempre ligado. Fez a conta de cabeça.

Três, quatro, cinco.

Isso, sete semanas. Foi isso que durou a prisão do pobre menino.

Quarenta e nove dias, assim como sua gravidez, desde o dia em que ela foi descoberta. Entendeu, agora?

Sim, certamente devia ser uma coincidência, um acaso.

Ou talvez não, pensa bem...

Convenceu-se de que um fio finíssimo ligava seu destino ao do pequeno Di Maio. Ele fora privado de sua vida, ela fora privada de um filho, do direito de ser mãe.

Deus quis castigá-la. Você foi punida porque concebeu um filho de um assassino, um homem que derramou o sangue de um inocente. Por isso ele tirou seu filho.

Rosa, naquele momento, ouviu o barulho de uma chave que girava na fechadura da porta. Era Nino, que voltava para casa. Se tivesse uma pistola por perto, ela a teria segurado e disparado na hora.

Você tem que matá-lo, você é como ele.

Sentia a raiva aumentando dentro de si. Levantou-se do sofá, foi até a cozinha, pegou uma faca e voltou. Pôs-se a correr na direção do marido. Gritava desesperada. Lançou-se no pescoço dele, tentou golpeá-lo com toda a força que conseguiu encontrar. Queria fazê-lo entender o quanto o odiava. Quanto o odiava por ter raptado Roberto e por ter negado a ela tudo naquele casamento, inclusive a verdade. Giaconia segurou seus pulsos e tentou mantê-los firmes. Numa das mãos, Rosa segurava a faca; na outra, o jóquei de pano. Bastou Nino olhar o boneco para entender.

— Giò, se acalme — continuava a repetir, enquanto Rosa se debatia como um animal ferido.

A mulher encarou-o e começou a xingá-lo.

— Você matou um inocente, canalha, como pôde? É sua culpa que eu abortei, entendeu? É culpa de todo o mal que você fez.

Rosa se lançou no chão. O choro estava preso em sua garganta. Sentia faltar o ar, as têmporas latejavam. Agora estava de joelhos, sem forças.

— Toma, Giò, toma um comprimido, você vai se sentir melhor. — Nino tentou acalmá-la, oferecendo-lhe o remédio habitual.

Isso, toma o comprimido. É isso que ele quer, mantê-la sedada dia e noite, fazê-la viver como um vegetal, porque assim você não vê, não ouve, não fala e não pensa. Um macaco. Vai, toma um comprimido.

Rosa pegou a caixa de comprimidos para dormir e a desfez em pedacinhos. Deu um longo suspiro, tentou retomar o fôlego. Tinha que falar alguma coisa.

— Fala, Nino, responde — começou com uma voz que diminuiu até quase um sussurro —, foi você que matou o menino?

Giaconia não respondeu.

Rosa pressionou-o.

— É verdade, então? Foi você que o matou? — indagou, entre soluços.

O boss olhou a esposa nos olhos e, naquele olhar, Rosa leu a resposta.

Voltou-se para o marido com uma última pergunta, talvez a mais difícil.

— Como posso lhe dar um filho se você mata o filho dos outros?

Ele não respondeu.

Rosa, a partir daquele momento, fechou-se num mutismo impenetrável, entrincheirada na sala de estar, atrás de uma porta que era como uma parede inexpugnável.

Aquela foi a última vez que Nino ouviu a voz da mulher.

12

VOCÊ tem sido uma mulher leal, fiel, respeitosa, tem sido uma mulher perfeita, talvez a melhor de todas. E em troca do que você fez, como seu marido a fez viver? Agora você sabe, essa foi sua maior fraqueza, seu pecado original. Saber quem era o seu Nino e virar o rosto para o outro lado. Todos os dias.

Quantas vezes você fingiu não ver? Responde! Quantas vezes você teve a chance de impedir a mão daquele assassino e não o fez. Muitas, muitas. Agora sabe por que esse castigo lhe caiu do céu. Porque você também é uma criminosa, você também é uma assassina, como seu marido. Sua indiferença e seu silêncio a tornaram cúmplice dele. Você só queria ser mãe, ter alguém para *cuidar, o resto não lhe interessava. Mas os assassinos, Rosa, não merecem ter filhos, não são dignos deles.*

É preciso saber amar para ter um filho, e você não sabe o que é o amor. Não sabe. Acredite. Nunca foi amor aquilo que a empurrou para os braços de Nino. Entendeu agora? Você devia ter ficado com a sua família, ter esperado por outro homem, o homem certo. Agora você teria um marido normal ou seria uma bailarina famosa.

Você se lembra da sua paixão, o balé clássico? Deixou de estudar porque seu pai era contra. E Nino, o que fez para ajudar, o que lhe disse? Lembra? Ele disse: a gente casa e depois vê isso. E quando você falou com ele, era tarde demais. Você já era a mulher de um foragido, uma prisioneira. O rapaz vindo de Corleone a enganou e você não levantou um dedo para mudar sua vida. Você disse que seria feliz se tornando a mulher dele, que a máfia teria tornado vocês onipotentes. Olhe agora! Você parece feliz? Onde está seu poder, a quem você está causando medo agora, além de si mesma? Você queria se tornar uma rainha. Veja o que aconteceu: você se tornou a rainha do mal, a mulher de um demônio. Pense bem agora e faça a coisa certa.

Sabia perfeitamente o que teria acontecido. Tudo teria acabado num minuto, só devia resistir mais um pouco. Rosa apertou no peito o jóquei de pano. Agora ele era seu, era seu por direito. Queria guardar na caixa das lembranças, onde estavam todas as suas coisas. Era uma caixa azul com laço rosa, que guardava no fundo de um baú no quarto. Fazia tempo que não a abria. Pôs-se a procurá-la e encontrou-a debaixo de uma pilha de toalhas e de cobertas de crochê, o enxoval que sua mãe tinha lhe presenteado no casamento e que ela sonhava passar um dia ao filho que nunca teria. Pegou a caixa, sentiu a superfície lisa, acariciou-a, abriu-a. Dentro, havia velhas fotos, um diário, o boletim do primário e, no fundo, um par de sapatilhas de balé tamanho 36. Eram brancas com laços compridos e opacos e a ponta estragada. Pegou-as. O jóquei de tecido estava apoiado sobre os joelhos. Olhou os dois. Não eram mais dois objetos tão distintos. Na verdade, falavam de duas infâncias violadas, dois mundos negados, duas injustiças, duas prisões.

Ela e Robertino unidos pelo destino. Para sempre.

Fechou a caixa, colocando-a de volta no baú, e pegou o celular.

Teclou o número de Clara.

A amiga respondeu com uma voz sonolenta.

— Alô?

— Clara...

A voz filtrada pelo telefone era uma espécie de sopro. Parecia a voz de um fantasma.

— Rosa, é você... alô?

— Queria me despedir...

— Por quê, para onde você está indo?

Clara começou a se preocupar.

— Rosa, você está bem?

— Vou para um lugar melhor que este, espero... quero me encontrar com meu filho.

A voz ficava cada vez mais baixa, ouvia-se cada vez menos. Percebia-se apenas a angústia que exalava daquele timbre gélido, metálico, sem emoção.

— Seu filho? — perguntou Clara, mais uma vez, com o coração batendo forte. — Mas o que você está dizendo? Para onde você está indo, Rosa?!

— Clara, minha doce Clara — sussurrou Rosa como se ao articular aquelas três palavras quisesse transmitir o calor de um abraço —, você foi uma amiga maravilhosa. Me perdoe se não estive à sua altura. Você tinha razão, eu não devia ter me casado com aquele homem...

— Mas o que é que você está dizendo, Rosa? Escute, você está me deixando com medo. Vou aí pegar você e nós conversaremos; diga-me onde você está!

Rosa já não a ouvia.

— Adeus, Claretta, um beijo.

— Rosa, espera!

A ligação foi interrompida.

Rosa fechou o celular, ergueu a persiana. Os raios do sol a incomodaram.

Em pouco tempo ia amanhecer.

Saiu para o terraço, aproximou-se do parapeito. Silêncio. Olhou para baixo, a rua estava deserta, nas janelas do edifício em frente brilhavam os primeiros raios de sol.

Tomou coragem. Uma vez que tinha decidido, era isso que ia fazer. Sentou-se sobre a grade e fechou os olhos.

Agora vá, Rosa, só mais um pequeno esforço e você estará livre.

A primeira perna, a direita, já estava fora do parapeito, o corpo esperava apenas a outra perna para poder voar para baixo.

— Nãoooooo! Para!

Rosa ouviu um grito.

Ergueu os braços, inclinou-se para a direita, bastava um pequeno movimento e cairia. Reabriu os olhos e ainda estava lá, balançando no vazio como o guincho de uma grua.

Dois braços potentes a tinham agarrado e a apertavam contra o peito.

Pela primeira vez, Giaconia usava a força para salvar alguém.

13

Palermo, dezembro de 2008

— POR QUE me chamou?

Elvira olhou o preso, tentando entrever um lampejo de sinceridade no fundo dos olhos negros.

— Porque quero que a senhora os prenda. Aqueles bastardos não merecem mais viver.

Eram três da manhã.

Na sala de interrogatórios de Rebibbia estava frio, havia uma umidade que fazia os ossos doerem. Era um cômodo pequeno, iluminado por uma grande lâmpada de néon. Em seu interior, havia apenas um par de cadeiras e uma mesa de fórmica, colocada no centro.

Estavam sentados um em frente ao outro.

Era a terceira vez que a juíza Salemi se encontrava com aquele homem.

Ele a tinha procurado, escrevera-lhe uma carta da prisão.

Elvira conhecia seus crimes. Tinha ouvido seu nome em alguns interrogatórios. Sabia que era um mafioso.

Alguém da família dos Corleoneses.

O preso tinha, no máximo, trinta anos.

Pele cor de oliva, nariz aquilino, cabelos emplastrados de gel e arrepiados na última moda, um piercing na orelha esquerda, as unhas das mãos rosadas.

Um tipo nervoso.

Vestia um macacão azul com faixas vermelhas e calçava tênis com os cordões desamarrados. Na mão, tinha um pedaço de jornal com a foto de Robertino que havia percorrido o mundo, a foto dele na garupa do cavalo.

— Doutora, não é fácil para mim, a senhora tem que entender...

O preso tinha barba de dois dias, estava sem algemas, os cotovelos apoiados sobre a mesa, as mãos cruzadas. Fazia um tremendo esforço para falar, parecia confuso, indeciso entre a tentação de se abrir e o instinto de se levantar, pedir desculpas à senhora por perturbá-la e voltar para o lugar de onde viera.

— Não consigo mais dormir.

Foi essa a única confissão naquela noite.

Elvira tentava analisá-lo: aquele homem a deixava nervosa.

Parecia que tinha o ar do macho que não confia em mulheres.

E pensar que foi ele que me procurou.

E também parecia confuso. Enquanto falava, perdia-se constantemente.

Elvira o censurou.

Pela enésima vez.

— Vamos começar do começo. O que você sabe sobre Robertino Di Maio?

— O que eu disse.

Era a quinta vez que fazia a mesma pergunta e era a quinta vez que ouvia a mesma resposta. O resumo das crônicas dos jornais.

A juíza Salemi começava a se cansar de sua hesitação.

— Há duas horas que estamos assim. Você não me disse nada que eu já não saiba.

— Isso é tudo que eu sei. — O homem com o macacão sacudiu os ombros.

Agora basta de besteiras, fim de jogo.

Elvira acendeu um cigarro. Deu duas baforadas, fitando a mesa de fórmica entre eles, depois se levantou, pegou suas coisas, vestiu o sobretudo e caminhou para a saída.

— Quando você resolver falar comigo, peça para me chamarem. Boa noite.

O preso permaneceu imóvel, em silêncio.

A juíza Salemi tinha que sair dali.

Rápido.

Mais um minuto naquele cômodo e teria partido para cima dele. Tinha vontade de desabafar, sentia o sangue pulsando nas têmporas.

Você quer me foder, mas eu vou deixá-lo apodrecer na prisão, seu merda, eu é que vou deixá-lo com crise de consciência...

Elvira estava furiosa, o estômago apertado, os músculos tensos como cordas encharcadas.

Devia ter imaginado que era perda de tempo...

Como é que lhe passara pela cabeça, mesmo que só por um minuto, que alguém assim pudesse estar falando sério?

Não viu a cara dele? É um viciado em cocaína, um drogado de merda!

Tinha as pupilas dilatadas, como os gatos à noite.

Com dificuldade, ele lhe dissera onde morava. Estava claro que blefava. Devia haver algo por trás daquilo. Por trás daquela representação, com certeza devia estar a mão negra dos Corleoneses.

Foi o bastardo do Occhiuzzo que o enviou, eu sei.

A juíza Salemi bateu no portão de ferro.

Quatro batidas.

Uma mais forte que a outra.

O carcereiro vagueava aborrecido do lado de fora. Elvira o fizera sair durante o interrogatório.

— Pode abrir?

Por um momento, silêncio.

Em seguida, ouviu-se o barulho de um ferrolho pesado, que girava sobre uma fechadura maciça.

— Doutora, fique.

Elvira parou na soleira e virou-se.

O homem com o macacão estava sussurrando alguma coisa.

— O que você disse? Não entendi...

— Posso fazer a senhora prender Nino Giaconia!

14

O dossiê estava num envelope amarelo, daqueles grossos, com o interior reforçado. Na capa, havia um nome e um sobrenome escritos em letra de forma com uma caneta preta.

Queria passar algumas horas sozinha. Queria folhear aquele dossiê em paz, sem ser interrompida ou perturbada por tantos visitantes — advogados, policiais, secretários — que batiam, de manhã até a noite, na sua porta.

Pressionou um botão e, no interfone do lado de fora da porta, apareceu a palavra OCUPADO escrita em vermelho.

O dossiê não se referia a nenhum de seus indiciados habituais e nada justificava o fato de tê-lo nas mãos. Era provável — ou melhor, tinha certeza — que, em meio àqueles papéis, não encontraria nenhum delito, nenhuma queixa-crime digna desse nome. No máximo, teria folheado apenas algumas páginas da história palermitana.

História oficiosa. Porque, para a oficial, havia os livros.

Estes, ao contrário, eram fragmentos da humanidade decaída, miasmas venenosos que saíam de um antigo caldeirão enferrujado. Histórias de investigados e de investigadores, combatentes anônimos ao seu modo, sobre as quais o Estado tinha preferido, primeiro, silenciar e, em seguida, esquecer.

Elvira pôs o sobretudo no cabide próximo à entrada.

Jogou a bolsa no sofá ao lado da estante e se abandonou contra o encosto da poltrona.

Pegou o dossiê, leu o nome e o sobrenome na capa.

Abriu-o na primeira página e começou a ler.

Terminou apenas o primeiro parágrafo.

O telefone tocou.

Maldição, esqueci de desligar!

Era a secretária do seu chefe.

— Doutora, o procurador quer vê-la, a senhora poderia vir ao gabinete?

Alguém devia tê-la visto entrar.

A juíza Salemi deu uma desculpa.

— É urgente? Estou falando com uma pessoa...

— Sim, doutora, o chefe gostaria de vê-la imediatamente.

— Está bem, estou indo.

O procurador Manlio Bonoparrino era um velho magistrado das antigas, que não queria tirar conclusões precipitadas a respeito de ninguém. Não era um homem fácil nem difícil, nem conciliador nem hostil.

Normalmente, vivia e deixava viver, esperando a aposentadoria. Mas também era um daqueles homens temerosos que, ao prever um desastre, não defendem mais ninguém e têm medo de se precipitarem no abismo junto com os outros; por isso, na dúvida, protestam, agitam-se, até que não colaboram mais e, em vez de se manterem firmes, soltam a presa e abandonam os demais.

Os olhos de toda a cidade, depois do funeral de Roberto, estavam voltados para a procuradoria de Palermo e, especialmente, para a doutora Salemi que, na opinião de alguns — ao menos, aparentemente —, tinha demonstrado dar mais importância às suas investigações que à vida de um menino.

Alguns parlamentares que buscavam visibilidade tinham escrito uma carta ao Conselho Superior de Magistratura (CSM), para que o "caso Palermo" fosse priorizado na agenda do Palazzo dei Marescialli.

As críticas se concentraram, sobretudo, no chefe do gabinete, justamente em Bonoparrino, duramente censurado pela imprensa e acusado de não ter dado a atenção devida ao caso. Até o ministro da Justiça teve que intervir, organizando uma visita imediata dos inspetores.

Agora o procurador devia encontrar um modo de acabar com a confusão que se formara ao redor de sua mesa.

Formalmente, nas entrevistas dadas aos jornais da cidade, Bonoparrino teve que reconhecer "a integridade da doutora Salemi, um dos melhores nomes de seu gabinete". Mas uma coisa era o que o velho juiz dizia aos jornalistas sobre Elvira, e outra, o que ele efetivamente pensava a seu respeito.

Bonoparrino tinha duas caras.

Usava uma em particular, e a outra era exibida em público.

O procurador, no seu íntimo, sabia que devia inventar alguma coisa se não quisesse ser transferido nas próximas horas para alguma procuradoria remota nas montanhas de Barbagia. E a única coisa a fazer — tinha certeza disso — era livrar-se daquela mulher de toga que sempre lhe causava preocupação.

Uma portadora de aborrecimentos.

Foi assim que a chamou em casa, naquela manhã, falando consigo mesmo, enquanto fazia a barba na frente do espelho. Um poço de confusões. Para ir ao encontro com a juíza Salemi, o procurador não dormira na noite anterior.

— A senhora gosta de futebol, doutora? — começou assim que a viu, preferindo encarar a questão pelo lado esportivo.

— Não — respondeu, perplexa, Elvira. — Mas o senhor me desculpe, doutor, por quê?

O velho magistrado estava pouco à vontade, parecia ferver naquela poltrona que normalmente já era quente. O terno príncipe de Gales que vestia parecia incomodá-lo. Mesmo sentado, continuava a abotoar e desabotoar os três botões do paletó que o apertava dos lados e lhe causava incômodo, como se podia perceber.

— Minha cara doutora, eu acompanho futebol desde criança e sei que o melhor atacante, o mais forte do mundo, sem o auxílio dos companheiros não vai a parte alguma...

Elvira começava a entender. Sua mente trabalhava a todo vapor, mas preferiu não deixar o chefe perceber.

Continuou fingindo-se de ingênua.

— Eu não gosto de futebol — admitiu com um sorrisinho falso.

— Correto — prosseguiu ele no seu raciocínio. — Mas, se gostasse, saberia que é o jogo coletivo que faz de um rapaz talentoso um grande campeão...

Pausa. Suspirou.

— Sem jogo coletivo, um campeão desperdiça seu talento. É ar embalado com pólvora. Entendeu?

A juíza Salemi tinha entendido tudo desde o início.

E agora começava a ficar nervosa. Não queria ouvir todo aquele sermão, tinha pressa de voltar a seus papéis.

Assumiu um ar arrogante.

— Procurador, tempo é dinheiro. O que o senhor está querendo me dizer?

Bonoparrino desabotoou novamente o casaco.

Tentou mudar de tom.

Dessa vez esforçou-se para ser mais direto, para fazer um discurso, como se diz, de improviso.

— Estou tentando dizer que a senhora está cansada, doutora, com toda essa história do Robertino. Eu ficaria muito satisfeito se desistisse de carregar nas costas todo o peso do mundo. A senhora deveria pedir ajuda a seus colegas e, principalmente, a mim. Acha que me tornei chefe deste gabinete porque era corajoso?

— Não foi?

— Não! — ergueu a voz Bonoparrino, pondo o acento naquela última palavra.

Elvira se esforçava para permanecer séria, mas, na verdade, sentia vontade de rir.

— Também nisso o jogo coletivo me premiou — continuou orgulhoso o chefe. — Sem meus colegas, sem seus conselhos, eu não teria chegado a lugar nenhum, teria permanecido um magistradozinho qualquer, triste, insignificante, alguém que se vê na rua e do qual se sente pena.

O procurador acendeu um cigarro e foi envolvido por uma nuvem de fumaça; quando a nuvem se desfez, Elvira percebeu que ele mudara de expressão.

Agora estava solene, contrito, grave e abotoara o paletó.

Continuou a falar com um tom de quem queria ser paternal, mas, ao mesmo tempo, austero.

— A senhora nasceu para ser uma campeã, doutora; mas, talvez, agora precise reorganizar as ideias. Às vezes, é quando estamos no banco que temos a grande chance das nossas vidas. Tire umas belas férias, é o seu técnico que a aconselha para o bem de todos.

Elvira entendeu o que ele queria lhe dizer.

Bonoparrino queria acabar com a investigação sobre os carcereiros de Robertino e dar-lhe uma bela lição de humildade.

E não era o único a pensar que ela precisava de férias.

Tinha ouvido outros colegas resmungando sobre seu método de trabalho.

A juíza Salemi vai precipitar a procuradoria no caos. Procurador, o senhor tem que intervir. Nós sabemos que ela vai fazer do fim atroz de uma criança, da caça aos assassinos, a sua guerra pessoal.

Muitos magistrados faziam fila para entrar com uma desculpa qualquer no gabinete do chefe e falar mal da colega. Chamavam-na de primadona, acusavam-na de gostar dos holofotes.

É uma endemoniada, uma louca! Um magistrado deve ter os pés no chão! É a vergonha da categoria! Quanta gente deve morrer antes que ela se acalme?

Era esse o teor dos comentários.

E Bonoparrino só podia concordar com aquelas análises impiedosas.

Agora bastava.

Era necessário impedir a juíza Salemi de fazer mais estragos que os que ela já havia provocado, pressionando o pentito Di Maio.

O que posso inventar?

Bonoparrino tinha pensado longamente sobre o assunto em casa, diante do espelho.

Tinha feito a barba e massageado o pescoço com Proraso.

Em seguida, enquanto esfregava as bochechas com o pós-barba, sentira uma espécie de alívio.

Tivera uma iluminação.

Ela precisa acreditar que eu quero protegê-la!

O chefe da procuradoria sabia que devia se mover com toda a cautela que sua sabedoria lhe aconselhava. Se a juíza Salemi fosse afastada abruptamente das investigações sobre os Corleoneses, contra sua vontade, seria pior ainda.

Para quem acompanhava do lado de fora, passaria a mensagem errada. A de um "roubo" ou de uma procuradoria dividida. Além disso, os jornais teriam criado um novo "caso", fazendo da juíza Salemi outra jovem mártir.

Não, minha cara, não vou dar a você esse presente!

Bonoparrino devia ser sutil, fazer a mediação e convencê-la a ceder a testemunha a um colega mais velho e mais sereno. Alguém que talvez gozasse de sua confiança, mas também da simpatia dos jornais, que era a única coisa — além dos Corleoneses — que interessava ao chefe do gabinete acalmar.

O procurador tinha uma espécie de obsessão pelos jornais.

Sobretudo, sentia-se mal diante de críticas.

Bastava um artigo no qual o comentarista da vez levantasse dúvidas sobre a consequência política dessa ou daquela investigação da magistratura palermitana para fazê-lo entrar em pânico. Frequentemente eram indagações a respeito das quais conhecia o mínimo necessário ou cuja existência ignorava, e então se informava, chamava o magistrado competente e lhe aconselhava prudência, imparcialidade, juízo.

— Por favor!

Ficava de olho até que as críticas se enfraqueciam.

Bonoparrino odiava a publicidade negativa.

Levara uma vida para conquistar para si uma posição.

Faltavam-lhe poucos anos para a aposentadoria, e queria chegar ao final sereno, mantendo todo o conforto e os privilégios de que gozara até ali na sua posição: as recepções da alta sociedade para as quais o convidavam, junto com a esposa, nas noites de sexta-feira, as partidas de bridge no círculo de Addaura, as estreias da Ópera no Teatro Massimo.

Essa era a vida que lhe agradava e à qual ele não queria renunciar. Não tinha tempo para as confusões, declarações, disputas de princípio e cruzadas.

— Nós deixamos isso para os heróis ou os conquistadores, eternamente em dúvida entre serem santos ou assassinos. Nós somos aquilo que somos... hóspedes nesta terra! — gostava de repetir a seus seguidores, parafraseando Tarabas, o jovem russo tornado célebre por Joseph Roth, o homem que via a guerra como "pátria única".

O próprio procurador, beato, não tinha inimigos.

E, para ser muito sincero, não sentia falta deles.

Havia muitos anos, escolhera viver serenamente.

E não teria permitido a ninguém, menos ainda a alguém como Elvira, queimar sua cobertura — feita de pequenas certezas, de prazeres delicados — em nome da imprudência e da estupidez.

— Por que a senhora não vai até as Seychelles? Já me disseram que são muito bonitas nesta época! — sugeriu Bonoparrino.

Era um conselho, mas, para Elvira, soou como uma ordem.

— Não sei nadar; talvez eu vá para as montanhas — anunciou, azeda, antes de sair da sala.

Não era verdade, mas a arrogância fez sair de sua boca aquela mentira inútil. Não disse mais nada ao procurador.

Não lhe falou das conversas "informais" que tivera havia alguns dias com o mafioso em Rebibbia.

A vozinha que falava dentro dela, naquele momento, a aconselhou.

Talvez você lhe escreva duas linhas nas férias...

Elvira sabia que agora estava sozinha, contra tudo e contra todos. Teoricamente não tinha escolha. Tinha que aceitar o conselho de Bonoparrino. Admitir a derrota e sair de cena, mas era muito orgulhosa para agitar a bandeira branca. Além disso, não conseguia aceitar a ideia de que, de todas as coisas boas realizadas no passado — as investigações sobre a administração pública, os processos contra os mafiosos e seus seguidores —, agora não restasse vestígio algum.

Bastava um erro para apagar a memória para sempre.

A partir de agora, para todos, Elvira era o monstro, a juíza que tinha causado o assassinato daquele menino na ilusão de salvar o mundo.

Olham para mim como se eu o tivesse matado!

Voltou para sua sala.

Trancou a porta a chave.

De uma caixa, tirou o dossiê que folheava antes de ser chamada pelo procurador.

Na frente, havia um nome que conhecia bem: DI GIANNANTONIO.

15

Palermo, 1995

MATTEO ficou órfão quando ainda era criança. O pai fora assassinado pela máfia em abril de 1989. Sua morte, agora, parecia apenas mais uma entre tantas naquela estação de corvos, venenos e assassinados. Não era assim.

Poucos sabiam, mas Cosimo Di Giannantonio era um agente disfarçado, codinome “Giappone”.

Infiltrara-se na Cosa Nostra para obter notícias e informações que deviam servir ao Estado para combater a guerra da máfia, que assinalou o fim dos Palermitanos e o triunfo dos Corleoneses.

Era a época em que não havia tantos pentiti, mas havia poucos fiéis, uma época em que se sabia tudo de uma família mafiosa quando ela não significava mais nada, quando já era inofensiva.

Cosimo nascera e crescera na Catânia. Trabalhava como telefonista num comissariado de província, em Sant'Agata Li Battiati. Aceitara o trabalho de "espião" pelo dinheiro.

Conhecera, por acaso, um policial que, no verão, passava as férias no mesmo lugar que ele, entre as dunas do oásis de Vendicari. Aquele homem lhe oferecera o dobro do salário de um policial comum.

O sonho de Cosimo sempre fora poder comprar uma casa. Pensara na proposta durante dois dias e, ao final, aceitara, sabendo que, para onde fosse, qualquer coisa que fizesse o teria levado direto para a morte, uma companheira de viagem silenciosa e imperturbável que não lhe perdoaria nada, nem o menor erro nem o maior acerto.

Transferira-se para Palermo com uma nova identidade. Levara toda a família: a mulher e os dois filhos — Matteo, o primogênito, e Clara, a garotinha. Tinha alugado uma casinha próxima ao mar na região de Addaura. Ninguém o conhecia, ninguém sabia nada sobre ele. Oficialmente, era um "forasteiro" como tantos outros.

Dizia chamar-se Vincenzo, Vincenzo Mirabile, mas todos o chamavam Enzo, Enzo Giappone, porque tinha os olhos amendoados, nariz de batata e cabelos curtos. A cada um dos "bravos rapazes" que encontrava andando por Palermo, pedia trabalho e contava sua vida. Dizia que vinha de Pedara, uma região ao sopé do Etna, onde tinha trabalhado como homem de confiança de um boss aliado dos Corleoneses.

Chamava-se Atatino Lo Presti, Tino, "o Grou".

Chamavam-no assim desde que, na juventude, perdera metade da perna direita numa mina e começara a usar a calça enrolada na perna artificial. Usava bengala para caminhar, mas, quando se aproximava e falava com alguém, apoiava-a num canto ou deixava-a cair por terra.

Não lhe agradava a ideia de que as pessoas pensassem que fosse diferente. E de fato, a seu modo, era especial.

Tino, de modo incrível, conseguia ficar equilibrado em uma perna só melhor que um acrobata no circo. O apelido, "o Grou", lhe fora dado por um caçador de Pedara que sabia tudo sobre aves — conhecia até mesmo as espécies mais raras — e ao vê-lo tinha se lembrado de um daqueles pássaros migratórios que podiam ser vistos voando, de vez em quando, sobre a foz do rio Simeto.

Tino, "o Grou", controlava parte dos contratos na planície da Catânia. Mas, de um dia para o outro, desaparecera sem deixar vestígios, engolido pela *lupara bianca**.

Seus homens tinham encontrado o bastão quebrado em dois e o enterraram, feito uma cruz, num dos terrenos do irmão, um campo cultivado de tomates. Era o sinal inequívoco de que ele não voltaria.

Seu capanga desaparecera junto com ele. Tinha fama de ser um supermatador, um cabeça quente.

Chamava-se Enzo Mirabile.

Era órfão e não tinha parentes na Sicília.

Seus conhecidos haviam emigrado, todos, para a Alemanha, para Hamburgo.

A polícia encontrara seu corpo à noite, perfurado por projéteis, sob um viaduto da autoestrada Catânia-Palermo, na altura do nó rodoviário de Gerbini, mas a notícia não fora divulgada. Ocultaram-na justamente para dar a Giannantonio a cobertura que lhe serviria para completar a missão.

Ele e Mirabile tinham mais ou menos a mesma idade e uma fisionomia semelhante: a pele escura, o mesmo corte de cabelo, as mesmas orelhas grandes, o mesmo modo de falar.

De catanês irritado.

De dentes cerrados.

---

* Espingarda de cano cortado (arma tradicional da máfia siciliana); diz-se também do assassinato de mafioso em que não há vestígio do cadáver. (N. T.)

Enzo "Giappone" contava ter passado pelas prisões de metade da Itália. Segurava a pistola com desenvoltura e jurava ter matado, entre tantos outros, até um policial que o atormentava na região de Pedara.

— À noite, abri a cabeça dele, o filho da puta morreu sem entender nada!

Ria e levantava as canecas de cerveja, o "catanês" que viera para hibernar em Palermo.

Nos bares do submundo, se orgulhava de ser duro, e alguém começou a acreditar nisso.

Todas as manhãs, antes de começar seus passeios, Di Giannantonio ia até a Igreja de Santa Helena. Era a paróquia do bairro.

Assistia à missa e, principalmente, se confessava.

Fazia isso todo dia.

De vez em quando, até duas vezes no mesmo dia.

Não era temente a Deus. Simplesmente, através da grade do confessionário, o agente Giappone fazia o relatório para seus superiores.

O padre, um certo Don Prizzi, vinha de Centuripe, uma pequena região da província de Enna, e era da mesma laia, um outro espião no livro de pagamentos da polícia.

Ouvia as notícias que Enzo lhe sussurrava "em confissão" e transmitia tudo a Roma, ao quartel-general.

Ego te absolvo in nomine patris...

Di Giannantonio sabia como agir.

Parecia um picciotto esperto e falava a mesma língua dos matadores e foragidos. À noite, frequentava as tabernas mais decadentes de Palermo. Eram lugares frequentados pelos mafiosos em busca de rapazes desocupados, carne fresca para enviar às ruas. Enzo andava pela Vucciria, tentava ser visto pelo Chefão, parava na Albergheria. Um certo Mariano, que conhecia sua história, acabou tomando-se de amizade por ele. Morava perto de sua casa. As mulheres fizeram amizade, os filhos se conheciam e frequentavam a mesma escola.

— Enzuccio, encontrei um bom trabalho para você, vem comigo!

Mariano o levara a uma casa entre os jardins de Ciaculli. Apresentou-o a um homem de honra que trabalhava para um certo Occhiuzzo. O sobrenome não dizia nada a Enzo. Mas ele se informara. E descobrira que se tratava de um jovem Corleonese descontrolado, muito feroz e empreendedor. Surgira do nada e, graças a bons conhecimentos, estava fazendo muito dinheiro com as drogas.

— E então, posso confiar nele? — perguntou a Mariano o braço direito de Occhiuzzo, referindo-se a Enzo.

Em seguida, afastou-se e, erguendo as sobrancelhas, assumiu um ar ameaçador.

— Não vai me deixar mal com o chefe?

Embora conhecesse a linhagem de Giappone e tivesse ouvido falar dos feitos terríveis do tal Mirabile da província da Catânia, mantinha uma expressão desconfiada, quase como se, por instinto, sentisse ao redor um estranho odor, uma espécie de fedor de tira.

— Confie em mim, Giappone é ouro puro — jurou Mariano. — Eu garanto: um dia você vai me agradecer!

— Perfeito — convenceu-se o homem de Ciaculli. — Confio na sua palavra.

O homem que trabalhava para Occhiuzzo, naqueles dias, procurava um motorista que tivesse coragem para fazer um trabalho delicado. Precisava transportar uma carga de droga de Punta Raisi até Acqua dei Corsari, um armazém onde fora preparada uma refinaria clandestina.

Recomendaram a Enzo que ficasse de prontidão. Ele teria que dirigir um grande caminhão por trinta quilômetros. Tudo dependia, porém, de quando "a carga" seria desembarcada em Palermo. Era uma questão de dias, talvez de horas; o homem dos Corleoneses lhe dissera para voltar para casa e lhe prometera que, quando chegasse a hora, telefonaria.

O trabalho, ao que parece, valia a espera.

— Você vai ser muito bem pago, tudo depende de você, de como vai se comportar...

O homem lhe tinha feito compreender que, se fizesse tudo direito, haveria outros serviços para ele. Não estava completamente seguro de que, ao oferecer-lhe esse serviço, tivesse feito a escolha correta e lhe tinha apresentado suas dúvidas.

— Mas você vai fazer isso? Estamos entendidos?

Giappone tinha respondido com o costumeiro ar insolente, de criminoso sem arrependimentos.

— Não me assusto com nada nem com ninguém; quando o senhor quiser, estarei aqui.

Despediram-se com um belo aperto de mãos.

Enzo agradeceu a Mariano e foi acompanhado até sua casa em Addaura.

A quantidade de droga que estava para chegar à Sicília no interior da estiva de um avião daria uma foto de primeira página.

Mil quilos de heroína pura provenientes do Sudeste asiático.

Uma mina de ouro.

Era uma mercadoria que devia render aos Corleoneses uma dezena de bilhões de liras. Um negócio no qual Occhiuzzo investira o nome, a reputação e, principalmente, o dinheiro de seus chefões que sentavam na cabeceira da Comissão.

Assim que soube que a entrega era iminente, Giappone correu para se confessar, como sempre, na igreja de Addaura. Tinha contado tudo, com grande precisão, a Don Prizzi e fez de modo que sua denúncia chegasse a Roma.

— *Ego te absolvo in nomine patris...*

Os chefes fizeram-lhe saber que estavam interessados na heroína, claro, porém mais ainda em pôr as mãos em Occhiuzzo, que já era um foragido e estava fazendo gato e sapato de todos os boss da velha guarda, todos os velhos senhores de Palermo.

Um a um, os mais importantes, todos foram eliminados por ele.

Enzo não o tinha encontrado, mas tinha certeza de que Occhiuzzo ia aparecer no aeroporto.

O boss costumava pensar duas vezes antes de dar as caras em locais de onde seria difícil escapar. Mas talvez toda aquela droga, uma vez na vida, valesse o risco.

Era a primeira segunda-feira de março.

Em Punta Raisi chovia e fazia frio. O avião aterrissou às seis da manhã. Do seu interior, saíram dez caixas de cem quilos cada, com uma marca de porcelana chinesa impressa nas laterais, ao lado da palavra FRÁGIL. Os homens de Occhiuzzo estavam posicionados no galpão das bagagens com duas horas de antecedência. Estava tudo lá, até o caminhão, só faltava o motorista. No último minuto, não apareceu.

O homem que recrutava os picciotti para o boss procurara Enzo durante toda a manhã, mas sem sorte.

Batera em sua casa.

Ela também parecia deserta.

Nem mesmo Mariano o tinha visto.

Havia vinte e quatro horas, Giappone e seus familiares tinham desaparecido misteriosamente, assim como Vincenzo Mirabile, o cadáver do qual Di Giannantonio tinha roubado o nome e a história para infiltrar-se entre os Corleoneses. Bastou que seus cúmplices, que havia duas horas estavam no hangar de Punta Raisi, ouvissem as sirenes da polícia para entender que ele os havia traído.

Os policiais chegaram lá às dezenas.

Saíram até mesmo dos bueiros e se espalharam para cercar o galpão.

Na frente de todos, estava ele: Enzo Giappone.

Um ano e meio depois de sua aventura dentro da Cosa Nostra, ele voltara a ser um "tira".

— Filho da puta, eu sabia que você era um verme — gritou para ele, ao vê-lo diante de si, o homem que o tinha contratado, aconselhado por Mariano.

— E eu sabia que você era um imbecil — tinha rido Di Giannantonio, apertando as algemas nos seus pulsos finos até machucá-lo.

Todos foram presos, mafiosos e carregadores, inspetores aeroportuários e alfandegários. Foram carregados e colocados no camburão.

As caixas desembarcadas do avião finalmente foram abertas, mas dentro delas os policiais não encontraram nem um grama de talco em pó. Apareceram apenas dezenas de vasos chineses cobertos por um mar de isopor.

— Não é cocaína, mas mesmo isso, se a gente quiser, dá para tirar! — dissera com um sorriso, por brincadeira, um policial.

Havia pouco para rir.

Os tiras permaneceram com um punhado de moscas na mão.

Occhiuzzo os havia fodido.

Outra vez.

No hangar, ele não estava nem fora visto, mas devia encontrar-se ali, em alguma parte, em meio aos milhares de passageiros que lotavam o aeroporto.

Giappone tinha certeza disso, sentia seu cheiro no ar, pressentia sua presença. Tinha vontade de pegar a pistola e começar a disparar em todas as direções.

Tinha certeza de que o boss o observava de longe.

Como acontecia frequentemente, havia um informante dentro da delegacia de polícia, que avisou a Occhiuzzo da blitz em Punta Raisi. O boss, no último minuto, adiara a entrega da droga, transportando-a num navio em vez de num avião, sem dizê-lo a ninguém. Tinha enviado todos os seus homens ao aeroporto, como programado, apenas pelo prazer de olhar no rosto do traidor. Conseguira evitar a captura e salvar o negócio.

Mas Occhiuzzo não se esquecera do homem que queria arruiná-lo. E jurara que o faria pagar. Jurara pela vida dos filhos.

Quarenta e seis dias depois da emboscada no aeroporto, o superintendente Cosimo Di Giannantonio fora morto a tiros de fuzil de caça a cinquenta metros da Delegacia de Polícia de Catânia, em uma loja de cigarros, onde tinha acabado de comprar creme de barbear e dois pacotes de cigarros Nazionali sem filtro.

Occhiuzzo tinha encarregado seu melhor killer de assassinar o "Donnie Brasco" palermitano, o policial que queria foder os Corleoneses.

Nino Giaconia o mataria atirando no rosto.

Ninguém deveria reconhecê-lo — essas foram as ordens — depois de morto.

Di Giannantonio, porém, era só o número um da lista.

Havia outro homem que, para Occhiuzzo, devia morrer.

Mariano, o homem que afiançara Enzo Giappone aos Corleoneses.

Em 13 de julho de 1989, três meses depois do crime da Catânia, Giaconia saíra para procurar por ele. Ficara atrás do edifício em que ele morava, com um cúmplice, a quem tinha ordenado ficar por perto. Carregava uma arma automática. Sabia que o homem estava chegando a pé e queria surpreendê-lo pelas costas.

Mariano, havia uns dias, caminhava *desconfiado.*

Olhava ao redor, preocupado, como se a morte o fizesse sentir seu hálito pestilento no pescoço.

Naquela manhã, como toda quarta-feira, jogara bisca com os amigos da taberna *D'Ossuna.* A mulher preparava para o jantar macarrão com folhas de uva e almôndegas de peixe.

Eram sete da noite.

Estava escuro.

O barulho de uma tevê com volume muito alto chegava até a rua.

Nino escondera-se num canto.

Tudo estava pronto, tudo perfeito.

Estava para atirar quando viu uma jovem correr ao encontro dele.

Chamava-o de papai.

Giaconia a viu e teve um estremecimento.

Pela primeira vez na vida, tirou o dedo do gatilho, abaixou a arma e a escondeu atrás de um carro.

Aquela jovem era muito bonita.

Nino decidira que devia ser sua.

Devia saber tudo dela, conhecê-la e talvez casar-se com ela.

Mariano Martinez era um morto que caminhava. Devia agradecer à filha, Rosa, o fato de que ainda estava vivo. Giaconia pedira a Occhiuzzo para poupar-lhe a vida.

Fizera-o pela jovem.

Sobre Nino, ela não sabia nada até então. Nem podia imaginar que o assassino do pai de Clara fosse o mesmo jovem que, algum tempo depois, começaria a passar todos os dias pela sua casa.

No funeral, a amiga chorou; ela não: maldizia, pela enésima vez, aquele lugar, aquele bairro, aquela aparência.

Qual o sentido de ainda estar ali?

Crescera vendo cada vez mais mortos pela rua e mais gente que sofria. Estava cansada, cansada de ver o desespero ao redor, cansada de saber que os mais fracos viviam ou morriam sempre por mérito ou culpa de alguém.

Devia ir embora.

Rosa não podia saber que um dia se tornaria a mulher de um matador. Quando Nino arrancou a grade do seu quarto com o jipe, ela se sentiu livre para levantar voo, para renascer para uma vida nova. Fora uma sensação momentânea, mas bastara para convencê-la de que ir com ele era a escolha certa.

16

Palermo, 2008

ELVIRA fechou o dossiê e o recolocou no fundo de uma gaveta.

Merda, eu sabia.

Era como se tivesse uma confirmação.

Agora sabia por que Matteo agira como um contrarregra astuto no meio da imundície palermitana. Tornara-se policial para caçar Occhiuzzo e Giaconia, os assassinos de Enzo Giappone. Seu pai.

Durante anos, essa deve ter sido sua grande obsessão.

Era uma outra guerra pessoal, como a dela com o procurador, como a de Occhiuzzo com Di Maio e como aquela de Di Maio com o Estado. Para ela, tudo ia bem assim.

Qualquer que fosse o sentimento que nutrisse pelo comissário, a juíza Salemi agora estava segura de poder confiar nele, seu instinto não a traíra no dia do café da manhã em San Cataldo, quando, diante de Matteo, se mostrara frágil e desprotegida, perdida e insegura.

Tinha investigado sua vida e seu passado às escondidas.

Paciência.

Um dia, ela contaria a ele, e talvez, um dia, ele a perdoasse.

Procurou Matteo pelo telefone.

O celular estava fora de área, e ele não respondia no gabinete.

Giaconia! Eu posso ajudar você a prender o Giaconia!

A frase do homem de macacão, o mafioso que tinha encontrado em Rebibbia, agora que estava sozinha e confusa, ecoava em sua mente.

Um martelo pneumático.

Não, é um mentiroso, só quer pôr um pouco de fumaça nos meus olhos.

Ela achava que aquilo era somente para fazê-la perder tempo. Por isso, não falou com ninguém, nem mesmo com Matteo, acerca da conversa com o homem de honra preso em Rebibbia.

Depois da morte de Robertino Di Maio, Elvira tinha medo. Medo de fazer o enésimo furo na água, de dar mais uma vez um passo maior que a perna.

E se ele tiver razão, e se estiver dizendo a verdade?

Dessa vez, não podia se arriscar a fazer tudo sozinha.

Tinha os olhos do mundo apontados para ela.

Precisava de Di Giannantonio.

Se o que o mafioso dissera era um blefe, Matteo era o único capaz de desmascará-lo.

Tentou chamá-lo no celular.

Sempre fora de área.

Mas onde, diabos, ele se meteu?

Ouviu baterem à porta.

Era ele.

— Como vai? — cumprimentou-a, sorrindo.

— Sente-se, temos que conversar.

Estava preocupada, dava para perceber.

— O que aconteceu?

Matteo estava calmo, relaxado.

Vestia jeans e uma camiseta azul justa sob um casaco de estilo safári verde militar.

Devia ter dormido mais que o normal e apenas tivera tempo de tomar um banho.

Elvira sentia o cheiro do pós-barba.

Agradava-lhe. Era fresco, cheirava bem.

— Tive uma bela noite. Você não sabe como a água estava quente em Mondello.

— Sorte a sua! — comentou ela com um pouco de inveja.

Havia muito tempo que não fazia um passeio na praia ao amanhecer com o sol se levantando e a areia ainda úmida sob os pés descalços. Sentiu vontade de fazer isso, mas, em seguida, a lembrança de seus infortúnios a trouxe de volta à sala.

Elvira contou ao comissário a conversa com o procurador. Falou-lhe de suas dúvidas, de seus medos. Confidenciou-lhe que queriam afastá-la com o subterfúgio das férias, que estava sozinha e que toda a procuradoria estava contra ela.

— Você está enganada, é a inveja que os faz falar...

Matteo fez uma pausa e depois deixou escapar um comentário inoportuno.

— Belo vestido!

Meu vestido? Eu estou na merda e ele fala do vestido. Está louco.

— É isso que está passando pela sua cabeça? — perguntou-lhe Elvira com voz embaraçada e um pouco desapontada.

Di Giannantonio percebeu que ela ficara aborrecida e tentou recuperar-se.

— Desculpe... o que dizia? Quando vão começar as suas férias?

Perguntou, esperando roubar-lhe um sorriso.

Não conseguiu.

— O mais rápido possível — respondeu séria.

— Entendi — disse ele, baixando subitamente os olhos.

Matteo cruzou as pernas, tentando assumir uma atitude mais apropriada à seriedade do momento.

Com as mãos, mexia nas hastes dos óculos escuros. Abria-as e fechava-as em seguida, como se estivesse distraído com outro pensamento.

De súbito, ficou de pé. Olhou-a com uma expressão astuciosa, um ar irritante que era — ou queria ser, pelo menos, na intenção — um antídoto ao ataque de raiva.

Sorriu-lhe.

Segurou sua mão.

— Escute, estou com fome. O que você acha se eu levar você para comer e, nesse meio-tempo, nós procurarmos uma solução? Você vai ver que vamos encontrar algo.

Queria tirá-la daquele escritório.

— Por favor — sussurrou-lhe.

Era a primeira vez que Di Giannantonio ia além de um café com a juíza Salemi. E era a primeira vez que Elvira recebia um convite desse tipo de alguém que trabalhava com ela.

Por um instante, foi assaltada pelas dúvidas costumeiras e ficou paralisada.

E se algum colega vir vocês? Talvez pense que você tem um caso com o comissário, talvez fosse melhor evitar.

Enquanto pensava, olhava ao redor, embaraçada.

Não sabia se devia aborrecer-se ou rir, se inventaria uma desculpa ou aceitaria.

Matteo percebeu que ela hesitava. Era tarde para voltar atrás. Agora já tinha decidido, devia tirá-la daquele lugar. Pegou de um bolso interno um par de algemas e mostrou-as a Elvira.

— Se você não sair agora, me algemo na porta do gabinete.

Ele recuou alguns passos. Não tirava os olhos de cima dela.

Elvira olhava-o atônita.

Isso é completamente absurdo.

Se aquela frase tivesse sido dita por outro homem, a juíza Salemi já o teria tirado da sala rudemente, mas com Di Giannantonio não conseguiu. A ameaça do comissário, infantil, jocosa, leviana, a fez sorrir e a arrancou, por um momento, do pântano de seus pensamentos negros.

Mas que mal há nisso? Na verdade, é um almoço de trabalho.

— Está bem, mas que isso não se torne um hábito.

Tinha necessidade de contar uma mentira para se levantar e seguir Matteo. De inventar uma para ela mesma e dizê-la em voz alta.

Nem por um segundo Di Giannantonio devia pensar que podia agradá-la.

Do lado de fora, fazia um belo dia, o dia ideal para um homem e uma mulher que queriam se isolar do resto do mundo.

Foram comer em Mondello.

Um restaurante no mar.

Macarrão com ouriços e lula frita.

Ao menos uma vez, não falaram de trabalho, apenas de frivolidades: os amigos, os hobbies (que não tinham), as férias.

Estavam relaxados e podiam falar livremente.

Matteo era muito bom em fazer imitações e imitou para Elvira o procurador Bonoparrino.

A mesma voz nasal, a mesma entonação. O mesmo gesto de abotoar e desabotoar o paletó.

— Doutora, a senhora gosta de futebol?

Riram como se tivessem perdido o juízo. Elvira, principalmente.

Com lágrimas.

E, enquanto Matteo continuava com as brincadeiras, ela pensava.

Pensava, e era como se aquele medo se comunicasse com seu pensamento.

Você não vai me fazer me apaixonar por você!

Ouviram atrás deles a buzina de um carro parado na Piazza de Mondello. Dentro havia um homem que chamava a atenção de alguém.

Matteo virou-se para olhá-lo e, com um movimento desajeitado, fez voar o copo de vinho.

O barulho do vidro quebrado rompeu o encanto daquela refeição, onde tudo ao redor deles desaparecera — a comida, as pessoas, o mar, até mesmo o tempo.

Elvira olhou o relógio.

Deu um pulo.

— Deus, é muito tarde!

No celular, havia três chamadas do escritório.

Tinham ficado quase três horas tagarelando.

— Espere um minuto!

Matteo parou um garçom e pediu a conta. Enquanto isso, convenceu Elvira a sentar-se novamente e, dessa vez, falou em tom sério.

— Eu quero ajudar você a resolver esses problemas. Deve haver um modo de fazer isso.

Foi nesse momento que Elvira lhe confidenciou seu segredo, falou-lhe do mafioso preso em Rebibbia, do homem que tinha mandado chamá-la.

— Por favor, não conte a ninguém — pediu-lhe, preocupada.

— Por que não me disse antes? — perguntou, um pouco contrariado, Matteo.

— Não sei, não tive vontade.

— O que foi que ele disse?

— Que tem intenção de colaborar. Diz que pode nos levar a Giaconia, mas não acredito nele, acho que quer nos despistar.

Giaconia.

Os olhos de Matteo subitamente se iluminaram de ódio, ficaram vermelhos e ameaçadores como os olhos de um lobo na noite escura.

Era como se ouvisse o nome do pai.

— Despistar?

O comissário não tinha entendido.

Não entendia por que Elvira queria esquecer aquele homem, em vez de fazer a única coisa sensata: pressioná-lo e fazê-lo dizer tudo o que sabia.

— Se o prisioneiro nos leva até ele, você está salva, não percebeu? Você tem que insistir, tem que provar!

Matteo tentou convencê-la. Com seu estilo habitual arrogante e prepotente, que usava sempre que achava que tinha razão.

Elvira acendeu um cigarro, lançou um olhar às ondas que quebravam sobre os recifes, olhou para os vizinhos de mesa mais uma vez, para os garçons que saíam da cozinha equilibrando pratos fumegantes, em seguida voltou-se novamente para o comissário.

— Matteo, esse cara não vai levar você a Giaconia.

Era como se já o soubesse e se desse por vencida.

— Por quê? — aborreceu-se, elevando a voz.

— Porque ele nunca faria mal à irmã!

Matteo permanecia rígido. Subitamente, ficou paralisado, viu tudo escuro como se, de repente, o céu se cobrisse de cinzas. Não precisava perguntar mais nada. Tinha compreendido quem era o misterioso mafioso que falava com Elvira.

Era Pino, o irmão de Rosa.

Para Matteo, Pino Martinez era um fantasma que voltava do passado, um passado que fora sepultado junto com o corpo de seu pai.

Por um instante, o comissário sentiu um rio de gelo atravessar-lhe as veias.

— Matteo, o que há, alguma coisa errada?

Elvira o viu em grande agitação.

O garçom acabara de trazer a conta.

— Não, tudo certo. — Di Giannantonio esboçou um sorriso de circunstância.

Assinou o recibo do cartão de crédito.

As mãos tremiam, mas rezou para que a juíza Salemi não percebesse.

17

VOCÊ ainda está aqui, Rosa.

Tem que se acostumar com isso.

Prisioneira deste cômodo e desta escuridão, como antes, mais que antes.

Não percebe?

Você não está livre nem para se matar.

Não vai morrer nem hoje nem amanhã, a menos que seu marido decida isso.

Você queria se matar?

Deveria ter sido mais veloz naquele parapeito, quando teve a morte ao alcance das mãos e a deixou escapar.

Esperou demais.

Você sempre espera demais.

Você é muito indecisa, sempre foi, em cada maldito dia da sua vida.

Quando você quer uma coisa, tem que pegá-la.

Rápido.

Sem perder tempo.

Não aprendeu ainda a lição?

É o imobilismo que torna as pessoas fracas.

Onde você queria cair, pulando daquele balcão?

Pensou nisso?

Tem certeza de que seria um lugar melhor que este?

Talvez acreditasse que bastava um salto no vazio para silenciar todos os seus demônios, para saldar sua dívida com Deus, não é?

Errado.

É ficando que você vai fazer isso.

Nesta vida.

Nesta terra.

A vida é o pior inferno que lhe podia acontecer.

18

— JÁ sabe da novidade, Nino? Disseram que seu cunhado Pino quer se tornar um pentito. Desde quando nós alimentamos tiras na família?

A casa do chefão dos Corleoneses tinha um odor pungente de limão e água sanitária, obsessões da mulher.

Um odor que Giaconia recordaria pelo resto da vida.

Occhiuzzo vivia numa antiga fazenda desativada, uma casa de dois andares no meio da planície, oculta por cercas vivas e oliveiras.

Nada de exagerado, uma casa modesta, mas com todo o conforto.

Havia um grande jardim com um balanço ao centro, uma mesa de trabalho de madeira com objetos espalhados, uma pilha de lenha próxima à entrada coberta por uma tela impermeável.

Da janela da sala de jantar, via-se a rocha de Monreale.

Occhiuzzo falava com sua voz rouca e desferira aquela punhalada no peito de Giaconia durante o lanche entre um *cannolo* e um dedo de *passito*.

— Enviaram-me da Pantelária. Bebe, Ninuzzo, bebe...

Tinha um olhar de desprezo estampado no rosto e divagava com aquele tom sarcástico que era sempre o prelúdio de uma tempestade de raiva.

Sentado na cabeceira, bebericava o vinho e sorria um sorriso histérico. A voz era baixa, mas a veia do pescoço estava inchada, como se, de um momento para o outro, fosse explodir.

Occhiuzzo soube de Pino Martinez antes de todos, antes mesmo de Di Giannantonio.

Giaconia estava imóvel, sentado diante dele, a boca seca e as pernas moles.

Dois pãezinhos de manteiga.

— Me conta, Nino, o que o Pino quer fazer? Quer se dar mal? E nós que o tratamos feito um filho...

O chefão dos Corleoneses não dava trégua. Desde que começara a falar, por duas vezes Giaconia sentiu que perdia as forças. No início, a história do arrependimento lhe parecera uma brincadeira. Pusera-se a rir. Em seguida, porém, tinha visto Occhiuzzo fazer em pedaços o copo de *passito* que segurava nas mãos. Um gesto descontrolado, como o de um maldito androide. E agora a alegria se transformara em terror. Subitamente, o rosto tinha mudado, as palavras eram para ele morte certa, como salmões que voltam para a nascente, e ele se conformou. Conformou-se em ouvir aquela repreensão.

— Mas, Gaspare, tem certeza? Parece impossível.

Giaconia ganhava tempo. Esperava que, aos ouvidos de Occhiuzzo, só tivessem chegado fofocas. Vozes não verificadas, não confirmadas.

— Talvez a pessoa que falou tenha se confundido — arriscou.

— O quê? Está doido? Eu disse que ele se arrependeu — gritou contra o cunhado, cuspindo um jato de água contra a parede.

Giaconia pôs a cabeça entre os ombros e não falou mais.

Occhiuzzo sabia muito mais sobre Pino que qualquer outro. Sabia quando a juíza Salemi o encontrara em Rebibbia e sabia até mesmo quanto tempo duraram as conversas.

Foram três ao todo.

A última durara dez minutos.

— Aquela vagabunda foi encontrá-lo à noite, entendeu? — concluiu Occhiuzzo, arreganhando os dentes.

Algumas notícias voam na prisão.

Além disso, quando um mafioso é transferido para o isolamento e destitui seu advogado, deve ser em razão de alguma coisa a mais.

Normalmente é um sinal claro.

Significa que quer falar, que quer "se arrepender".

Diante de Giaconia, Occhiuzzo continuava a bater na mesma tecla, como se quisesse acabar com os nervos dele, como se quisesse enfatizar o fato de que a culpa dessa enésima confusão fosse sua.

— Diga-me, Nino, o que é que faço agora?

Um outro gole de *passito* e recomeçava novamente a mesma lenga-lenga. Giaconia sentia a lâmina do cunhado afundar sempre mais no fundo do peito. Por embaraço e vergonha, queria afundar. Pino, no fundo, era sua cria. Fora ele que o levara para dentro do clã dos Corleoneses. Não podia deixar de fazê-lo, era o irmão da sua mulher.

— E Rosa, o que eu vou dizer a Rosa? — perguntou-se Giaconia em voz alta.

Pensando bem, seria melhor ficar calado.

* * *

Em casa, também estava Teresa, irmã de Nino, mulher de Occhiuzzo. Fora ela que preparara a refeição. Teresa era uma mulher alta e esguia, que educara dois filhos sozinha: um menino de treze anos e uma menina de dez. Ambos nunca tinham visto uma escola, e tudo que sabiam tinham aprendido com a mãe, que os fazia estudar em casa.

Desde nova, fizera um curso para se tornar professora do ensino elementar e havia ensinado os dois a ler e escrever.

Quando percebeu que a conversa entre o marido e Nino tinha se tornado incômoda, levantou-se da mesa e fechou-se na cozinha.

Não sabendo o que fazer, pôs-se a lavar os pratos.

Mas, em seguida, ouviu Giaconia pronunciar o nome Rosa, e agora se sentia invadida por uma onda de calor.

Tirou o avental, jogou-o no chão e correu para a sala de jantar.

Era como se estivesse possuída por uma força desconhecida, uma força demoníaca que encheu sua mente e a boca de veneno.

Entrou na sala espumando pela boca.

— Nino, a culpa é sua, entendeu?

Seus olhos lançavam faíscas avermelhadas como as de um lobo, e agora Teresa apontava o dedo contra ele.

— Você devia procurar uma mulher da região — advertiu-o —, uma boa mulher de Corleone. Em vez disso, pegou uma da cidade, que nunca prestou nem para dar um filho a você. Entendeu ou não que esses Palermitanos têm o sangue *ruim*???!!!

Giaconia não entendia.

Uma coisa era Pino, que queria desonrar toda a família, outra era Rosa.

Que culpa podia ter a mulher se havia perdido o filho?

— E o que ela tem a ver com toda esta história? — perguntou Nino à irmã.

— Tem a ver — gritou Teresa — que, se você não tivesse casado com ela, essa raça *suja* não teria se misturado com a nossa.

Era ódio, inveja pura, que a fazia falar.

Rosa e Teresa não se davam bem, tinham trocado duas palavras em toda a vida.

Teresa a considerava muito diferente dela. E aquela diferença a inquietava.

Rosa era muito mais evoluída. Tinha estudado balé, frequentado o liceu clássico e, além disso, era uma "palermitana".

Não era só uma questão de antigos ressentimentos entre famílias da máfia.

O fato de que Rosa tivesse nascido na cidade lembrava a Teresa uma ideia de corrupção, uma vertigem de liberdade que não podia ser admitida, aos olhos das mulheres da região.

Mulheres como ela.

Sem maquiagem.

Devotas.

Consagradas aos maridos.

Teresa crescera em Corleone e, desde o início, fora contrária ao casamento do irmão com Rosa Martinez.

No dia do casamento, fingira uma dor de cabeça e obrigara Occhiuzzo a ficar em casa com ela.

Tinha feito isso para não ver Rosa no altar com o irmão, com o sangue de seu sangue.

Agora, Teresa, após muitos anos, finalmente conseguira vingar-se.

O aborto de Rosa e o arrependimento de Pino eram a prova de que ela tinha razão sobre a mulher e a família.

De que sempre estivera certa.

Desde o início.

Occhiuzzo não se moveu durante todo o tempo em que a mulher falou.

Como Nino, limitara-se a ouvir o desabafo.

Violento.

Sem possibilidade de apelo.

Agora, porém, chegara o momento de intervir.

— Teresa, você já falou demais, agora chega!

Com um gesto da mão, Occhiuzzo fez um sinal para que ela voltasse à cozinha. A mulher ainda não tinha terminado, mas obedeceu, apesar de tudo, e desapareceu, não sem antes lançar ao marido um olhar que prometia um acerto de contas.

Occhiuzzo esperou que ela saísse, que fechasse a porta, depois se virou novamente para Giaconia.

— Nino, nós temos que agir agora. Quando vazar a notícia de que temos um pentito na família, estaremos arruinados dentro da Cosa Nostra, não serviremos para mais nada... você me entendeu?

— Gaspare — interrompeu o cunhado com voz piedosa —, espere um minuto. Tive uma ideia. Daqui a uns meses, Diego, o irmão americano de Rosa, vai chegar. A mulher está grávida e ele quer que o filho nasça em Palermo. Vamos dar cabo dele, assim ninguém vai poder se lamentar que não fizemos nada. Eu me ocupo disso pessoalmente e você vai ver...

Occhiuzzo não o deixou terminar de falar...

— Nino — chamou-o à ordem. — Não basta o Diego...

O cunhado assentia com a cabeça, estava com os olhos e as orelhas baixos. Parecia um cão maltratado pelo dono que agora implorava um carinho.

— Certo, você tem razão, Gaspare, está certo, como você quiser.

Occhiuzzo fez uma pausa que pareceu eterna.

Levantou-se para esticar as pernas.

Deu uma volta em torno da mesa.

Pegou uma velha revista de caça sobre a prateleira e se pôs a olhar a foto da capa. Era como se, naquela imagem, buscasse a solução para todos os seus problemas.

Encontrou-a.

E, aos poucos, foi contando-a para Nino, enquanto continuava a olhar a revista.

— Só tem uma coisa a fazer, você sabe disso...

Giaconia assentia havia um quarto de hora e, por alguns segundos, continuou a fazê-lo, como se estivesse ligado no automático.

Um disco quebrado.

— Certo, certíssimo — continuava a repetir.

Depois, por uma fração de segundo, levantou a cabeça.

Pensou bem sobre a última frase: *só uma coisa a fazer.*

Compreendeu.

Rosa!

Deteve-se, com uma expressão de desânimo e súplica.

Olhou para Occhiuzzo e seus olhos faiscavam. Era como se implorasse ao cunhado para reformular aquela frase. Sentia o punhal do chefão dos Corleoneses cravado no coração e o ar que lentamente abandonava seus pulmões.

— Mas, Gaspare, como vou fazer isso? É a minha mulher! — implorou, juntando as mãos.

Falava com um fio de voz.

Occhiuzzo encarou-o com os olhos pequenos e cruéis.

De animal. De besta feroz. Olhos sedentos de sangue.

Voltou a sentar-se perto dele.

Pôs uma das mãos em suas costas.

Giaconia tremia.

Occhiuzzo fez um carinho em seu rosto, que pareceu a Nino um toque da morte.

— Volte para casa, Ninuzzo. Agora você sabe o que deve fazer.

19

PINO Martinez era um rapaz de trinta anos com Rolex no braço e o abdome sarado. Se não fosse por uma cicatriz em forma de meia-lua sob o olho esquerdo, podia-se dizer que tinha um corpo quase perfeito. Era maníaco pela forma física. Quando estava livre, ia à academia também, cinco vezes por semana, e só comia carne. Com chili.

Como os leões da savana.

Nada de pão ou macarrão.

Apenas aos domingos abria uma exceção, quando estava na companhia dos amigos e iam todos juntos a Sferracavallo para comer torta de sardinha. Nos outros dias, era um soldado, sempre de dieta. Comia bifes, bebia suplementos e cheirava cocaína. Trazia-a sempre consigo. Consumindo-a em grande quantidade. De manhã cedo, tarde da noite. Toda hora era hora de cheirar uma carreira. Tinha um físico esguio e estava sempre bronzeado, mesmo no inverno. Além dos pesos, passava horas nas câmaras de raios UVA. Era tudo de graça, não lhe custava nada. Costumava transar com uma moça que trabalhava num solar no viale Lazio, uma certa Sonia, que lhe dizia: "Você está parecendo o Benício del Toro!"

Pino não tinha uma mulher só.

As jovens lhe agradavam, mas não lhe agradava a ideia de ter uma para a vida toda. Saía com muitas, mas não era nada sério.

Em Palermo, só se podia encontrá-lo à noite e apenas nos locais da moda. Andava com roupas de grife. Ninguém se lembrava de tê-lo visto usando macacão e tênis de ginástica, como na última vez que Elvira o encontrara.

Saía por aí com um Mini Cooper S, vermelho, com cobertura xadrez e para-choque cromado. Retirara a placa anterior da carroceria porque parecia estragar a frente do carro.

— E, se me der na telha, retiro também a placa de trás — brincava, ousado, com os amigos.

Amigos falsos, porque Pino não tinha amigos de verdade.

Os que estavam ao seu redor faziam-no por interesse, sobretudo porque era o cunhado de Giaconia e estava sempre com os bolsos cheios de dinheiro e drogas.

Pino era uma cópia da irmã.

Tinha de Rosa o mesmo olhar, o mesmo formato dos olhos, o nariz aquilino, o pescoço comprido, a pele cor de oliva. Também se pareciam no caráter.

Porém, com o tempo, ela se tornara submissa e acomodada; ele permanecera o mesmo de sempre, petulante e agressivo.

Ele e a irmã se viam quando podiam, nunca com frequência regular. Em geral, nas festas: aniversários, Natais ou qualquer outra comemoração particular. A última vez fora há um ano, por ocasião de um almoço organizado por Giaconia numa vila fora de Palermo, com muitas palmeiras, piscina e churrasco.

Chegava o verão.

Sob efeito do siroco, era maio, mas parecia pleno mês de agosto. Na água da piscina, se podia até cozinhar macarrão, de tão quente.

Naquela casa principesca havia hóspedes.

Nino a conseguira emprestado de um empresário que lhe devia um favor, que partira num cruzeiro com toda a família e pusera a vila à sua disposição por um dia.

— Viu, Giò, viu aonde eu trouxe você? Melhor que *Maaieemi*. É um palácio das mil e uma noites. Quer que eu a compre para você?

Giaconia entrara como se a casa sempre tivesse sido sua, como se ele a tivesse dado ao dono. Rosa, como sempre, não tinha palavras diante daquela exibição de megalomania, mas não podia criticá-lo, era mais forte que ele. A tentação de somar mais aquela pérola à sua coleção de atos de prepotência era muito grande para Nino.

Num outro momento, talvez, sua mulher tivesse ficado ressentida e tivessem brigado, mas, daquela vez, fingiu que não era nada.

Não pretendia estragar o dia.

Queria estar com o irmão.

— Você tem que me contar um monte de coisas... — tinha dito, ao cumprimentá-lo.

Pino a abraçara forte.

— Arrume um lugar confortável, que o dia vai ser longo!

Enquanto Nino pensava no churrasco, Rosa e o irmão sentaram-se nas cadeiras do jardim para conversar e depois continuaram sob o sol, deitados nas cadeiras na beira da piscina.

Só pararam de conversar durante a refeição com o churrasco de Giaconia.

— Como está? Está bom? Vocês não me dizem nada.

No final, Nino comeu quase toda a carne sozinho. Um quilo e meio de filé e carne de cordeiro.

Rosa não tinha fome. Tinha comido apenas um pedaço de carne e tomado duas garrafas de laranjada. Preferia falar com Pino, e a conversa deles continuou por horas a fio. Em certo momento, começaram a gracejar e tinham morrido de rir.

Riram até passar mal.

Aos poucos, passaram a lembrar histórias e anedotas tiradas de uma infância que parecia muito distante, imagens de muito tempo atrás.

— Lembra a barraquinha com aquele senhor com um olho só, que dava laranjada para as crianças?

— Sim, me lembro.

— Chamavam-no de Polifemo!

E assim por diante, por um dia inteiro!

Fecharam-se num círculo mágico de afeto, de intimidade familiar, de confiança, no qual Giaconia não tinha lugar.

— Giò, quando você quiser, podemos ir.

Nino era o único que não se divertia.

Pouco depois do almoço tinha começado a atormentar Rosa para voltar para casa. Sentia-se deslocado, aborrecia-se vendo os dois que riam como loucos enquanto ele ficava à parte, como um penetra numa festa.

Para matar o tempo, examinara todas as plantas e flores da vila, e se dera conta de que não tinha mais nada para fazer ou ver.

— Giò, então, podemos ir?

A cada cinco minutos olhava o relógio, a cada dez voltava com a mesma resposta da mulher. A cada vez, Rosa lhe respondia sempre mais aborrecida.

— Estou conversando com Pino, não percebeu?

Nino deu outra volta pela vila.

Para combater o tédio, deitou-se num sofá e começou a jogar um Nintendo que tinha encontrado na casa.

Devia ser do filho do proprietário.

Tinha começado a jogar à espera de que a mulher decidisse sair daquele lugar, mas, depois de duas partidas, passou a gostar. Até a noite, divertiu-se empilhando cubos de Tetris e pensando coisas estranhas sobre o videogame.

Merda, agora me fodo, eu o levo para casa e continuo a jogar esta noite!

Com os olhos perdidos sobre a tela do Nintendo, esqueceu-se de tudo. Até mesmo da mulher que, empurrada por Pino, acabara na água num momento de distração, enquanto estava se vestindo.

Por um segundo, tinha virado as costas ao irmão e ele a tinha castigado. Jogara-a na piscina, de calça e sapatos.

— É guerra! — gritou Rosa, procurando voltar para a escada, depois de emergir daquele mergulho desajeitado.

Pino, na beira da piscina, fazia caretas e a provocava.

— Vem, me pega se tem coragem.

Tinham começado a perseguir-se em volta da piscina, escorregando sobre os ladrilhos molhados, dobrando-se por causa das risadas. De certo modo, era como se tivessem voltado a ser crianças, aos dias em que, no verão, corriam e jogavam água um atrás do outro na praia até o pôr do sol.

— Lembra? — perguntou Rosa ao irmão. — Naquela época, eu sempre vencia.

Eram outros tempos.

Rosa adorava os irmãos.

Tinha uma necessidade quase física de ambos.

Faria qualquer coisa para vê-los todos os dias, mas não podia. Fazia anos que não se encontrava com Diego, o mais velho, imigrante na América. De tempos em tempos, se escreviam. Rosa sabia que ele estava bem. Que tinha encontrado trabalho como caixa em uma pizzaria e se casara com a filha do proprietário, uma jovem de origem siciliana. Agora era meio-americano. Na última carta, prometera que, em breve, ela teria uma surpresa.

Juro, I swear!

Diego falara recentemente com Nino sobre a intenção de retornar à Sicília para que o filho nascesse em Palermo. Mas, no telefonema de Nova York ao cunhado, tinha pedido que mantivesse a boca fechada.

— É um segredo, uma surpresa. Quero ver a cara da minha irmã ao me ver. *You know what I mean?*

— Está bem — prometeu Nino.

Nos primeiros anos de casamento, ela e Pino, o irmão caçula, a quem Rosa era mais ligada, viam-se frequentemente. Depois, porém, Giaconia se tornara obsessivo com os tiras. Pior que se estivesse doente. Sentia-se continuamente interceptado e perseguido. E a primeira vítima fora a mulher. Decidiu que ela não podia mais encontrar o irmão.

— Se for muito importante, escreva bilhetinhos. Vou fazer com que cheguem até ele.

Rosa, com a morte no coração, teve que obedecer.

Ela e Pino começaram a trocar mensagens, como acontecia com Diego.

Mensagens que deviam ser muito longas, mas que, em vez disso, terminavam sendo telegráficas. Frases do tipo: *espero que você esteja bem, um abraço forte, se cuida.*

Pensamentos neutros, que não significavam nada, mas dentro dos quais podia caber tudo. Eram tantas coisas que queriam dizer um ao outro que ambos não sabiam como colocá-las no papel. Quando deviam comunicar-se com o mensageiro, os dois ficavam bloqueados diante da folha em branco.

E nada na cabeça.

Subitamente.

Era como se temessem que, na viagem para chegar ao destino, as palavras fossem diluídas pela distância, como se o medo maior — para ela assim como para ele — fosse que, dentro de um envelope, elas perdessem a força e a cor ou se tornassem velhas, muito datadas, rodando quilômetros e passando de mão em mão entre os vários carteiros responsáveis por elas.

E, então, escreviam umas poucas linhas. Antes de serem maculadas, aquelas palavras eram guardadas, conservadas como moedas de ouro, para serem trocadas um dia em que eles se vissem e recomeçassem a falar — como naquele dia de maio na piscina —, sem nenhuma mão estranha que levasse a um o coração do outro.

Pino, nos últimos tempos, nem mesmo sabia onde Rosa morava.

Giaconia, num excesso de prudência, tinha preferido não lhe comunicar o novo endereço.

— É melhor assim, acredite, quanto menos pessoas souberem, melhor! — mas prometera-lhe que o veria o quanto antes.

— Breve, muito breve, palavra!

Depois Pino foi preso.

Pela terceira vez.

Já tinha antecedentes por associação mafiosa e tráfico de drogas. Acabara incriminado numa investigação sobre um golpe no hipódromo, uma série de corridas fraudadas, na qual os Corleoneses tinham ganho muito dinheiro manipulando os resultados.

O jovem Martinez fora filmado por uma microcâmera dos policiais enquanto dava ordens e dinheiro a três jóqueis, explicando a eles qual devia ser a ordem de chegada.

— Primeiro, Corradino; segundo, Pégaso; terceiro, Tempestade. Entenderam?

No quartel-general, um oficial do Exército, um tenente-coronel, tentou fazê-lo falar.

— Nós sabemos que o senhor trabalha para Occhiuzzo.

— Occhiuzzo? Nunca ouvi esse nome na minha vida.

— E Giaconia? Já ouviu alguma vez?

— Não, também não. Quem é?

— Seu cunhado.

— Ah, não sabia!

Como das outras vezes, Pino ficou de boca fechada.

Tinham-no jogado na solitária. Occhiuzzo não queria pagar o advogado. Estava fora de si. Ficou histérico quando soube que a festa acabara no hipódromo. Dizia que era culpa dele. De Pino. Que não sabia se mover.

— Merda, pedi que fizesse uma coisa e ele não soube fazê-la! — praguejava na frente de Nino.

Parecia ser verdade aquilo que se dizia dos Palermitanos: que não se podia confiar neles. E essa era a enésima prova.

— É inútil, meu caro Nino, por mais que a gente se esforce para pensar que as coisas mudaram, o sangue não mente; antes eram inúteis e continuam a ser inúteis hoje.

Occhiuzzo, apesar de nunca ter aberto um livro na vida, pensava como um mafioso. E sentiu que a prisão do rapaz trouxera à tona algo do passado. Algo que não sabia explicar bem. Uma espécie de morte negra, de maldição que perseguia todos aqueles como Pino, os Palermitanos, e tornava a todos, aos olhos de Deus e da história, iguais.

— Perdedores; é isso que são, perdedores!

Giaconia ouvia e engolia em seco.

Em silêncio.

Fora ele quem pedira a Occhiuzzo para encontrar alguma coisa para Pino fazer. Era um presente para a mulher. Na verdade, o rapaz conhecia o serviço, era esperto, as coisas que lhe eram pedidas ele fazia.

Só tinha aquele viciozinho, a coca; de resto, era um bom ajudante.

* * *

Pino Martinez conhecia Ciccio Di Maio. Encontrara-o no "escritório" de Occhiuzzo, o bunker debaixo da autoescola. Não eram amigos, conheciam-se, e pronto, eram homens do mesmo grupo. Mas Ciccio era um membro ativo. Ele, ao contrário, a pedido do chefão, pagava por sua ascendência e estava à margem, se ocupava de coisas pequenas.

Pino tinha acompanhado todo o percurso de Di Maio, do trabalho como motorista e fornecedor do chefão dos Corleoneses até a prisão.

Seu arrependimento, quando se tornara público, tinha pego de surpresa todos os homens de honra do grupo. Parecia um daqueles durões, fiéis até a morte, o último que se pensaria que podia tremer diante de um magistrado. Porém, também ele tinha seu calcanhar de aquiles.

O filho.

Pino se encontrava na cadeia na época do rapto de Robertino. Do sequestro sabia pouco, aquilo que os outros homens de honra lhe tinham contado. Sabia que fora uma ideia de Occhiuzzo para convencer o pai a retirar o que havia dito, mas todos, inclusive ele, estavam convencidos de que tudo ia acabar bem.

Estão blefando, depois o libertam.

Repetia para si, em seguida.

Depois, em Rebibbia, chegara a notícia.

Disseram que o menino estava morto.

Naquele dia, Pino estava com os outros presos durante o banho de sol. Sentira-se mal, fora ao banheiro e vomitara. Naquela noite, não conseguiu dormir.

Uma lembrança o incomodava, uma imagem que via nítida diante dele, como se fosse projetada na parede da cela. Era manhã e ele estava na autoescola. Num canto, Ciccio chorava sem parar, na frente de todos. Chorava pelo filho, pelo fato de não poderem viver juntos. A mulher, da qual era separado, impedia-lhe, com todos os meios, de vê-lo, e os nervos não resistiram.

Ele, que era sempre frio, lúcido, que não se assustava com nada nem com ninguém, estava se revelando como era realmente: um homem frágil, um pai desesperado.

Pusera-se a chorar diante dos companheiros, do chefe, que, na verdade, eram sua família, tudo que lhe restara, além da própria vida.

Assim como Pino, Occhiuzzo também o vira chorar.

O chefe dos Corleoneses não lhe dissera nem uma palavra, passara perto dele enquanto soluçava e seguira em frente.

Mas gravara aquela cena.

Sabia o quanto Di Maio gostava do filho. E se lembrara dele imediatamente, no momento em que decidiu se vingar.

Tinham raptado e assassinado o filho para ofendê-lo, mais que por vingança. Se Occhiuzzo quisesse, antes de Robertino, teria podido matar pelo menos outras cinco pessoas: os irmãos de Di Maio ou seu pai, até sua mulher. Entretanto, dentre todos, escolhera o próprio filho, seu ponto fraco, a luz de seus olhos.

Pino não conseguia dormir à noite pensando nisso.

O pensamento de Occhiuzzo lhe parecia infame, uma infâmia quase tão grande quanto a própria traição.

Se fosse alguém como eu, com os parentes certos, não teria acontecido. Occhiuzzo não teria feito nada!

Havia dias essa ideia se agitava na sua mente.

Estava se tornando uma fixação.

Estava certo de que, se fosse um pentito, nada aconteceria a ele. Estava cansado da Cosa Nostra.

Eles ultrapassaram o limite!

Não a queria com Occhiuzzo, com Giaconia, queria fazê-la pagar, fazer explodir uma bomba na família para ambos.

Assim vocês param de matar crianças, filhos da puta!

Pino era diferente de Ciccio. Era o irmão de Rosa, o cunhado do número dois dos Corleoneses. Ninguém teria tocado num fio de cabelo de qualquer um de sua família.

Que merda podem me fazer? Vão se foder!

Quando escreveu a Elvira Salemi pedindo-lhe um encontro, Pino Martinez não estava inteiramente convencido de querer saltar o abismo.

Nunca traíra ninguém na vida, mas estava razoavelmente seguro de que, na hora em que decidisse falar, não haveria nenhuma vingança. Occhiuzzo estaria de mãos atadas.

Pino sabia que Rosa era sua garantia de vida.

Não imaginava que, para os Corleoneses, ela também já era um problema superado.

20

— Eu não gosto disso e me corta o coração, mas a lei vale para todos!

Os gritos de Gianni Turturro chegavam do lado de fora do casebre, até o pátio onde estavam estacionados os motoristas. Na ruazinha sem saída que levava à leiteria, havia uma fila de carros que seguia ladeira acima.

Felice, o motorista do chefão da máfia de Trapani, Cataldo Fiore, contou seis.

— São sete, tem um lá atrás, sob o telhado — corrigiu o primo Carmine, homem de confiança do boss das Madonias, Santino Mocciaro.

Enquanto isso, Turturro elevava cada vez mais a voz.

— Eu falo de regras. Se elas existem, é preciso respeitá-las! Acho que posso dizer isso em nome de todos!

Os maiorais estavam reunidos em torno de uma mesa no grande salão no andar térreo do casebre. As portas de madeira estavam trancadas, mas, do lado de fora, os picciotti não podiam deixar de ouvir.

O céu estava azul-claro. Límpido e sem nuvens.

A enorme extensão de milho diante deles flamejava ao sol.

Carmine pegou uma espiga, começou a brincar com os lábios e virou-se novamente para Felice.

— Como é que você acha que vai terminar?

— Isso vai terminar mal... a terceira guerra mundial vai estourar, vocês vão ver. Já vi Turturro inchado como um porco-espinho. Quando ele fica bravo... você não o conhece!

— Oh, e lá dentro também está o Occhiuzzo — retrucou Carmine. — Não existe ninguém mais doido que ele!

Felice pegou no bolso da camisa um maço de Diana Blu. Tirou um cigarro e acendeu-o.

Olhou para o primo e começou a dar gargalhadas.

— Por que você está rindo?

Felice segurou Carmine pelo braço e disse em voz baixa:

— Occhiuzzo? Talvez só você acredite que, depois de hoje, ele ainda vai valer alguma coisa em Palermo.

Naquela vila de Partinico ocorriam os encontros dos boss de metade da Sicília. Gianni Turturro, um Palermitano jovem e ambicioso, último herdeiro da dinastia daquela velha máfia varrida pelos Corleoneses, os havia convocado. Na ordem do dia estava o arrependimento de Pino Martinez. Turturro, nos últimos anos, mantivera os pés no chão. Controlava o território de Porta Nova e até agora não tinha dado problemas. Quando via Occhiuzzo e Giaconia, frequentemente caminhava de cabeça baixa. Os Corleoneses tinham-no deixado investir um pouco de dinheiro em drogas, tinham permitido que, no seu território, ele fizesse o que bem entendesse. Era ele quem decidia quem pagaria ou não a gorjeta da máfia, quais eram as empresas que deviam trabalhar na região e quais os políticos que deviam ser apoiados durante as eleições. Giaconia fora contrário, desde o início, a deixar aquela longa cadeia para um cabeça quente como ele.

— É uma bomba ambulante, temos que acabar com ele rápido! — dissera, certa vez, ao cunhado.

Occhiuzzo, com um leve gesto, ergueu a mão, como se quisesse impedi-lo de passar das palavras aos atos.

— Tudo a seu tempo — sentenciou, com a costumeira arrogância.

Tinha deixado Turturro viver. Fizera isso por amor à paz, mas percebeu tarde demais que estava errado.

Nos últimos meses, Turturro lutava para ter mais poderes dentro da Cosa Nostra. Ultrapassara as fronteiras do seu território um dia depois do outro. Com as extorsões, com os acordos, com as drogas. Pouco a pouco, estava comendo pedaços cada vez maiores de Palermo.

Entre os velhos chefões Palermitanos, era o mais jovem. No casebre de Partinico, além de Fiore e Mocciaro, chegaram Andrea Gioè, de Altofonte, Domenico Ciaramidaro, de Prizzi, e Nunzio Stancapiano, de Alcamo. Sentado à mesa estava, ainda, o proprietário da vila, Cosimo Marciamò, de Montelepre. Os Corleoneses, Occhiuzzo e Giaconia, estavam sentados no canto.

Turturro era baixo e tinha uma barriga incipiente. Tinha bigodes e quatro fios de cabelo na cabeça. Parecia um rato. O nariz praticamente não existia, dois furos sobre a boca, as orelhas eram pequenas, os dedos das mãos curtos e grossos. Para parecer mais alto, usava botas com salto cinco. Quando começou a reunião, levantou-se e só ele falou.

— Tio Gaspare — gritava, na direção de Occhiuzzo —, Martinez é seu parente. O senhor devia reconhecer que tem um problema na família e aguentar as consequências!

Os olhos do chefão dos Corleoneses estavam injetados de sangue.

Aquela sujeira, na frente de todos, colocava sua posição em questão. Antes da reunião, conversando com alguns dos chefões presentes, tinha tentado explicar que não havia problema algum.

— Pino não significa nada — repetia a cada um deles.

Era verdade. Martinez representava uma terceira fila, não sabia nada dos negócios maiores deles. Não causaria nenhum dano à organização.

— Ninguém pode duvidar disso! — insistia.

Turturro, porém, fingia não ouvir nada.

— Ele, que é o chefão, não é diferente dos outros, deve afastar-se — repetia o homem-rato, olhando os outros chefões sentados ao redor da mesa —, senão devemos decidir que, a partir de agora, cada um faz o que quer e boa noite aos jogadores!

Turturro queria instaurar a confusão entre os Corleoneses. Esperava que o arrependimento de Martinez convencesse Occhiuzzo de que chegara o momento de passar o bastão de comando.

Filho da puta e corno!

Pela primeira vez na vida, o chefão dos Corleoneses estava em situação difícil. Entre outras coisas, não podia contar com o apoio de nenhum dos presentes no encontro.

Estava isolado.

A paranoia escurecia sua visão.

Tinha a sensação de que tudo já estava decidido naquela mesa.

Durante anos, Occhiuzzo tirara vantagem pelo fato de ser o único boss da máfia siciliana que não tinha traidores na família.

Era verdade.

Agora, por culpa do infame do Pino, era obrigado a sofrer uma censura na frente de todos.

Giaconia estava sentado perto dele.

Impassível.

Uma estátua de cera.

Ouvia em silêncio e meditava.

Tinha que ter matado aquele filho da puta do Turturro há muitos anos, quando tivera a chance. Era nisso que pensava.

O jovem Palermitano tinha uma arrogância que o fazia caminhar a um metro do chão.

Esse anão nojento!

Occhiuzzo, por mais que estivesse envenenado, estudava-o buscando permanecer frio. A tática de Turturro lhe parecia bem clara. Por causa da traição de Martinez, ele estava pedindo aos Corleoneses que assumissem a responsabilidade e dessem um passo atrás.

Sabia que a irmã do pentito era casada com Giaconia.

E sabia que o outro irmão, Diego, de Nova York, era amigo dos boss da Quinta Avenida.

Os "brutamontes" não podiam fazer nada, estavam fodidos.

O raciocínio de Turturro era muito lógico: visto que não podiam contar com o apoio de mais ninguém, a única coisa que lhes restava era o afastamento.

É isso que você quer, estúpido!, pensava, furioso, Occhiuzzo.

O chefão dos Corleoneses levantou-se e abriu os braços como Jesus Cristo diante dos apóstolos.

— Senhores, o que posso dizer? Parece que os senhores já decidiram que sou culpado! Não estou aqui para pedir que entendam, estou aqui para pedir alguns dias para lavar, como se diz, a roupa suja da família. Vamos nos encontrar em uma semana e, se os senhores não estiverem satisfeitos, acatarei, como um cristão, a decisão desta Comissão.

O boss se calou e encarou Turturro. Olhou-o com nojo, como se olha uma barata antes de esmagá-la.

— O que é que você está dizendo, Gianni, está pensando que este pobre velho não merece uma segunda chance? E quantas chances eu já não lhe dei?

Era uma pergunta retórica.

O Palermitano não respondeu, olhou em torno, desorientado, buscando o apoio dos outros mafiosos presentes.

Todos desviaram o olhar.

Occhiuzzo, com uma manobra sutil, tinha contra-atacado.

Para ganhar mais alguns dias, voltara-se contra seu principal acusador. Se conseguisse arrancar-lhe um sim, estaria feito, os outros boss o seguiriam.

Tudo correu exatamente como tinha previsto.

Turturro, de acordo com seus planos, esperava destronar Occhiuzzo naquele mesmo dia. Agora sabia que não podia puxar muito a corda.

Teria parecido exageradamente presunçoso se não tivesse cedido nem um milímetro. Declarou-se favorável a conceder-lhe alguns dias. Os outros chefões presentes concordaram, satisfeitos.

— Que seja.

Era uma solução que deixava todos contentes.

Occhiuzzo permanecera de pé.

Mais uma vez.

Tinha muita experiência e muito carisma para deixar-se afundar naquela lama insignificante. Conseguira sair da areia movediça daquele encontro, mas não tinha muito mais tempo à disposição. Depois de ter se defendido, agora devia atacar, se não quisesse sucumbir.

— Nino, agora é com você — sussurrou Occhiuzzo ao cunhado, enquanto se erguiam da mesa.

Estava lembrando a ele que devia matar a própria esposa.

Giaconia assentiu, como a dizer: "Entendi."

Seguiu no pátio o chefão dos Corleoneses e, antes de sair pela porta, fitou Turturro. Olhou-o como se quisesse estrangulá-lo com os olhos; como se lhe dissesse: "Em breve, nos veremos."

Os manda-chuvas começaram a sair um depois do outro.

Gianni Turturro foi o último.

Antes, olhou em torno da sala vazia, sentado em seu lugar. Espumava de raiva. Estava tão agitado que as mãos lhe tremiam. Sentia fria a ponta dos dedos.

Para relaxar, foi ao banheiro e cheirou uma carreira de coca.

Segurando-se na pia, sentiu o golpe de seu "ar quente" comprimir-lhe a espinha.

Era uma automática 7.65 prateada.

Ele a chamava de Anna. O nome da sua mãe.

Segurou-a nas mãos.

Acariciou-a.

Agora se sentia forte como um leão.

21

GIACONIA devia sair rapidamente naquela manhã, mas não tinha coragem de deixar Rosa sozinha em casa, como se quisesse protegê-la de todos os perigos, embora soubesse que o perigo maior era ele mesmo, que havia concordado em matar a mulher.

Nino ordenara a seu cão de guarda, Tony, que vigiasse o cômodo em que Rosa estava até seu retorno.

— Não saia daqui e nunca abra esta porta. Entendeu?

— Sim, padrinho.

Tony não via a senhora Giaconia desde o dia em que ela adoecera e ele a acompanhara ao consultório do pobre coitado do primo. Talvez, se a visse agora, não a reconhecesse. Ele a imaginou como um espectro macilento que vagava naquele quarto, na parte da casa que lhe era proibida.

Tinha intuído que algo ocorrera nos últimos dias. Devia haver um motivo para que Giaconia quisesse que a mulher não saísse dali, mas achava melhor não perguntar nada.

Limitou-se a fazer exatamente aquilo que o boss lhe ordenara.

Plantou-se como uma sentinela diante do cômodo em que estava a senhora e se preocupou em manter tudo como Giaconia deixara.

Imóvel.

Na primeira hora que passara de guarda, Tony ouvira o rumor da tevê ligada vindo do interior do quarto e não se preocupou. As palpitações começaram uma hora e um quarto depois, quando se deu conta do silêncio total.

Não se ouvia rumor algum; nada em absoluto.

Primeiro, imaginou que a senhora estivesse repousando.

Talvez esteja cansada e tenha adormecido!

Depois lhe vieram as dúvidas, que aumentaram conforme passavam os minutos. Começou a imaginar coisas cada vez mais terríveis. Coisas irracionais, mas verossímeis. Primeiro, pensou que Rosa tivesse se sentido mal, depois, que houvesse caído da janela. Em seguida, que estivesse escapando daquela prisão, talvez escavando um buraco na parede com uma colher. Tinha visto um prisioneiro fazer isso num filme. De repente, se lembrou do título: *Asas da liberdade*.

Tony já imaginava Giaconia voltando para casa e lhe dando uma dura.

Merda, estou arruinado!

Sentia que a ideia de não poder ver nem ouvir nada o estava enlouquecendo. Num certo momento, ficou tentado a bater e perguntar à senhora Giaconia se estava tudo bem. Mas, e se depois Nino se aborrecesse ainda mais e lhe tirasse o couro? Quem lhe tinha dado toda essa confiança?

Melluso permaneceu colado à porta, como se possuísse ventosas. Até Giaconia voltar, não saiu dali nem para mijar.

Quando ouviu a chave girar na fechadura e viu o patrão de volta, Tony se deixou cair na cadeira, como se tivesse tirado das costas o peso do edifício inteiro. Sentiu até a bexiga relaxar. Correu para o banheiro com medo de se urinar ali mesmo.

Merda, menos mal!

Giaconia estava estranho.

Silencioso, parecia triste.

Caminhava lentamente.

Tony teve a impressão de vê-lo como se tivesse sido filmado em câmera lenta.

Nunca o vira assim.

Parecia que tinha acabado de chegar do próprio funeral. Estava aproximando-se dele lívido com o passo de um morto-vivo.

— Padrinho, algum problema?

Com tato e discrição, Tony procurou saber o que se passava na sua mente. Giaconia estava com o olhar distante, parecia transtornado, confuso.

No início, Tony pensou que o patrão não o tivesse ouvido, depois, Nino olhou para ele e lhe deu um tapa carinhoso no rosto.

— Sempre existem problemas, meu caro... não se acertam as contas com os problemas.

O patrão não disse mais nada.

Apoiou uma das mãos em suas costas e o acompanhou até a saída.

— Posso fazer alguma coisa pelo senhor?

— Não, obrigado, Tony; você já fez muito.

Os olhos de Giaconia cintilavam. Subitamente, tornou-se gentil, afável, como nunca fora.

Era o leão que, numa metamorfose, se transformava em ovelha. Podia-se perceber que ele se levantara com esforço. Era como se ainda se agarrasse ao que lhe restava de suas forças. Tony despediu-se. Nino desapareceu por detrás da porta. Havia dias, o elevador estava escangalhado e os técnicos não vinham consertá-lo.

Tony saíra a pé naquela manhã.

Caminhou até as escadas e desceu os dez primeiros degraus.

Em seguida, se deteve.

Com medo.

Aterrorizado.

Ouvira um grito assustador, o ladrar de um animal vindo da casa da qual acabara de sair.

Giaconia!

Mas continuou andando, sem parar. Não era obrigação sua preocupar-se com o que estava acontecendo. Seu trabalho terminara.

Pela primeira vez em meses, Nino entrava naquele quarto escuro, violando o limite entre seu mundo e o de Rosa.

Agora havia uma razão superior para fazê-lo. Ele devia matá-la.

22

MATTEO estava tenso. Não falou durante toda a viagem. Uma hora cheia de silêncios e pensamentos ocultos.

— O que foi, algo errado? — perguntou-lhe a juíza Salemi durante a aterrissagem.

Di Giannantonio fechou os olhos e comprimiu o rosto com uma careta.

— Não, nada; está tudo certo, só estou com um pouco de dor de cabeça.

Estava com o rosto pálido, tenso, branco como cera.

Parecia uma sombra de si mesmo.

Elvira e ele tinham tomado o último voo para Roma: o das oito e cinquenta da noite. A viagem fora organizada às pressas.

Pino Martinez finalmente decidira falar.

Tinha dito como chegar a Giaconia.

Por favor, Senhor, que seja verdade!

Para a juíza Salemi, era a única esperança de resolver seus problemas.

Durante quase toda a tarde, estivera fechada no escritório, no telefone com Roma, com o coronel da DIA, Marzio Puma. Era um homem de sua confiança. Fora ele que lhe confirmara que Martinez estava pronto para esvaziar o saco.

— Você tem certeza disso? Ele disse isso a você?

A juíza Salemi fez uma pausa. Pela expressão do rosto, parecia animada.

— Entendi...

Deu ao oficial todas as coordenadas para o encontro.

— Perfeito, coronel, nos encontramos aí por volta de nove e meia da noite... Conto com a sua discrição... Até logo!

Puma tinha tirado Martinez secretamente de Rebibbia para levá-lo ao posto policial de Fiumicino. Elvira o interrogaria ali, numa salinha discreta dentro do aeroporto.

No início, seria uma conversa informal, reservada.

Depois, quem sabe?

Tudo dependia de Martinez.

Elvira ficou tentada a avisar o procurador, mas, depois, pensou melhor.

Se der tudo certo, digo a ele quando já tiver acontecido.

Na sala com ela estava Matteo.

— Tudo certo. — Virou-se, rápida, para o comissário. — Verei Martinez em uma hora e meia.

— Ah, está certo — congratulou-a Di Giannantonio. — É melhor partir logo. Conversamos quando você voltar... pode me ligar!

Matteo vestiu o casaco e estava saindo.

Elvira o deteve na porta.

— Espere!

Parecera refletir por um momento e então a pergunta saiu como uma flecha.

— Escute, por que você não vem comigo?

O comissário assumiu um ar embaraçado.

— Não sei, Elvira... assim, sem planejar... é alguma coisa ligada ao caso?

Di Giannantonio torcia intimamente para que ela não insistisse.

— Sim, absolutamente sim. E, depois, Giaconia também é problema seu, com certeza interessa saber o que ele tem a dizer sobre o cunhado... O avião parte em uma hora. Força, vamos!

Di Giannantonio sentiu um nó no estômago.

Se pudesse, teria fugido daquela sala, mas teve que se controlar. E se entrincheirou por trás de um sorriso amarelo.

— Está bem, vamos!

Fora do Palácio da Justiça, a escolta de Elvira os conduziu a Punta Raisi em quinze minutos. Tinham entrado na autoestrada. À direita deles estava um mar imóvel como se tivesse sido pintado, verde com manchas de cor anil, a marina de Sferracavallo, o recife desabitado da ilha das Fêmeas. Parecia um grande seixo tirado da água pela mão de um gigante.

Elvira acariciou com os olhos todos aqueles lugares, como se fosse a última vez que os veria, depois voltou a olhar para a estrada.

Chegaram ao aeroporto. Ela e Matteo tinham os bilhetes eletrônicos.

Enquanto terminava o check-in, o telefone da juíza Salemi tocou.

— Alô?

Era Bonoparrino.

Para não parecer muito brusco, o chefe lhe tinha perguntado como estava.

— Bem, obrigada — respondeu Elvira.

Então, o procurador foi direto ao ponto.

— Doutora, a senhora não devia me dar uma resposta?

Caramba, as férias!

Elvira hesitou por um segundo, tentando pensar numa desculpa.

Não conseguiu.

E disse a primeira coisa que lhe passou pela cabeça.

— Sim, procurador, o senhor tem razão. Hoje não passei muito bem. Prometo-lhe que amanhã de manhã, às oito e trinta, estarei aí e falaremos das minhas férias.

Nem uma palavra sobre Martinez.

Falsa calma e falsa cerimônia.

— Boa noite e meus cumprimentos à senhora!

Era uma loucura ir a Roma às escondidas.

Elvira sabia disso. Mas agora estava decidida.

Ou dentro ou fora.

Se Pino Martinez lhe entregasse Giaconia, Bonoparrino lhe perdoaria até mesmo isso. Ao contrário, se esta tentativa também desse errado, amanhã se apresentaria ao procurador e reconheceria seu fracasso.

Estaria acabada.

Chega! Já decidi!

Pensou em cada pequeno detalhe para ir e voltar a tempo.

De Roma, pegaria o primeiro avião para Palermo, o das seis horas.

Depois de uma hora de voo, pousaria.

Às oito, com um pouco de sorte, se apresentaria no tribunal.

Eu vou conseguir!

Durante toda a viagem, a juíza Salemi preparou mentalmente uma lista de perguntas para fazer a Martinez. Veio-lhe um breve ataque de ansiedade quando pensou em como registrar suas declarações. Perderia horas, caso tivesse que escrever cada palavra. E não podia pedir a Matteo que fizesse isso para ela. Não estava certo. Então, remexeu na bolsa e tirou de dentro dela o gravador digital, no qual costumava registrar pensamentos e anotações.

Voltou a respirar normalmente.

Menos mal.

Eis como faria. Gravaria cada palavra e depois, voltando a Palermo, transcreveria tudo no computador.

A ansiedade se dissolveu num sorriso complacente.

— Não temos muito tempo — disse a Matteo, como se estivesse pensando em voz alta. — Certamente, Occhiuzzo e Giaconia já sabem que Martinez quer colaborar... eu sinto isso!

Da outra parte, nenhuma reação.

Silêncio.

O vazio absoluto.

Di Giannantonio estava mudo.

Ao ouvir as dúvidas de Elvira, limitou-se a olhá-la por um segundo, anuindo; depois, se voltou de novo, exausto, para a janela. Parecia desconfortável, fora do lugar. Não tinha vontade de conversar, estava claro. A juíza Salemi concluiu que estivesse aborrecido.

Quem sabe que bicho o mordeu...

Deixou-o com seus pensamentos e até Roma não lhe dirigiu a palavra.

Quando o avião tocou a pista de Fiumicino, Elvira olhou o relógio. Eram nove horas e cinco minutos. Uma berlina escura com os faróis acesos esperava-os na pista. O motorista da DIA estava do lado de fora, apoiado no capô do carro. A aeromoça abriu a porta anterior e pressionou o botão que acionava a escada elétrica. Elvira e Matteo foram os primeiros passageiros a descer por ela.

Estava quente e ventava.

O céu estava coberto por uma camada opaca e gelatinosa, o ar era pesado e grudento. Entraram no carro: ela na frente, ele atrás. Matteo ligou o celular, esperou que houvesse sinal e começou a pressionar com os dedos o teclado.

Escreveu um SMS na velocidade da luz.

Tinha uma estranha pressa, como se aquela mensagem fosse a última da sua vida.

Elvira também se deu conta disso, mas não ligou muito.

O motorista pôs-se em movimento. Deu uma volta ao redor do avião, um Md80 da Alitalia. Olhou à direita e à esquerda e seguiu ligeiro, atrás de um ônibus, no corredor limitado pela faixa branca, que levava direto à saída.

Matteo continuava estranhamente taciturno. Desde o momento em que Elvira lhe pedira que a acompanhasse até Roma, tinha mudado de comportamento. Tinha perdido a palavra.

Era como se alguma coisa o tivesse inquietado e, ao mesmo tempo, perturbado.

Talvez esteja estranho porque eu o trouxe comigo!

Elvira começou a fazer um pequeno exame de consciência.

Pensando bem, fora arrogante.

Mais uma vez.

Na verdade, ela não dera a Matteo a possibilidade de escolher se permaneceria em Palermo ou se partiria com ela. Ela o pusera naquele avião como um pacote para levar de presente a Martinez e tinha tomado como coisa certa que o comissário quisesse satisfazer seu capricho.

Não se faz assim!

Devia falar com ele.

Rápido.

Para fazê-lo, esperou apenas saírem do carro.

Matteo saiu primeiro. Abriu a porta para ela. Observou Elvira descer e a fitou com ar aborrecido como os adultos olham as crianças mimadas. Em seguida, sem lhe dizer nada, caminhou na direção do Terminal.

Elvira estava atrás dele.

Arrastava um pesado carrinho cheio de papéis. Eram relatórios da polícia e dossiês, relatórios sobre estudos, descrições da Cosa Nostra, nas quais os melhores investigadores palermitanos se concentravam sobre o papel representado por Martinez.

Subitamente, Elvira acelerou.

Juntou-se ao comissário. Tomou-o pelo braço, detendo-o, e virou-o de forma arrogante na sua direção.

— Droga, dá para me dizer o que está acontecendo? Você não disse uma palavra durante toda a viagem. Se não queria vir, podia ter dito isso logo.

A intenção era esclarecer, mas as palavras lhe saíram da boca na ordem errada. O tom parecia de reprovação.

Matteo estava uma pilha de nervos. Fizera um imenso esforço para esconder a tensão até aquele momento. Sentiu um arrepio de cólera sair-lhe da espinha direto para o cérebro.

— Elvira, eu disse que estou com dor de cabeça! Agora chega!

Fez uma pausa. Olhou a mão da juíza que lhe segurava o cotovelo. Lançou-lhe um olhar, como a dizer: "Solte-me"; em seguida, descarregou sobre ela toda a raiva que vinha reprimindo.

— Chega de se preocupar comigo, merda! Viemos para um interrogatório. Vamos fazer o que temos que fazer e ir embora!

Tinha elevado a voz. Jamais falara com ela assim.

A juíza Salemi não esperava por isso.

Matteo parecia outra pessoa.

Vá se foder!

Sentiu-se ofendida, humilhada. Olhou-o com um misto de estupor e comiseração. Em seguida, caminhou com passos rápidos para o posto policial. Caminhava como se ele não estivesse lá. Como se nunca tivesse estado.

O comissário seguiu adiante.

Tentou alcançá-la, de qualquer modo.

— Desculpe — acrescentou, em tom de culpa —, não queria ser grosseiro, mesmo.

Elvira não respondeu. Continuou a caminhar rapidamente pelo corredor diante dela, fazendo de conta que o que ouvira era um ruído ao qual não devia dar muita atenção, alguma coisa como um zunido de mosquito.

O motorista da DIA seguia-os estarrecido. Caminhava devagar, tentando ficar o mais afastado possível. Percebera que entre os dois havia uma discussão e se mantinha a distância.

A juíza, seguida pelo comissário, desceu um lance de escadas, virou para a direita e seguiu por um corredor estreito. O coronel Puma esperava-a diante de uma sala pequena com os vidros escuros.

— Seja bem-vinda, doutora, nosso amigo está aqui dentro. Quando quiser, podemos começar.

Matteo cumprimentou o coronel com um gesto de cabeça.

Elvira, com tom profissional, fez as apresentações:

— Coronel Puma, esse é o doutor Di Giannantonio, do esquadrão móvel de Palermo, seção "Catturandi".

O oficial da Direção de Investigação Antimáfia esboçou um sorriso pouco convencido e deu a mão a Matteo, sem muita cerimônia. Para a juíza Salemi, era a enésima prova de que os homens da DIA e os colegas da polícia não se davam bem.

— Muito prazer — cumprimentou-o, sarcástico, o comissário.

Elvira olhou em torno, procurando um banheiro.

— Fica naquele lado — indicou Puma. — Siga-me, doutora, eu a acompanho!

Afastaram-se, deixando Matteo diante da sala onde Pino Martinez estava fechado.

O comissário observou-a atentamente. Com aqueles vidros escuros, não conseguia ver o interior.

Enquanto estava no banheiro, diante do espelho, Elvira refletia sobre as palavras do comissário.

Estava furiosa.

Pare de se preocupar comigo, entendeu? Mas quem ele acha que é para falar comigo assim? É um covarde, é isso que ele é!

O botão do dispenser de sabão líquido estava quebrado.

Elvira se aborreceu.

Deu um soco nele.

Foi até a pia vizinha, onde havia outro, funcionando.

Ensaboou bem as mãos e lavou-as debaixo d'água.

Respirou fundo.

Olhou-se no espelho.

Agora, acalme-se, você está falando besteira. Você sabe que Matteo gosta de você. Ele está com você por vontade própria, já demonstrou isso. Deve haver outro motivo.

Tirou da bolsa o estojo de maquiagem. Espalhou no rosto um pouco de pó; em seguida, aplicou nas bochechas um pouco de blush.

Enquanto isso, sua mente continuava trabalhando, examinando o estranho comportamento de Matteo e suas possíveis explicações.

Talvez seja o avião. Mas, sim, certamente, deve ter sido isso que o entorpeceu. Tem medo de voar e tem vergonha de dizê-lo. É isso! Agora entendi!

Essa hipótese a convencia mais que as outras.

Que estupidez, ele podia ter dito! Além disso, agora fariam tudo de novo para superar o medo de voar. Talvez ele não saiba. Agora volto e digo isso a ele.

As rugas ao redor dos olhos se distenderam e lentamente foram desaparecendo.

A expressão do seu rosto descontraiu cada vez mais.

Começava a relaxar.

Passou um pouco de batom nos lábios.

Sentiu o celular vibrar.

Segurou-o.

Olhou o display.

Piscava a palavra PINO.

A memória do telefone recordava-a do encontro com Martinez.

Elvira leu o nome.

Leu novamente.

Olhou o espelho.

Olhou o telefone.

Olhou novamente a imagem refletida.

Martinez.

Matteo.

Um clarão de verdade se abriu diante de seus olhos.

Era como se subitamente um mundo tivesse se revelado a ela.

Associou Pino a Matteo, Matteo a Pino, como se estivessem, desde sempre, ligados por uma série de fios finíssimos e invisíveis.

Merda!

Bateu na testa; em seguida, pegou a bolsa e saiu correndo.

Com o medo que fazia o peito queimar.

Com um pressentimento.

Terrível.

Que Di Giannantonio talvez estivesse escondendo alguma coisa sobre Pino Martinez.

Não queria encontrá-lo junto comigo, por isso estava tão estranho.

Quanto mais repetia isso, mais se convencia.

Correu pela última parte do corredor até o posto da polícia.

O coronel estava na frente da porta.

Mas Di Giannantonio não estava lá.

Está com ele, eu sabia!

— Onde está o comissário? — perguntou Elvira com a respiração ofegante.

— Entrou, doutora. Disse que a senhora lhe deu permissão.

— Está bem, obrigada!

Matteo mentira.

Por quê? Para ajudá-la ou para jogar sujo?

Não se podia ouvir do lado de fora o que eles diziam.

Quando Elvira entrou na sala, era tarde demais para descobrir. Qualquer coisa que o comissário quisesse dizer a Pino sem que ela ouvisse já havia sido dita.

— Está tudo bem? — perguntou instintivamente Di Giannantonio ao vê-la ofegante.

Elvira o congelou com o olhar.

— Muito bem!

O comissário e Martinez estavam de pé, um de frente para o outro.

A juíza Salemi os observou. Tinha uma estranha sensação. Era como se, em seus olhos, houvesse qualquer coisa semelhante ao resíduo de um disparo. Pólvora de ódio que explodira quando estavam a sós e agora se espalhara no ar para ajudá-los a manter as aparências.

Elvira se sentou.

Enquanto se preparava mentalmente para o interrogatório, outra ideia lhe ocorreu.

Enzo Giappone, lembra? Você leu no dossiê dos serviços. Eram vizinhos dos Martinez.

Devia ser por isso que Matteo inventara toda aquela história para não partirem. Devia ser por isso que, chegando lá, tinha se aproveitado da sua ausência e entrado na sala para falar a sós com Pino Martinez.

Por quê? Para dizer-lhe o quê?

Talvez o pai de Matteo fosse a chave de tudo.

Elvira não estava certa disso.

O comissário nunca lhe contara aquela história.

Sobre Enzo Giappone, ela só sabia aquilo que havia lido, escondida, no relatório da polícia. A única coisa que não estava escrita naquele relatório era se Pino e Martinez se conheciam bem.

Foram apenas vizinhos de casa ou foram amigos?

Permaneceram em contato ou deixaram de se falar?

Elvira não conseguia nem imaginar, mas só o pensamento de ter que descobrir lhe dava medo.

23

— POR FAVOR, fique com o telefone ligado esta noite e não arrume nenhum compromisso porque você vai me ajudar a fazer uma coisa.

Puta que o pariu!

Tony apertou os olhos, fez uma careta e praguejou.

Giaconia percebeu.

— Algum problema? — Endireitou-se, arqueando as sobrancelhas.

Melluso tentou disfarçar a expressão de sofrimento e irritação que apareceu em seu rosto.

— Não, por quê, padrinho?

— Nada, me pareceu que você não estava muito seguro. Você está ocupado hoje à noite, Tony?

Tony teve medo.

— Não...

E começou a gaguejar como acontecia toda vez que falava uma besteira.

— Mas, não... o que é que o senhor está dizendo? Está... está brincando? É uma honra e um prazer poder servi-lo. O senhor sabe disso!

Giaconia olhou-o de cara feia.

— Está bem, então telefono para você mais tarde.

— Com a sua bênção!

Tony despediu-se com um sorriso adulador. Ligou o carro e partiu antes que o chefe pensasse duas vezes e lhe pedisse explicações. Tinha corrido um tremendo risco, mas deu de ombros. Estava muito cansado. Se não dormisse, enlouqueceria. Enquanto dirigia para casa, falava sozinho.

Resmungava.

Socava o volante.

Merda, à noite também se dorme, corno dos infernos!

Melluso ainda não se acostumara àquela vida desgraçada.

Tinha que fazer alguma coisa para curar Giaconia da insônia que o apavorava; falar com alguém, conseguir ajuda para ele.

O boss parecia a um passo do abismo.

Ele está à beira de um esgotamento nervoso, está perdendo a cabeça!

Nino, havia algum tempo, só queria sair à noite, quando Palermo estivesse deserta e houvesse pouco movimento nas ruas.

Dizia que, com a escuridão, conseguia pensar melhor.

Ele pensa e eu perco os melhores programas da televisão...

Melluso era viciado em televisão.

Assistia com prazer quando passavam filmes antigos, em branco e preto. Começou a achar que Giaconia se parecia com Christopher Lee, o ator que fazia o conde Drácula no filme de 1958.

Tinham passado esse filme na Rede 4 havia alguns dias. No início, achou que fosse a falta de sono que o fazia ver entre os dois semelhanças que não existiam. Depois, com a mente lúcida, percebeu que era isso mesmo.

A única diferença eram os bigodes.

Giaconia usava, o outro, não.

De resto, tinham o mesmo rosto.

Quando saía de casa no seu carro, o patrão parecia um corvo. Embrulhado num casaco preto, com os cabelos penteados para trás e brilhando com gel. À semelhança de Drácula, tinha o rosto encovado e a pele branca, o queixo saliente, as pupilas envoltas por um anel vermelho.

Só faltam os caninos de lobo!

Toda vez que Tony o via, notava mais um detalhe. E um pensamento malicioso começou a agitar-se na sua cabeça. O boss devia ter visto o filme de Drácula na noite em que ele vira. Estava imitando o ator que fazia o papel do vampiro.

Não havia outra explicação.

Só que ele não quer me dizer! Sem-vergonha!

Tony, secretamente, tinha apelidado Giaconia de "o Conde". O apelido lhe ocorrera por causa da semelhança com o outro. O da Transilvânia. Mas não lhe estava faltando com o respeito. O apelido lhe parecia elegante. E se Giaconia era o conde, ele era o motorista do conde.

Um dia desses, ele vai me pedir para vir pegá-lo de carruagem, quer apostar?

Ria da sua ideia e abria o jornal na página da programação para dar uma olhada nos programas de televisão. Tony Melluso via os filmes na tevê à noite, quando voltava para casa. Se Giaconia lhe dava uma noite de trégua e, quem sabe, a manhã livre, era capaz de ver dois ou três seguidos. Mas ultimamente não parava em casa.

Juntara o serviço noturno ao horário de trabalho normal, que era cansativo, desgastante. Nas últimas duas semanas, o boss o acordara seis vezes. E sempre para não fazer nada.

Um santo filho da puta!

Giaconia não procurava jovens virgens para morder o pescoço, para se acalmar e viver eternamente, como faria o Drácula. Também começava a cansar-se do sangue, ele que já derramara rios dele. Tinha o olhar faminto de lugares, mais que de pessoas.

— Tony, levanta, você vai me acompanhar até um lugar, rápido!

Todas as vezes que o acordava ao telefone no meio da noite, com a voz agitada, parecia que Tony ouvia a voz do instrutor dos fuzileiros em *Nascido para matar.*

Levanta, bola de gordura!

Devia pular de pé como um soldadinho.

E tinha vinte minutos, nem um minuto a mais, para estar do lado de fora da casa do "Conde", limpo e perfumado; caso contrário, teria problemas.

— Venha pontualmente, se não arranco sua cabeça — ameaçava gentilmente Giaconia.

No início, Tony acreditava que o boss quisesse sair à noite para encontrar-se com alguém, como costumava ocorrer antes. E não piscava o olho. Depois se deu conta de que as pessoas que o chefão dizia ter que encontrar nunca apareciam no lugar marcado para o encontro. Sempre se tratava de peixes grandes, boss e chefões de distritos que Giaconia devia pôr "na linha".

— É gente com quem devo falar por causa do meu cunhado, explicava sem entrar muito em detalhes.

Mas, no final, ninguém aparecia.

Todos os encontros que tinha na agenda, da meia-noite às seis da manhã, regularmente falhavam. E os motivos eram sempre os mais disparatados. Uma vez porque chovera, outra porque havia muitos policiais na rua, outra ainda, porque o homem que esperavam, pouco antes, fora encontrado pela mulher na cama com a amante.

Quer Tony gostasse ou não, era assim que as coisas aconteciam e não havia meio de fazê-las mudar.

"O Conde" mentia, isso era fato, mas não sentia necessidade de se justificar. Não lhe importava que o motorista percebesse que os encontros eram desculpas para sair e vagar pela cidade sem rumo certo. Se faltava a um encontro, lembrava de outro e de outro ainda até que o céu se iluminava e era hora de voltar para casa. Às vezes, Giaconia ficava deprimido. Quando Tony se limitava a comentar o fato, ele lhe dizia sentir-se como o Colapesce, aquele ser mitológico, metade homem e metade peixe, que a lenda dizia que ainda vivia nos abismos marinhos, sustentando uma das três colunas que suportam a Sicília: a mais desgastada de todas.

— Eu sou como ele, estou cansado de carregar todo esse peso nas costas — acrescentava, triste, quando se dispunha a fazer confidências.

Era a partir de pequenos indícios que Tony intuía o tormento do patrão. Naquelas saídas, Giaconia estava procurando alguma coisa, isso era evidente. Talvez uma resposta ou um sinal do céu, alguma coisa que o ajudasse a se encontrar na incerteza na qual ele parecia perder-se.

Todas as noites, pedia a Tony para aventurar-se até os confins que assinalavam o território dos Corleoneses. Lançava-se a isso como as mariposas se lançam sobre as pedrinhas luminosas. Parecia que o boss via muros e portões intransponíveis ao redor e tentava digerir a ideia de ter que pular por cima deles sem poder ultrapassá-los.

Era como se tivesse percebido — pela primeira vez na vida — que Palermo mentira para ele, como uma mulher encantadora e mentirosa. Na verdade, aquela cidade fora sua verdadeira amante, a única pela qual tinha descuidado, inclusive, da esposa. Uma daquelas amantes calorosas e compreensivas que dão tudo: a ilusão de comandar, a promessa de entrar para a história até mesmo a sensação de onipotência que vem da capacidade de administrar a vida e a morte. E depois? Depois, ela o engolira, como todo o mal deste mundo. Aprisionara-o em seu ventre macio, consumira-o como uma doença. Um câncer que agora, porém, não tinha mais tecidos para devorar.

— Sabe — tinha confessado angelical, na noite anterior, ao motorista —, em toda a minha vida, eu nunca tirei férias!

Melluso não deu importância à frase.

Sabia que não era ele.

Era a cabeça de Giaconia que o fazia falar assim.

— Pare aqui, Tony!

No início, quando lhe vinha o desejo de sair à noite ,"o Conde" queria sempre parar diante da igreja. As igrejas della Gancia, do Santo Espírito e de São Domingos eram as preferidas. Com a desculpa de esperar a pessoa com quem devia falar, ganhava tempo e devorava com os olhos as casas de Deus.

Observava-as longamente de dentro do carro sem nunca descer.

Uma hora, duas até.

Então pegava o celular e depois de fingir ler um SMS, dizia que o encontro não ia acontecer.

— Nada! No fim das contas, esse também não vem. Vamos, Tony!

Com o passar do tempo, Giaconia passara a preferir locais mais insólitos que os religiosos. Uma noite, inventara um encontro em Capaci apenas para ir até a autoestrada e passar em frente à lápide que lembrava o martírio do juiz Falcone. Outra vez, por volta de quatro da manhã, metera na cabeça do motorista que tinham que comprar cigarros num bar-restaurante na via Libertà. Estavam na periferia, do outro lado da cidade. Para chegar ao centro, tinham que atravessar de novo toda a Palermo.

— Padrinho, veja, é longe daqui! — lamentava-se, resignado, Melluso.

Não havia o que fazer.

Deviam ir de qualquer jeito àquele bar.

Mesmo quando Tony tentara dizer a Giaconia que havia um pacote de sua marca preferida no carro.

— Não me interessa! Merda! Quero aqueles, e pronto. Os cigarros daquele bar são melhores! Vai, anda!

Tony obedecera, sem respirar. Atravessara toda a cidade e, chegando ao local, olhara ao redor. Percebera que aquele bar não ficava muito distante do local onde tinham matado o presidente da Regione Mattarella, e agora estava entendendo. Era como se, peça a peça, um quebra-cabeça insano tomasse forma na sua mente.

Tony começou a perceber que, em todo lugar onde Giaconia convocava alguém, havia sempre por perto uma lápide que recordava um policial assassinado, um juiz que fora pelos ares, um jornalista desaparecido.

No início, parecia ser apenas coincidência; depois não. E então todas as perguntas subitamente foram respondidas.

Tudo se esclarecera repentinamente.

Ele quer se tornar um pentito!

Num e noutro caso, quer se tratasse de igrejas ou de lugares-símbolo da história de Palermo, Giaconia não explicava, não esclarecia o porquê da necessidade de mentir para olhar aquela escuridão, fosse para melhor ou pior. Tony não conseguia ler seus pensamentos, mas intuía que o chefão estava seguindo as estações de uma via-crúcis particular, um caminho imaginário que estava percorrendo em sentido contrário para encontrar o momento exato em que, jovem ainda, num ponto impreciso do passado, tornara-se o que era.

Um péssimo marido.

Um assassino.

Um homem sem Deus.

Agora queria encontrar aquele momento para renegar, talvez, uma vida inteira.

Mesmo Tony, que não gostava de orações, começou a rezar.

Por desespero.

Para que Giaconia voltasse a ser o que era.

Se ele se arrepender, estamos arruinados!

Não, não ia permitir.

Não abandonaria o patrão agora.

Tony iria acabar com sua crise de consciência, ficaria a seu lado, o ajudaria a reencontrar o caminho e a razão. Nem que fosse preciso trancá-lo em algum lugar e jogar a chave fora.

Alguém como ele não pode terminar assim!

Olhava-o em silêncio e repetia isso.

Somente ao amanhecer, quando não havia mais lugares da memória para visitar, é que Giaconia pedia ao motorista que o levasse de volta para casa.

Ai, minha Santa Rosália.

Agora Tony se reanimava, iluminava-se à luz do dia, como um brinquedo do qual trocaram as pilhas. Trocava de marcha e acelerava. Com um olho aberto e outro fechado, corria para a toca do "Conde". A toda velocidade. Como se, em vez de num Punto, estivesse sentado numa Ferrari.

— Devagar, vai devagar, Tony! Corno dos diabos!

Giaconia xingava, pois não tinha tanta pressa. Tony pedia desculpas em voz baixa e se alegrava com o pensamento sublime de voltar para uma cama e um travesseiro macios.

Então, durmo por dois dias. Desligo até o telefone! Desapareço; juro que sumo por uma semana!

Havia manhãs nas quais o boss, chegando em frente ao portão de casa, abria a porta do carro e, sem dizer nada, se recolhia à sua toca, deixando o motorista a ver navios.

Outras vezes, antes de descer, Giaconia punha uma mão no bolso e dava a Tony duas notas de 100 mil liras.

— Toma, põe um pouco de gasolina no carro!

Falava assim, mas, para Tony, estava claro que aquele dinheiro servia para comprar outra coisa.

Silêncio, acima de tudo.

Ele era a única pessoa no mundo que sabia que o patrão era tentado por uma fera terrível: a infâmia.

A última noite em que "o Conde" pediu que ele viesse foi diferente das outras. Tony percebeu isso quando chegou de carro em frente à casa do boss e esperou por mais de um quarto de hora que Giaconia se decidisse a sair daquele maldito portão.

Mas que merda é essa?

Os minutos passavam e ainda não o vira.

Tony não queria apressá-lo, mas começava a se preocupar.

O que, diabos, aconteceu?

Toda aquela estranheza do chefão começava a inquietá-lo.

Estava agitado e começava a imaginar as hipóteses mais terríveis para o atraso de Giaconia, como no dia em que tinha feito sentinela na sua casa diante da sala de estar onde dormia a senhora Rosa.

Talvez seja uma armadilha, talvez ele tenha se arrependido e tenha chamado os policiais para se entregar. Agora os policiais vão chegar e me foder também!

Girou a chave no painel e desligou o motor.

Desceu do carro e afastou-se. Era a Piazza Domenico Peranni. A dois passos dali morava a juíza Salemi. Havia uma caminhoneta dos policiais estacionada dia e noite em frente ao portão.

Os policiais estão aqui, eu sinto!

Olhou para cima e tentou ver se, por acaso, as luzes do apartamento estavam acesas.

Nada.

Tudo estava escuro.

Enquanto ia a pé até uma rua lateral, o celular tocou.

Número privado.

Era ele.

Giaconia.

— Estacione o carro e venha até aqui, sem fazer barulho!

O boss tinha uma voz cavernosa, de além-túmulo.

Uma voz que encheu Tony de medo.

Mas ele tinha mais medo ainda de pensar que não sabia o que o esperava lá em cima.

As possibilidades são duas: ou são os tiras ou ele passou mal.

Automaticamente se preparou para enfrentar as duas situações.

Tirou do coldre sob o braço a pistola que sempre carregava consigo, uma Tanfoglio calibre 50.

Nunca se sabe. Qualquer coisa, atiro e corro! Não vão me pegar vivo.

Ao mesmo tempo, de algum lugar da sua mente, tentou lembrar-se de todos os nomes de médicos que conhecia, como fizera com o falecido primo, na noite em que a senhora Rosa tinha abortado.

Passou em revista, em ordem alfabética, como uma daquelas maquininhas que contam rapidamente as notas de banco. Parou na letra B.

Brunetta, Brunico, Bruno... sim, o doutor Bruno, da via Maggiore Toselli, eu posso chamá-lo...

Tony apertou o passo.

Dirigiu-se para o portão do edifício, olhando para trás várias vezes, como se estivesse sendo observado.

O portão estava aberto.

Giaconia o tinha aberto lá de cima.

O elevador estava parado no terceiro andar.

Resolveu não pegá-lo.

Escolheu as escadas.

Quando chegou no corredor, a porta do apartamento estava semiaberta. Avançou devagar, com a pistola em punho e o medo que o fazia suar nas mãos.

Tentou ouvir vozes ou sons que viessem do apartamento.

Não ouviu nada e entrou na casa.

Chamou.

— Padrinho?

— Vem, Tony, estou aqui!

No corredor, tudo estava escuro.

Tony prosseguiu na ponta dos pés, um passo depois do outro.

Estava suado, tenso, rígido.

Um bloco de cimento armado.

Além da costumeira estranheza, o boss parecia bem.

Giaconia estava a poucos metros dele de costas.

Estava bebendo um copo de água.

Sem se virar, pediu que o seguisse.

— Vamos até a sala de estar.

Tony meteu a pistola no bolso do casaco, esperando que o chefão não a visse.

Seguiu pelo corredor.

Os tiras, eu sei que são os tiras!

Sentia o lábio inferior tremer, o sangue pulsando nas têmporas, as pernas que enfraqueciam. Giaconia não dizia nada, não conseguia relaxar.

Calma, Tony, fica calmo!

Deu, no máximo, dez passos.

Percebeu que algo estava diferente da última vez que estivera naquela casa. Olhou para o final do corredor, bem na frente dele, para o último cômodo, o da senhora Rosa. A porta estava estranhamente escancarada. Mas Tony não estava perto o suficiente para olhar seu interior. As luzes, acesas, projetavam nas paredes do corredor uma sombra triangular. Uma parte de um móvel, um sofá talvez. No chão, num canto, havia um balde cheio de água. Chegava até ele um odor pungente de desinfetante.

Talvez a senhora tivesse se levantado.

Menos mal, pensou, *talvez esteja melhor.*

Quando entrou na sala, Tony percebeu que sua paranoia o tinha enganado também dessa vez.

Não havia carabinieri nem policiais. Colocado transversalmente, na metade do cômodo, havia um gigantesco tapete persa enrolado e fechado por cinco cordões de barbante, que tentavam comprimir estranhas saliências.

Começou a sentir que o ar enchia novamente seus pulmões.

Agora quase tinha vontade de rir.

E eu que achava que era um homem morto!

Tony não acreditava nos seus olhos.

Não era possível que Giaconia o tivesse chamado, no meio da noite, para retirar um tapete. Se fosse isso, significava que o caso dele era grave.

— E para onde devemos levar isso, padrinho? — perguntou-lhe um segundo depois.

O boss se virara para a janela e continuava dando-lhe as costas.

Melluso ouviu um som imperceptível saindo-lhe da boca, como um lamento, um soluço interrompido, o início de um choro que Giaconia tentava engolir.

Merda, agora vai chorar pelo tapete! Enlouqueceu! Precisa de um psiquiatra!

Tony pensou se por acaso serviria algum dos seus conhecidos.

Dessa vez, percorreu mentalmente a lista dos psiquiatras que conhecia. Parou na letra F.

Franzese, Franzone, Frezza... havia o doutor Frezza, mas ele trabalha no manicômio, se vê o estado desse aí, vai mandar trancá-lo!

Não lhe veio à mente ninguém melhor.

Tentou tranquilizar o patrão.

Com calma.

— Padrinho, fique tranquilo, agora vamos tirar o tapete, me diga apenas para onde devemos levá-lo...

Silêncio ainda, sem resposta.

Tony fez uma última tentativa. Desta vez, fez um gesto de encorajamento, tocando de leve as costas do chefe.

— Padrinho?

Finalmente, Giaconia se virou.

Melluso retraiu a mão instintivamente como se estivesse diante de um fantasma: o patrão estava com a camisa e as mãos sujas de sangue.

— Não vê para onde devemos levar o tapete? — perguntou, com os olhos saltando das órbitas. — Para o cemitério!

Estava inchado como um sapo.

Tinha a voz baixa, quase um sussurro, as lágrimas que turvavam os olhos e os faziam parecer duas manchas negras e avermelhadas. Tony se aproximou do tapete para poder ver melhor.

Deu uns passos ao redor dele.

Viu.

Em sua mente, gravou-se uma imagem que nunca esqueceria.

Nunca.

Numa das extremidades do tapete, apareciam os dedos de uma mão.

Era uma mão pequena, feminina.

No anelar esquerdo, uma aliança como a que Giaconia tinha no dedo.

A senhora Rosa!

O patrão não enlouquecera, nem tinha intenção de se arrepender.

Tony criara um outro filme para si.

O filme errado.

Giaconia tinha matado a mulher para mostrar a todos — a ele, ao cunhado, a Turturro — que ainda era o mesmo.

Um cristão.

Um homem de honra das antigas.

Para livrar-se do cadáver de Rosa Martinez, fez uma viagem curta naquela noite.

Sem paradas.

Sem atrasos.

Carregaram até o carro o tapete no qual o corpo estava enrolado e partiram para um lugar misterioso. Um cemitério improvisado, perdido por aí.

Tony não o viu.

Chegou até certo ponto da viagem, depois Giaconia decidiu fazer o último trecho sozinho.

Como se, em vez de uma sepultura clandestina, fosse uma missão suicida. Fez Tony descer próximo de um restaurante de beira de estrada, em Termini Imerese na autoestrada Palermo-Catânia.

— Venho pegá-lo em uma hora, não saia. É uma ordem.

Falou assim e desapareceu no meio da noite.

Tony não pensou em protestar.

Percebera que "o Conde" queria sepultar a esposa sozinho. Percebeu que ninguém, nem mesmo ele, que era seu braço direito, seu anjo da guarda, podia saber.

Que local, que cruz, que oração Giaconia escolheria para finalmente dar um pouco de paz à esposa era problema apenas dele.

24

— QUANDO você se tornou membro da Cosa Nostra?

— Aos dezoito anos. Associei-me junto com meu irmão, Diego, na presença de Francesco Ficarra, chefão do território de Resuttana. Estávamos na vila do meu tio Saro, em San Lorenzo. Foi ali que me tornei um homem de honra. Depois do casamento da minha irmã com Nino Giaconia, passei a fazer parte do clã dos Corleoneses. A senhora deve saber que...

A testemunha parou com um acesso de tosse.

Engoliu.

Ergueu a mão como se pedisse licença e virou-se para a juíza.

— Por favor, podemos parar um instante?

Pino Martinez pediu um copo d'água e cinco minutos de pausa. Estava nervoso, como se estivesse diante do Pai Eterno. O suor cobria de gotas a sua testa.

Os olhos estavam injetados; as pupilas, dilatadas.

Estava inquieto, como quando, em certas noites, entrava em pânico se percebia que em casa acabara a reserva de cocaína.

Elvira desligou o gravador.

— Doutora, eu tenho um problema.

— Diga — pediu a juíza Salemi.

Pino olhou por um instante para Di Giannantonio; em seguida, olhou para ela.

— Eu tenho que falar a sós com a senhora...

Elvira se virou para o comissário.

Matteo estava de pé num canto da saleta do aeroporto de Fiumicino. Tentava aparentar calma, mas estava com o rosto tenso. Os olhos permaneciam fixos no rosto de Martinez, como se quisesse esganá-lo.

O coronel Puma estava sentado diante da porta.

Elvira olhou para Pino.

Tremia.

Seus olhos diziam que Matteo o deixava nervoso.

— Senhor Martinez, não temos muito tempo, por favor, diga qual é o problema.

Pino, sem pensar duas vezes, apontou para o comissário.

— Doutora, não falo na frente desse senhor.

— Filho da p...!

Di Giannantonio deu um salto para frente e se lançou para cima dele. Com a mão direita fechada, tentou acertar o rosto de Martinez, mas errou por um triz.

A juíza Salemi soltou um grito. Pôs-se de pé. Esquivou-se.

— O que é isso, Matteo? Largue-o!

O oficial da DIA lançou-se sobre o comissário. Segurou-o. Imobilizou seus braços e puxou-o para perto de si.

Matteo se curvou para frente. Chegou a um centímetro dos olhos de Pino.

— Eu te mato, seu merda! Ouviu?

Martinez continuou imóvel na cadeira.

Não se mexeu nem um centímetro.

Agora encarava o policial com ar desafiador.

— Vamos lá! — sussurrou, atrevido. — Deixe todo mundo ver do que você é capaz, seu tira de merda!

Di Giannantonio tentava se liberar do abraço do coronel. Devia acabar com aquele verme, ou não descansaria.

— Comissário, por favor, acalme-se — pediu o oficial da DIA, enquanto afrouxava gradualmente o aperto dos braços.

Matteo relaxou os músculos. Ergueu a mão em sinal de rendição e deu a entender a Puma que acabara.

Agora estava calmo.

Na saleta, havia mais três agentes da DIA que serviam de reforço. Elvira os havia chamado, temendo que a situação piorasse. No local caíra um silêncio de chumbo.

A juíza olhava Di Giannantonio. Estava paralisada. Não movia um único músculo. Di Giannantonio observava a juíza com uma expressão ao mesmo tempo de raiva e de súplica.

— Elvira!

Tentou aproximar-se dela.

Segurou sua mão.

Ela instintivamente deu um passo atrás.

— Elvira, escute — pediu Matteo, com o dedo apontado para Pino e a testa molhada de suor —, este merda do Martinez quer me ferrar. Não acredite nele, ouviu? Qualquer coisa que ele queira dizer sobre mim é mentira!

A juíza Salemi engoliu a raiva junto com o medo escondido em seus olhos.

Não posso ajudar, agora!

— Comissário, o senhor deve sair, por favor.

Ela pediu com um tom que não admitia réplicas.

— Por favor, Elvira!

Chamara-o de senhor para enfatizar a peremptoriedade daquela solicitação.

Matteo deu um soco raivoso contra a parede.

Pegou o casaco das costas de uma cadeira e saiu.

Puma e os três agentes seguiram-no pelo caminho.

A juíza Salemi esperou que a porta se fechasse.

Acendeu um cigarro.

Voltou a se sentar na frente de Pino.

Agora estavam a sós.

Tenho que descobrir o que está acontecendo!

— Senhor Martinez, era ele o problema, o comissário?

— Sim, doutora — respondeu Pino, sem hesitar. — Antes, quando a senhora não estava aqui, esse senhor entrou e me disse que, se eu falasse, seria um homem morto, que me mataria na primeira oportunidade. Foram os meus amigos Corleoneses que o mandaram até aqui!

Não é possível! Não pode ser!

Encheu metade do copo com água e tomou um comprimido para dor de cabeça, o terceiro do dia. Estava transtornada, aturdida, como se tivesse sido atropelada por um caminhão.

Agora tinha que prosseguir. Tinha que perguntar a Martinez o que ele sabia sobre Matteo. Mas tinha medo de descobrir uma verdade nada agradável.

Uma verdade amarga, indigesta.

Pegou de novo o gravador e pressionou, pela segunda vez, a tecla GRAVAR.

Pressionou-o como se fosse o botão detonador de uma bomba.

— O que você sabe sobre ele?

Martinez continuou vago.

— Eu o conheço. Nossas famílias já foram ligadas, depois aconteceu uma coisa e nós o perdemos de vista.

O homicídio de Enzo Giappone!

— Continue... — pediu Elvira.

— O pai dele virou amigo íntimo do meu pai. Parecia à vontade. Papai arranjou um trabalho para ele dentro da Cosa Nostra. Depois descobriram que ele era um tira e os Corleoneses o mataram. Os filhos dele cresceram com a gente. Clara, a mais nova, foi durante muitos anos a melhor amiga de minha irmã, Rosa. Matteo sempre foi um de nós. Quando perdeu o pai, nós lhes demos ajuda financeira.

Isso não é verdade! Não acredito que tenha aceitado dinheiro deles!

Elvira bateu a ponta do cigarro na beirada do cinzeiro e pediu que ele fosse mais preciso.

— O que você quer dizer quando fala que o comissário é um de vocês?

Martinez deu um sorrisinho odioso.

— Doutora, a senhora ainda não entendeu? Quero dizer que ele se tornou policial porque surgiu a oportunidade. Como vítima da máfia, o Estado quis ajudá-lo. Mas o comissário frequenta a mesma paróquia que nós, entendeu? Cresceu com a gente, no nosso bairro. Comeu a mesma comida, respirou o mesmo ar. O que a senhora acha que acontece com alguém que anda sempre com um coxo? Começa a mancar. E ele é coxo, mas finge que anda com as duas pernas. A senhora entendeu, agora?

Elvira assentiu.

Levou de novo um cigarro à boca e, para ganhar tempo, fingiu procurar algo na bolsa.

Matteo não pode ser um deles. Não posso ter sido tão ingênua a ponto de não perceber.

Então, era assim. Embora custasse a acreditar, tudo aquilo que Martinez estava dizendo ela já tinha lido no maldito relatório de serviços.

O pai de Matteo, as casas vizinhas em Addaura, os filhos de Di Giannantonio e dos Martinez que brincavam juntos. Tudo voltara. Pino sentia que a juíza ainda não estava convencida de suas acusações.

Voltou a atirar contra o comissário.

— Doutora, a senhora já se perguntou por que ainda não conseguiu prender Occhiuzzo e Giaconia? É ele quem os protege, o comissário. Como a senhora acha que ele chegou à "Catturandi"? Foram eles que o puseram lá, assim podem continuar foragidos mais uns vinte anos.

Elvira jogou a guimba do cigarro no chão e o amassou com o salto do sapato direito.

— O senhor está fazendo acusações muito graves contra o comissário. Pode prová-las?

— Sim — respondeu a testemunha com os olhos arregalados. — Rastreie o celular de Di Giannantonio. Faz uns dois meses que ele ligou para esse número, usando o telefone dele...

Martinez escreveu numa folha de papel uma sequência de seis números. O prefixo era 337.

— Era uma chamada em uso para Giaconia. O comissário telefonou à noite para avisar a ele e Occhiuzzo que ficassem em alerta. Havia uma captura no dia seguinte em Brancaccio. Eu estava com meu cunhado, me lembro muito bem...

Pino não calava a boca. Se pudesse, teria falado sobre Matteo durante toda a noite. Elvira olhava para ele com ar de sofrimento como se a cada minuto que passava ele arrancasse do seu corpo pedaços sempre maiores de carne.

Agora vivia um dilema.

Pense: talvez Matteo tenha razão, talvez Pino queira mesmo ferrá-lo!

Não estava inteiramente convencida da sinceridade de Martinez.

Em seu tom de voz, havia percebido qualquer coisa estranha, uma nota desafinada, um acento de rancor.

Agora seu sexto sentido lhe aconselhava prudência.

Deu pausa no gravador.

Virou-se para o aspirante a pentito e tranquilizou-o.

— Está bem — suspirou, exausta —, prometo que vou investigar o comissário. Agora vamos falar de Giaconia. Você disse que podia me levar até ele...

Fez uma pausa e pediu a ele que fosse sincero.

— Tem certeza disso?

Pino teve um sobressalto, um instante de hesitação, como se tivesse que pular pela primeira vez de paraquedas e estivesse paralisado diante da porta do avião. Di Giannantonio era uma coisa; Giaconia, outra. A partir do momento em que começasse a falar da sua família, não poderia mais voltar. Fechou os olhos por um instante, como se quisesse recuperar dentro de si toda a força necessária para pular.

Abriu os olhos de novo.

— Sim, doutora. Já decidi. Vou contar tudo!

Agora ele resolvera se jogar.

Na mesma folha em que pouco antes escrevera o número de telefone, a prova de que Di Giannantonio era um traidor, escreveu um nome.

— Para chegar a Giaconia, a senhora deve segui-lo.

Uma hora depois, o celular de Tony Melluso já estava grampeado.

A juíza Salemi saiu da sala em que estavam às quatro da manhã. Tinha ainda duas horas antes de entrar no avião que a levaria de volta a Palermo. Matteo a esperava fora da saleta junto com o coronel Puma. Agora estava mais calmo, mas a palidez do rosto revelava toda a incerteza e angústia que trazia dentro de si. A ansiedade em saber o que Martinez dissera a ela revirara seu estômago.

Elvira ignorou-o.

Encaminhou-se direto para o coronel Puma e se afastou por alguns segundos com ele. Disse-lhe qualquer coisa em voz baixa e se despediu com um aperto de mão enérgico.

— Obrigada, coronel, nos falamos amanhã.

— Foi um prazer, doutora.

Puma olhou Matteo com presunção e o dispensou com um sorriso mordaz.

Em seguida, se afastou e desapareceu na saleta onde Pino estava preso.

A juíza estava cansada.

Começou a caminhar na direção do corredor que levava à ala oposta do aeroporto. A sala de embarque ficava no segundo andar. Matteo a seguia como uma sombra. Ambos entraram no elevador. As portas se fecharam.

Elvira não sabia onde pôr os olhos, era como se o olhar opressivo do comissário a estivesse perseguindo, um olhar que se assemelhava à consciência pesada, sentimento de culpa, necessidade de expiação.

Matteo segurou-a pelo braço, puxou-a para si e a obrigou a olhá-lo nos olhos.

— Elvira, por favor, você tem que me ouvir, eu posso explicar tudo!

Agora a mão do comissário a machucava.

— Largue-me — ordenou, soltando-se com um gesto brusco. — Não precisa explicar nada!

As portas do elevador se abriram e a salvaram da tentação de chutá-lo.

Estavam no embarque.

Não havia vivalma.

De vez em quando aparecia, em algum canto, a sombra de um funcionário da limpeza, que empurrava um carrinho cheio de detergentes.

Elvira olhou o monitor com as informações sobre os voos. Procurou a palavra PALERMO.

A saída era a A7.

Não estava longe.

Apenas uma dezena de passos.

Tinha que sentar.

Os sapatos a incomodavam. As costas doíam. Estava cansada de puxar o carrinho com seus papéis.

Chegou diante do embarque.

Deixou a bagagem num canto.

Da bolsa, tirou um elástico e prendeu os cabelos num rabo de cavalo, como fazia todas as noites em casa, depois de um dia de trabalho.

Ajeitou-se numa cadeira, esticou as pernas, fechou os olhos.

Tentou relaxar.

Engoliu outro comprimido.

O quarto.

Matteo estava sentado ao seu lado. Ele também estava exausto, mas queria conversar, precisava desabafar, e Elvira, dessa vez, teria que ouvi-lo. Mas, antes que abrisse a boca, ela o esfriou com uma notícia que era um tiro em pleno peito.

— Matteo, não tenho outra escolha: você vai ter que ser investigado por cumplicidade, pois as acusações de Martinez contra você são muito graves.

O comissário teve um ataque de nervos, deu um soco no braço da poltrona e ficou de pé.

— Você não ouviu uma palavra do que eu disse!

— Não, você que não entendeu — rebateu Salemi. — O que você acha, que está diante de uma idiota?

Elvira se levantou e lançou em cima dele todo o seu desprezo.

— Eu tive que falar com Martinez para saber que vocês se conheciam, que você tinha morado em frente à casa dele e que seu pai foi assassinado porque era um traidor. Você não ia mesmo me dizer. Tinha medo que eu descobrisse a verdade... que você trabalha para eles!

O rosto de Matteo tornou-se um misto de tristeza e desespero. Elvira percebeu.

Calou-se subitamente.

O que eu disse? Droga!

Estava arrependida. Talvez estivesse de cabeça quente.

Podia, ao menos, tê-lo poupado da última frase.

Matteo não moveu um músculo, como se não tivesse ouvido.

— Elvira, eu sei que você não acredita no que acabou de falar. Estou limpo. Olhe nos meus olhos, eu tenho cara de traidor?

A juíza Salemi virou o rosto para não ter que responder.

— É verdade — continuou o comissário —, não falei sobre Enzo Giappone. Talvez tenha errado. Mas é uma parte de meu passado que eu tentei apagar. Você quer saber a verdade? Eu vou contar...

Di Giannantonio agora estava calmo. Falava lentamente como se convencer Elvira de que ela estava errada fosse, para ele, uma questão de honra.

— Você quer saber por que Pino me odeia? Porque foi por culpa do meu pai que a família dele caiu em desgraça dentro da Cosa Nostra. Quando Occhiuzzo descobriu que Enzo Giappone era um infiltrado, quis matar o pai de Pino. Porque foi ele que levou o policial à toca dos Corleoneses.

Matteo se interrompeu. Sentia um nó na garganta. Limpou a voz. Era como se seu pensamento fosse filtrado pela mesma ferrugem que recobria aquela história.

Deu um longo suspiro.

Recomeçou.

— O pai de Martinez devia ser assassinado. Só o deixaram viver porque Nino Giaconia se apaixonou pela filha dele, Rosa, com quem se casou depois. Mas ele e os filhos viveram muitos anos com a marca de serem amigos de policiais. Nunca me perdoaram. Pino me odeia por isso e, desde que me tornei policial, ele quer me ferrar.

Elvira o escutava, sintonizada em duas frequências: a do coração e a da mente. Instintivamente era levada a acreditar nele, mas tentou permanecer lúcida. Havia ainda muitas coisas que não se encaixavam.

Encarou Matteo com um olhar inquisidor, como se tivesse diante dela o filho preferido de Judas. Tentou pressioná-lo.

— Martinez diz que, do seu celular, saiu uma ligação para Giaconia, para avisá-lo de uma captura...

Di Giannantonio sorriu amargamente, como se também esperasse por aquela insinuação.

— Meu celular foi roubado à noite, próximo ao Centro — explicou. — Num local onde fui beber com amigos. Eu dei queixa. Pode verificar, se quiser.

Não é possível que seja tudo mentira do Martinez!

Elvira repetia isso até enjoar. Sentia que estava cedendo.

Em tudo aquilo devia haver alguma verdade. De outro modo, não era possível explicar por que, antes do interrogatório de Pino, Matteo tivesse entrado naquela sala, mentindo para Puma.

A juíza Salemi tentou pressioná-lo.

— Por que você se aproveitou do fato de que eu fui ao banheiro para falar a sós com Martinez?

— Porque sabia que o primeiro nome que ele diria a você seria o meu — confessou Matteo — e só tentei impedi-lo. Eu queria impedi-lo de se vingar e manchar minha reputação...

Elvira ficou mais tensa ainda.

Não lhe agradavam as coisas feitas pelas costas. Qualquer que fosse o motivo, Di Giannantonio agira errado com ela, enganara-a.

— Talvez tivesse sido mais honesto me falar do seu receio, Matteo, em vez de esconder tudo desde o início. As pessoas de boa-fé agem assim. Agora é muito tarde; sinto muito!

Não queria ouvir desculpas.

O comissário inclinou a cabeça para olhá-la nos olhos, tentou acalmá-la.

— Elvira, não estou pedindo para acreditar em mim, mas você tem que me dar uma chance de lhe mostrar que não sou o monstro que aquele filho da puta descreveu. Deixe-me prender Giaconia e tudo voltará para o devido lugar!

A juíza Salemi foi categórica.

— Não, absolutamente não, você não pode!

Era como se, naquele momento, ela o tivesse marcado a fogo. Amigo dos mafiosos.

Matteo a encarou com um olhar que era, ao mesmo tempo, de amor e tristeza, olhou-a como se olham apenas os amantes ingratos.

— Por favor, não me afaste.

Elvira não podia fazer isso. Prender aquele açougueiro, o Giaconia, era a missão da sua vida. Ele tinha jurado que o faria sobre o túmulo do pai.

— Eu imploro — sussurrou ainda uma vez.

A juíza Salemi se deu conta de que apertava as mãos, como se estivesse rezando para o infinito. Olhou para o seu rosto. Nos olhos de Matteo estava escrita a derrota.

Elvira se virou de novo para o corredor deserto. Queria chorar. Não queria, não podia vê-lo naquele estado. Sentia uma pontada no coração. Não podia dizê-lo, mas estava mal como ele, pior que ele.

Não posso fazer isso!

— Está bem, você pode trabalhar na captura de Giaconia — deixou escapar.

Disse isso quase sem perceber. Era como se sua boca tivesse pronunciado aquela frase automaticamente e ela fosse hóspede do próprio corpo, mera espectadora.

Tentou retomar rapidamente o controle da mente.

— Mas você está sob observação — apressou-se em dizer. — Ao primeiro sinal, ponho você na cadeia, entendeu?

Matteo deu-lhe um abraço que era mais que um obrigado. Começou a chorar.

— Não vou esquecer isso nunca — sussurrou ao seu ouvido.

Elvira afastou-se dele e foi sentar.

Não sabia por que tinha feito aquilo, mas ela o fizera.

Ela o estava ajudando. Até o dia da prisão de Giaconia, as declarações de Martinez sobre o comissário ficariam guardadas.

Nunca escondera uma prova em toda a sua vida.

Nunca.

Por ninguém.

Mas por que faria isso? Por que estava pronta a cometer um delito por ele? Era possível gostar daquele homem a ponto de arriscar-se dessa maneira, de querer destruir toda a sua carreira?

Não estou gostando disso, detesto tudo isso, mas não darei trégua, ficarei atrás dele!

Elvira Salemi devia se convencer disso para entrar junto com o comissário no avião que, em pouco tempo, os levaria de volta a Palermo.

Do lado de fora, ainda estava escuro.

Do vidro do aeroporto, viu a parte baixa do céu se colorir de um vapor violáceo.

Amanhecia.

No avião, novamente estavam em assentos vizinhos.

Fizeram toda a viagem em silêncio.

Assim como a ida.

Ambos sentiam sono e vontade de dormir encostados no ombro um do outro.

Mas nenhum dos dois tinha coragem de confessá-lo.

25

A casa onde estou é bonita, branca, com as janelas azuis. Meu quarto dá diretamente para a praia, através de uma porta de vidro deslizante, que agora está aberta.

Um vento leve movimenta as barracas e as empurra num passo de tango rodopiado.

Acabei de acordar: queria tirar um cochilo, mas, em vez disso, devo ter dormido por muito tempo, pois percebo que meu vestido está todo amarrotado.

Meio tonta, lanço um olhar rápido ao espelho.

Ainda estou com o rosto marcado pelas dobras do travesseiro.

Levanto e saio para o pátio.

— Lorenzo! Onde você está? — chamo.

Olho ao redor e aperto os olhos para que o sol não incomode a vista.

Fito o mar.

Está calmo, quase imóvel.

Aquela extensão plácida que parece se unir ao céu me dá sempre uma sensação de paz.

Caminho na praia: a areia está quente, quase fervendo. Tento tocá-la apenas com os pés. Deixo atrás de mim pegadas pequenas, suaves.

— Lorenzo! — chamo de novo.

Ah, lá está ele.

Está na beira do mar.

Sua figura de criança — tem pouco mais de cinco anos — contrasta com a paisagem vasta que o circunda.

É bonito, com os cabelos agitados pelo vento e o ar absorto. Está fazendo um castelo com a areia úmida. A poucos passos dele está a babá, presença tranquilizadora e atenta, com o corpo imponente de negra.

Junto-me a eles. Ajoelho-me diante dele, acariciando-o.

— Olá, Lorenzo. O que você está fazendo? — pergunto.

— Estou fazendo um castelo de areia. Gostou?

— Sim. Está muito bonito o seu castelo. — Em seguida, abraço-o, apertando forte.

Mas ele se esquiva e corre para encher o balde de água.

Agora está todo sujo de areia: as mãos, os cabelos. Tem um pouco de areia até na boca.

Vira-se para mim e grita:

— Quero dar um mergulho!

— Você sabe que não gosto da palavra "quero" — repreendo com doçura. — Como é que se diz? Como foi que ensinei a você?

Ele pensa por um minuto, pisca astuciosamente; em seguida, me olha, rindo, e repete a lição de memória:

— Por favor, posso dar um mergulho... mamãe?

26

ELVIRA estava na sala do chefe.

Correra para chegar pontualmente ao encontro.

Não tinha descansado nem meia hora. Sentia-se um trapo.

Bonoparrino, ao contrário, levantara-se de bom humor.

Isso não acontecia havia meses. O simples fato de saber que se livraria de uma vez do pavio curto da juíza Salemi deixou-o estranhamente alegre, com aquela alegria que invade alguém que se muda para uma casa nova, cheirando a tinta fresca, um espaço vazio que se pode preencher com o que se quiser.

Naquele dia, o procurador escolheu uma bela gravata para ir ao tribunal, cor-de-rosa, um sinal claríssimo que demonstrava o quanto se sentia em paz com o mundo. Entrou no Palácio da Justiça distribuindo sorrisos e apertos de mão. A todos: colegas, advogados, policiais e escrivães. Parou para fazer um lanche no bar do primeiro andar: cappuccino sem espuma e croissant integral.

Em seguida, esfregando as mãos, entrou na sua sala e pôs-se a esperar.

Com a boca aberta.

Com a mesma paciência e tranquilidade de um tubarão que, sem muito esforço, espera dentro da toca, sabendo que a presa, de um momento para o outro, chegará direto na sua boca. A cada trinta segundos, olhava o relógio e chamava a secretária.

— A juíza Salemi chegou?

— Não, procurador.

— Até as nove não estou para ninguém.

— Sim, senhor.

Faltavam dez minutos para o encontro, mas já tremia. Mal conseguia se controlar, tal era a vontade de comunicar a toda a procuradoria o início de uma nova era.

Já pensava em quantos colegas o cumprimentariam por ter conseguido livrar-se de Elvira e desarmar aquela verdadeira bomba-relógio.

Já se via cercado pelos outros membros do Ministério Público, que finalmente o olhariam com respeito e deferência, e não como um mero intermediário que organizava o tráfego dentro de um gabinete que parecia um porto de mar. Sonhava e, nesse meio-tempo, desfrutava da expectativa daquele momento.

Elvira chegou às oito e trinta em ponto.

Nem sequer passara em casa para poder chegar na hora.

Ainda estava vestida como na noite anterior, com os olhos inchados, o rosto marcado, o odor da viagem ainda presente.

— Rápido, doutora, o procurador está à sua espera!

A secretária abriu a porta sem nem mesmo anunciá-la, limitando-se a tocar a campainha do telefone do chefe.

Elvira entrou com o passo costumeiro. Decidido e marcado. Parou apenas diante do espelho da antessala para arrumar os cabelos, na esperança de assumir o aspecto mais normal possível.

Bonoparrino fingia ler alguma coisa. A luminária da escrivaninha estava acesa sobre uma pasta qualquer e os óculos de leitura se encontravam apoiados sobre a ponta do nariz. Ouviu a porta se abrir e assumiu um ar ocupado, como se um diretor, naquele momento, tivesse batido a claquete.

— Então, doutora Salemi, como vai?

Levantou-se da poltrona.

Foi ao seu encontro.

Apertou sua mão.

— Bem, obrigada, procurador. E o senhor?

— Sente-se, minha cara...

Estavam de frente um para o outro.

A juíza Salemi, de olhos baixos, tinha um aspecto horrível. Quase se envergonhava dele.

Parecia que não dormia havia meses.

Bonoparrino não sabia nada a respeito da viagem a Roma.

Pensou que Elvira estivesse com aquela aparência descuidada por causa da depressão, do aborrecimento, talvez, de se ver afastada e enviada em férias forçadas.

Teve um movimento de compaixão.

— Vamos, Elvira, sorria — encorajou-a com um tom que queria ser paternal —, pense que, em alguns minutos, você estará livre para sair de férias, enquanto nós, infelizes, teremos que ficar aqui, nos sacrificando, nos alimentando de água e vento.

Pareceu a Bonoparrino uma brincadeira espirituosa.

A juíza Salemi assentiu com um meio sorriso; em seguida, tornou-se subitamente séria. Seu rosto virou uma pedra de gelo. Impassível, impenetrável.

Cabia a ela dizer alguma coisa agora, mas não queria responder. Não tão rápido. Tinha necessidade de esticar aquela pausa o suficiente para dar a entender ao chefe que ele tinha escolhido o dia errado para comemorar.

— Doutora Salemi?

O procurador odiava os silêncios.

Começou a tremer na poltrona, desabotoou o casaco; em seguida, tomou um gole de água do copo que tinha apoiado sobre uma prateleira próxima à mesa. Quando não aguentou mais, ergueu-se.

— Alguma coisa errada, doutora?

O rosto gorducho do chefe estava contraído numa careta, o nariz amassado, a fronte esponjosa, os lábios trêmulos.

Elvira limpou a garganta.

Apoiou-se com um braço sobre a mesa e se inclinou para frente, como se quisesse fazer-lhe uma confidência.

Permaneceu sentada.

— Procurador, há um problema... — começou Elvira, quase sussurrando.

— O que a senhora está querendo dizer? — lançou-se sobre ela, irritado.

— Que eu vou sair de férias, mas antes há algo que o senhor deve ouvir.

A juíza Salemi pegou o gravador.

Pressionou a tecla PLAY.

Do aparelho, saiu a voz de Pino Martinez.

A juíza Salemi fez com que ele ouvisse alguns minutos, depois parou a fita, justamente na parte em que a testemunha falava de Matteo.

— O que é isso? Uma brincadeira? — perguntou, surpreso, o magistrado.

Elvira pôs o gravador na bolsa.

— Não, procurador, é um homem de honra que manifestou a intenção de se tornar um colaborador. Ontem à noite, em Fiumicino, ele me disse que pode nos levar a um dos Corleoneses que assassinou Robertino Di Maio, mas agora não sei o que fazer, já que prometi que ia sair de férias...

A juíza Salemi interrompeu a frase. Viu a cor do rosto de Bonoparrino mudar de rosa pálido para branco cadavérico. O procurador estava indeciso entre desfalecer ou gritar.

O magistrado, em teoria, deveria punir Elvira. Na verdade, ela fora a Roma para interrogar um acusado sem autorização. Ato passível de uma medida disciplinar. Mas, ouvindo aquela palavra, *colaborador*, arregalou os olhos e abriu os ouvidos. Endureceu-se como o busto de bronze de Calamandrei, que se erguia às suas costas. Era uma cena que Elvira já tinha visto muitas vezes.

Normalmente, quando sabia que havia um novo colaborador pronto a esvaziar o saco diante de um jovem magistrado, Bonoparrino imediatamente tinha um pouco de febre. Via a maior parte dos pentiti como barcos à deriva em busca de um porto no qual descarregar sua carga de vinganças e venenos. E sempre se preocupava com os nomes que um colaborador podia dizer para satisfazer o Ministério Público. Não temia consequências no plano pessoal; mas talvez entre aqueles nomes estivesse ou pudesse estar alguma figura importante que conhecia ou de quem ouvira falar. Um senador, um comerciante, um empresário. Talvez alguém que jogasse bridge com ele e a esposa nas noites de sexta. Quem sabe? E se assustava, mesmo se não havia motivo.

— Um novo colaborador? Entendo, doutora. E me diga. Quem é ele? — perguntou Bonoparrino com a voz rouca e duas pontas de saliva que apareciam nos cantos da boca.

Elvira agora começava a se divertir: sabia como manter o velho magistrado em banho-maria.

— No momento, se o senhor não se opõe, prefiro manter a identidade dele oculta, pelo menos até que saiba se serei eu a me ocupar da investigação ou um colega da procuradoria.

— Certo! Certo! — anuiu Bonoparrino, tornando-se subitamente gentil. — É natural.

Tirou do bolso um lenço.

Enxugou a testa, que estava ligeiramente suada.

Acendeu um cigarro e se voltou para a janela.

O sol fazia entrar um fio de luz que iluminava como um refletor a cadeira vazia perto de Elvira. O chefe apoiou as costas no encosto da poltrona, deu uma baforada ávida no cigarro e se pôs a observar a espiral de fumaça que subia na direção do teto.

Se tivesse o dom da vidência, naquela nuvem teria entrevisto os mil perigos que se ocultavam por trás da decisão que tomaria dali a pouco.

Tentou raciocinar.

Talvez fosse prudente manter a juíza Salemi como amiga, caso o novo pentito tivesse dito algum nome inconveniente. Manter Elvira significava poder controlá-la melhor, obter as informações, evitar algum perigo que aqueles depoimentos ocultassem. Nenhum de seus amigos teria arriscado nada. E, ainda que isso ocorresse, ele estaria lá para vigiar, para acalmar. Caso contrário, se o novo colaborador não tivesse intenção de denegrir ninguém, se não tivesse querido revelar nomes bombásticos, mas estivesse concentrado em seus cúmplices — por exemplo, o boss e os picciotti responsáveis pelo assassinato de Robertino —, tanto melhor. O mérito com os jornais também seria dele que, desde o início, tinha incentivado a jovem doutora Salemi a dedicar-se de corpo e alma à solução do caso.

Não. Dessa vez, ceder a Elvira não era uma derrota para ele. Era uma vitória.

Bonoparrino já via as manchetes dos jornais, sua foto e a legenda na primeira página.

— Está bem, doutora, a senhora me convenceu — sentenciou —, mas quero ser constantemente informado de tudo que diz esse senhor. Estamos entendidos?

Elvira anuiu.

— Assim será.

Disse o nome do pentito ao chefe, despediu-se e caminhou para a saída.

Estava satisfeita.

Fora corajosa.

Graças a Martinez, voltara à investigação sobre Robertino, fazendo com que parecesse uma ideia do procurador.

— Com licença, doutora, uma outra coisa...

Ainda não tinha acabado.

Elvira parou na soleira, virou-se com os olhos fechados, quase como se quisesse afastar o perigo de uma mudança de ideia.

Bonoparrino tranquilizou-a com um sorriso.

— Trabalhe tranquila, mas aconselho à senhora... que também encontre tempo para descansar. Não vá me deixar preocupado...

Ela queria rir da velhacaria daquele homem, mas se absteve e caminhou na direção do corredor que levava ao seu escritório. Quando passava, viu um grupo de colegas que a aguardavam e sussurravam. Eram os invejosos de sempre, os que sempre esperavam uma oportunidade para falar mal dela para o chefe.

Baixou os olhos.

Seguiu seu caminho.

Elvira não gostava deles, mas, no fundo, sentiu pena de todos. Em breve, o procurador iria comunicar a eles que a festa fora adiada.

27

O AGENTE Spartivento pediu ao comissário permissão para se afastar um segundo da sala da escuta.

— Só um minuto, tenho que fazer pipi!

Matteo assentiu com a cabeça.

O jovem policial, baixinho, com cabelos encaracolados, um dragão tatuado no braço esquerdo e vestindo uma camiseta com o rosto de Jimi Hendrix, desapareceu e voltou dois minutos depois.

— Viu como fui rápido, comissário?!

O grandão a seu lado, o superintendente Bellipanni, um armário de dois metros por três, com o rosto quadrado e os cabelos curtos, olhou-o com ar curioso.

— Wai-Fai, lavou as mãos? — perguntou em voz alta, chamando-o pelo apelido.

Parecia querer se divertir.

Spartivento não respondeu.

Tomou nas mãos os fones e recomeçou a girar os botões do escâner, vermelho de vergonha.

Bellipanni ria.

Eram oito da noite.

O comissário observou-os por um segundo sem a escuta; em seguida, tornou a olhar preocupado para o aparelho de interceptação.

O celular de Melluso estava sempre desligado.

Dia e noite.

Di Giannantonio seguia-o havia uma semana. Pusera dois de seus homens na casa dele: o inspetor Iannuzzo e o sargento Chiavetta. Até onde sabiam, ele levava uma vida tranquila. Passava a maior parte do tempo fechado no apartamento. Punha o nariz para fora pouco, muito pouco, apenas quando era estritamente necessário.

Naquela manhã, por exemplo, saíra para fazer algumas compras no supermercado e voltara rapidamente. Antes, porém, tinha parado numa Blockbuster e alugado três DVDs.

— Comissário, o senhor tem certeza de que é a pessoa certa? Para mim, esse aí não parece estar escondendo nada!

Spartivento, o técnico de comunicações, era jovem e sempre pessimista em relação ao sucesso da operação. Era o *cético* clássico. Vestia sempre negro, mas era um mago da eletrônica e tinha um bom ouvido. Sua mesa no gabinete vivia entulhada de fios, que entravam e saíam de um computador. Por isso, fora fácil inventar aquele apelido, Wai-Fai.

— Merda! — exclamou Bellipanni, fazendo um gesto obsceno. — Começamos bem! O que foi que os mortos nos trouxeram, Wai-Fai, comissário?!

O inspetor Iannuzzo se ergueu da cadeira. Aproximou-se do armário com o peito estufado e encarou-o com uma expressão dura.

— Por que você não o deixa em paz, Gigante? Você se sente mais forte implicando com alguém que tem a metade do seu tamanho?

Bellipanni fez uma careta.

— É você quem me diz o que fazer, é?

Era uma montanha, dava medo. Iannuzzo olhou-o sem responder. Cruzou os braços e encarou-o por um tempo infinito.

Aqueles dois não se davam bem.

Em toda a carreira, nunca tinham tomado nem mesmo um café juntos. O inspetor Iannuzzo odiava os prepotentes. Tentava ficar o menos possível no escritório, justamente para não ver tipos como Bellipanni. À primeira vista, ele parecia um vagabundo. Tinha cabelos compridos e a barba por fazer, vestia sempre camisas rasgadas verde-militar e jeans pata de elefante. Não era alguém que se relacionava facilmente com os outros, mas seu talento era outro: tinha paciência e olhos de águia.

Agradava-lhe estar a céu aberto; era um solitário, que gostava de tocar guitarra. Talvez, no esquadrão, fosse quem tivesse a vida mais difícil, o único que, à diferença dos outros, não tinha namorada, nem mulher e filhos para cuidar.

Se havia um foragido para capturar ou alguém para seguir, o Águia era capaz de viver um mês no alto da montanha para fotografá-lo durante uma emboscada. E não desceria até que o binóculo lhe desse um bom motivo para fazê-lo.

— Calma, garoto, não precisa se aborrecer, não aconteceu nada!

O sargento Chiavetta tentou acalmar a rixa e fazer a paz entre os dois colegas. Era o mais velho do esquadrão, o único de cabelos brancos e roupas de burocrata dos anos setenta. Tinha a memória de um elefante. Conhecia cada beco de Palermo e cada boss que, nos últimos trinta anos, atravessara os portões do Esquadrão Móvel. Era o sábio, a quem Di Giannantonio consultava quando tinha uma dúvida ou algo lhe escapava, a memória histórica do grupo. Seu nome de guerra era “Storione”.

Matteo sentiu o celular vibrar no bolso do casaco. Era Elvira.

— Novidades? — perguntou ela.

— Nada. Já estamos aqui há horas, mas continua a não acontecer nada... — gaguejou o comissário, com uma voz mal-humorada. — Espere um pouco...

Matteo viu o Gigante lançar-se outra vez sobre o Águia.

— Ouça, trate de não me foder, entendeu?

O outro, que era magro, de estatura mediana, parecia um juiz de futebol em comparação a ele, mas não queria se dar por vencido. Por isso, o desafiou.

— O que é que você vai fazer?

Faltava pouco para que começassem a trocar socos.

Matteo deixou a juíza Salemi esperando e interveio para separá-los.

— Chega, rapazes...

— Silêncio! — gritou Wai-Fai, levantando-se. — Comissário! É ele!

Todos ficaram imóveis. Viraram-se para a luzinha vermelha que piscava no escâner. Melluso tinha ligado o telefone, tinha feito uma chamada.

O comissário despediu-se de Elvira.

— Depois nos falamos!

Nos subterrâneos do Esquadrão Móvel, não se escutava uma mosca.

Todos se aproximaram do aparelho ligado ao telefone de Tony e esperaram para ouvir sua voz.

A juíza Salemi não via o comissário havia uma semana. Desde que voltaram juntos de Roma, falavam-se apenas pelo telefone. Todos os dias, na mesma hora. Elvira telefonava às oito da noite, pouco antes de sair do tribunal, com a desculpa de pedir notícias sobre o motorista de Giaconia.

— Nenhuma novidade — repetia ele todas as vezes —, mas estamos trabalhando...

Agora, só falavam de Melluso.

Quando Elvira lhe pedia para atualizá-la sobre o desenvolvimento da investigação, o comissário respondia com monossílabos. Era como se tivesse medo que um excesso de confiança ou de proximidade iniciasse entre os dois um mecanismo de dependência, no qual ele era necessariamente a parte mais fraca.

Di Giannantonio convenceu-se de que, aos olhos de Elvira, era um investigado em potencial, nada mais. Era alguém que devia demonstrar sua inocência. E se comportava como tal. Sem aquela leveza, aquela cumplicidade que tinha assinalado desde o início a amizade deles.

Matteo agora vivia no escritório.

Não se encontrava mais com Elvira no Palácio da Justiça. Nem uma vez, nem com o pretexto de vê-la no trabalho. Prender Giaconia tornara-se, para ele, uma obsessão ainda maior que a necessidade de demonstrar à amiga magistrada que não era um policial corrupto, a maçã podre dentro do cesto. Tinha posto aquela captura acima de tudo, até mesmo de sua própria existência.

A juíza Salemi queria esquecer a aspereza da última conversa em Fiumicino. No início, lembrando-se da advertência de Martinez, ficara tentada a mandar os policiais seguirem o comissário, mas, depois, renunciara à ideia por medo de causar-lhe um dano ainda maior.

Se o deixo na linha de tiro é o fim!

Em certo sentido, ela estava tentando protegê-lo, mas sentia que dentro dela algo mudara, sentia no estômago o aperto de uma decepção intensa. E tentava se distrair.

Pino Martinez! Só devo pensar nele, agora!

Continuava a repetir isso como se fosse uma oração e, nesse meiotempo, estudava os mapas e preenchia os relatórios.

Algumas vezes, porém, a tentação era mais forte que ela.

Tirava da caixa a fita com as acusações que Pino fizera sobre Matteo e as escutava escondida, como se fosse um conto infernal. Escutava e sofria porque se dava conta de que aquelas palavras lhe faziam mal, como da primeira vez que as ouvira.

A fita também estava sobre a escrivaninha naquela noite. Depois de falar ao telefone com Di Giannantonio, estava indecisa se ia ouvi-la ou não.

Olhou-a, girou-a alguns minutos entre as mãos.

Não, não esta noite!

Em vez de guardá-la no gravador, pegou-a e fechou-a novamente no fundo de uma gaveta.

Apagou a luz do gabinete.

Era tarde.

Chamou os rapazes da sua escolta e, na companhia deles, seguiu para casa.

Melluso morava na região de corso Calatafimi, em frente a um cinema para adultos, o Paradise. Sua casa era modesta, mas aconchegante. Uma sala de estar, dois quartos e área de serviço. Tinha um carro não muito vistoso, um Fiat Punto, que usava pouquíssimo. Ultimamente mantinha-o fechado, estacionado em casa, exceto nos dias em que encontrava o irmão em corso Tukory, onde tinham aberto uma loja de sapatos.

Ia e voltava em uma hora.

De resto, era um antissocial.

Não conhecia nenhuma mulher, não saía à noite, não tinha nem amigos nem parentes que o visitassem. Havia uma semana que Giaconia o deixava dormir como um menino feliz, e Melluso voltara a ver seus filmes. Na tevê, naquela noite, não passava nada de interessante.

Saiu de casa e entrou na Blockbuster, na esquina. Alugou três DVDs: *Papillon*, com Steve McQueen, *O Poderoso Chefão*, com Marlon Brando, e *Cleópatra*, o épico de 1963, rodado na Cinecittà, com Elizabeth Taylor e Richard Burton.

Viu, primeiro, o último.

Recordava-se de uma cena em que Cleópatra ia até César enrolada num esplêndido tapete, como se fosse um presente precioso. Ligou o DVD, parou naquele ponto e viu a cena muitas vezes.

Era uma cena que, na mente de Tony, se sobrepunha àquela vista na casa de Giaconia, na noite em que o boss tinha matado a mulher.

Naquela circunstância, o tapete contava outra história, uma história de morte. Havia uma mulher morta e uma camisa suja de sangue, havia o desespero de um marido assassino e o fim trágico de um casamento que começara errado. Mas, para Tony, era como se o filme e a realidade contassem, no fundo, duas vidas paralelas.

A força que Rosa Martinez demonstrara, permanecendo ao lado do marido até o último momento, até o sacrifício extremo, parecia extraordinária a Tony, uma grande prova de amor. Digna de uma Cleópatra de nossos dias.

Mas a senhora Rosa era muito mais bonita que Liz Taylor. Em Hollywood, ela teria causado furor!

Melluso apertou um botão no controle, deu pausa no DVD e pegou o celular. Havia uma semana não o ligava.

Chamou o número de um local próximo à casa, La Bella Napoli. Pediu uma entrega a domicílio.

— Quero uma pizza margherita, por favor...

Fez uma pausa e se corrigiu.

— Espera... não... traz duas!

Deu o endereço ao atendente do restaurante, desligou o celular e, satisfeito, pegou o controle e novamente apertou o PLAY.

Nino Giaconia não queria mais dormir em casa. Desde a noite em que a mulher morrera, tinha buscado outra acomodação e, com a ajuda de Tony e do bom Deus, a tinha encontrado.

Tinha deixado de sair, mesmo à noite. O desaparecimento de Rosa aparentemente o tornara mais forte aos olhos dos outros, a começar por Occhiuzzo, mas, por dentro, ele estava completamente arrasado.

Era um homem destruído.

Fazia uma semana que vivia recluso no quarto, no escuro. Comia e dormia. Não fazia outra coisa. Um vegetal. Antes de se isolar do mundo, fez saber a Occhiuzzo que a mulher passara desta para a melhor e que precisava ficar sozinho por um tempo.

De resto, nada mais importava.

— Ninuzzo, descanse durante o tempo que quiser — encorajou o cunhado. — Deixe que agora eu me preocupo com os nossos vizinhos...

No telefone, Occhiuzzo falara em código, comunicando-o que se ocuparia em reunir novamente a Comissão na vila de Montelepre. Tinha dito aos outros boss, Turturro em primeiro lugar, que Giaconia fizera o que devia ser feito.

Fora um homem.

Tinha sacrificado o que havia de mais precioso.

A esposa.

Depois daquela prova de coragem, o chefe dos Corleoneses estava convencido de que tudo voltaria para o lugar certo. Dentro da Cosa Nostra, ninguém podia achar que ele e Giaconia tinham usado dois pesos e duas medidas.

Um pentito desonrara a família.

A vergonha por aquela traição fora vingada.

Uma mulher estava morta.

Rosa Martinez não existia mais.

Era isso que importava.

Os outros chefões da máfia não podiam fazer outra coisa senão calar a boca e tirar o chapéu para ele e o cunhado.

Occhiuzzo tinha um único desejo agora.

Vingar-se de Turturro, o homem-rato, que esperava ver sua cabeça rolando diante de todos.

Jogou e perdeu, meu caro!

Num primeiro momento, pensou em matá-lo.

Depois mudou de ideia.

Sabia que Diego Martinez estava chegando a Palermo com a mulher.

Aquele anão maléfico ainda podia servi-lo vivo.

* * *

— Duas pizzas, comissário. Mas que fome ele tem, não?

Wai-Fai não era o único a ter essa dúvida. Storione e o Águia concordavam com ele.

Tudo parecia muito estranho também a Matteo.

Havia duas possibilidades: ou Melluso subitamente sentira uma fome de leão ou havia outra pessoa naquele apartamento.

Um segundo depois de ouvi-lo terminar a conversa com a pizzaria, o comissário ligou para La Bella Napoli e cancelou o pedido.

Ao mesmo tempo, mandou o Gigante comprar duas margheritas para viagem.

— Vá, pegue as pizzas e traga-as para cá, anda... vai!

Corso Calatafimi ficava atrás da Delegacia de Polícia.

De moto, iria num minuto.

Bellipanni chegou rapidamente.

Di Giannantonio queria mandá-lo até Melluso, no lugar do atendente da pizzaria, para dar uma olhada na casa.

No local, havia muita confusão. A fila ia até o lado de fora. Gigante estava se esforçando para livrar-se dos outros clientes. Havia muita gente antes dele e as malditas pizzas demoravam para sair do forno.

— Não dá para ir mais rápido? Estou com pressa! — continuava a dizer ao pizzaiolo.

— Amigo, eu só tenho duas mãos! — justificava o outro, suado e com a pá na mão. — Ou o senhor me dá mais dois minutos ou, se quiser brigar, eu lhe dou a massa e o senhor faz as pizzas sozinho... entendeu?

— Entendi, eu aguardo... mas, por favor... ande rápido!

Passaram mais de vinte minutos desde que Tony telefonara para o restaurante e, no final de *Cleópatra*, ele já começava a ficar impaciente.

Estava com muita fome.

Pegou de novo o celular.

Ligou.

Digitou o código PIN.

Esperou o sinal, escolheu a lista dos últimos números chamados.

Viu La Bella Napoli e apertou a tecla ENVIAR.

Ocupado.

Wai-Fai, com as mãos coladas nos fones, deu um salto e se pôs a gritar para Matteo.

— Comissário, ele está ligando de novo para a pizzaria, não temos mais tempo!

— Cristo! Mas onde, diabos, se meteu o Gigante? — praguejou Di Giannantonio.

Melluso não podia desconfiar de nada ou seria o fim deles.

Na sala de escuta da Delegacia de Polícia, desceu o silêncio.

Matteo se aproximou do escâner.

O número da pizzaria agora estava livre.

Ouviu o primeiro toque.

Depois o segundo.

Podia ouvir a respiração de Tony.

Ele bufava.

Em seguida, ouviu o eco de outro som de fundo, captado pelo microfone do telefone de Melluso.

Era o interfone da casa.

— O Gigante chegou! — anunciou, caindo sobre uma poltrona como se tivesse perdido dez anos de vida.

Tony interrompeu o telefonema, pôs o celular sobre o sofá e correu para abrir.

O comissário dera ordens precisas ao Gigante.

Não devia fazer nada: só uma olhada rápida e ir embora.

— Preste atenção!

Para chegar mais rápido, Bellipanni tinha deixado a moto diante da pizzaria e se pusera a correr com as caixas de pizza. Tinha corrido até sentir as pernas doendo. Chegou na frente do portão da casa de Melluso completamente sem fôlego.

Uma voz rouca e irritada atendeu o interfone.

— É o entregador de pizza?

— Sim — respondeu o policial, com a respiração ofegante.

— Caramba! Já estava na hora... Pode subir, segundo andar.

O Gigante pegou o elevador. Melluso estava parado na soleira da porta com um maço grosso de notas na mão, presas por um elástico.

Tony não esperava que o entregador fosse uma espécie de animal, um gorila de dois metros. E, quando o viu frente a frente, olhou-o com ar preocupado.

O Gigante ainda se recuperava da corrida para chegar rapidamente àquela maldita casa.

Entregou as pizzas a Tony.

Com a mão, fez sinal para que ele esperasse e se apoiou com as costas na parede do patamar da escada para retomar o fôlego.

— Quanto é? — perguntou Melluso, fitando-o com alguma apreensão.

— Doze euros... — respondeu o Gigante, que sentia falta de ar e apoiava as mãos nos joelhos.

Melluso só tinha notas de cinquenta.

Tirou o elástico e ajeitou o maço de notas.

— Tem troco?

O policial fez que não com a cabeça.

Tony abriu os braços como se não quisesse acreditar no que ouvia. Era mesmo uma noite perdida.

O Gigante ergueu os olhos.

Encarou-o.

Melluso estava com a barba por fazer, os cabelos desalinhados e marcas de travesseiro na face direita. Vestia uma camiseta branca amassada e calças azuis de pijama.

Parecia alguém que saíra de um terremoto.

Bellipanni tossiu, esforçou-se para assumir um ar de cansaço.

— Posso pedir um favor?

— Diga — respondeu Melluso.

— Pode me dar um copo d'água?

Tony refletiu por um segundo, pensando em dizer não, mas, no fundo, o que lhe custava?

— Espere aí!

Entrou em casa novamente.

Com um pé, deu um leve empurrão na porta, encostando-a ligeiramente.

O Gigante se aproximou da fresta e tentou registrar qualquer coisa que estivesse dentro do campo visual.

Viu uma sala de estar imediatamente após a entrada. No fundo, percebeu a cozinha, com uma mesa de fórmica e cadeiras ao redor. Na mesa, havia uma toalha quadriculada, pratos e copos.

Merda... arrumou para dois!

O Gigante ouviu os passos de Tony que voltava.

Afastou-se da porta.

— Toma, a água está aqui...

Tomou um gole.

Melluso mal teve tempo de segurar o copo, pois o Gigante já tinha se lançado escada abaixo.

— Ô, idiota! — gritou Tony do patamar da escada. — Você esqueceu o dinheiro da pizza!

— Deixa para lá! — respondeu o outro, enquanto descia os degraus de dois em dois. — Não tenho troco; o senhor me paga da próxima vez.

28

JÁ É NOITE.

A lua é uma mancha pálida tentando se equilibrar, em meio a espessas fileiras de nuvens.

Do pátio, agora se distinguem apenas sombras que vagam sobre a praia.

São guardiães silenciosos, manchas negras em movimento que protegem minha casa.

Lorenzo dormiu há pouco, ninado pelo perfume do mar e uma música doce. Sobre a mesinha de cabeceira próxima à cama pôs uma caixinha de música, que projeta no teto do quartinho uma miríade de luzes coloridas. Mas já posso desligá-la: ele está descansando, tranquilo.

Com os pés descalços, sem fazer barulho, me inclino até ele e dou um beijo em seu rosto.

— Dorme bem, amor da mamãe.

Em seguida, lançando um olhar sobre o quarto, cheio de brinquedos espalhados por toda parte, saio e fecho a porta devagar.

Calço os sapatos e desço.

Na sala de estar, Diego me espera: nos abraçamos forte, por um longo tempo.

— Como é que o menino está? — me pergunta, em primeiro lugar.

— Bem, agora dorme. Estava esgotado. Passou o dia inteiro na praia... E você, o que me conta? Tem alguma boa notícia para mim?

— Ótimas! — exclama ele, satisfeito. — Nossos amigos do Brooklyn me disseram com todas as letras: "Martinez, não esqueça de levar nossa saudação à senhora."

— Muito bem, estou contente. Na verdade, estou mais tranquila agora.

29

O Águia estava no telhado de um edifício.

Com o binóculo, observava a casa de Tony.

Na orelha, tinha um fone ligado ao celular de Matteo.

— Águia, você consegue vê-lo?

— Sim, eu o vejo, acabou de se levantar. Abriu as cortinas, mas não tem ninguém com ele. Parece que está sozinho!

Merda!

Era quase meio-dia.

Os vidros da casa de Melluso estavam sujos, mas não o suficiente para impedir o inspetor Iannuzzo de explorar o interior.

Estava deitado de barriga para baixo, com as mãos bem firmes sobre o cabo do binóculo, os cotovelos plantados no chão. Com movimentos imperceptíveis, o Águia inclinava o eixo do telescópio de cima para baixo, da direita para a esquerda, na esperança de que seu olho identificasse a presa e a fizesse cair na armadilha. Cada gesto era lento, calculado, parecia a pincelada delicada de um pintor que a distância retocava imperfeições milimétricas sobre a fachada do edifício.

Do seu posto, Iannuzzo via claramente a entrada da casa, a sala de estar e a cozinha. A única área que lhe era interditada era a do banheiro e dos dois quartos com as persianas abaixadas.

Di Giannantonio estava com Storione e Gigante dentro de um furgão branco sem identificação. Estavam estacionados na calçada do outro lado da rua.

Os três vestiam macacões de funcionários da companhia elétrica.

O comissário virou-se para o superintendente Bellipanni.

— Mas você tem certeza de que ontem à noite, na cozinha, a mesa estava posta para dois?

— Isso, comissário! — respondeu o Gigante. — Tenho certeza de que havia dois pratos e dois copos! Como dois e dois são quatro!

Agora a confiança do comissário parecia diminuir.

— Está bem, então... vamos!

Fez Bellipanni descer do carro e o enviou até a esquina onde havia uma cabine da Enel.

O Gigante entrou. Trazia na mão um esquema e se pôs a mexer nos cabos e no quadro de distribuição.

Matteo contatou Spartivento no gabinete.

— Está me ouvindo, Wai-Fai?

— Sim, estou — sussurrou uma voz rouca, que saía do rádio transmissor.

Todos os homens de Di Giannantonio agora estavam ligados via rádio.

— Então, está tudo pronto? Ao meu sinal...

Di Giannantonio começou a contagem regressiva:

— Quatro, três, dois, um...

As luzes da casa de Tony subitamente se apagaram.

Melluso percebeu logo porque, mal se levantara, ligou a tevê e de repente tudo ficou escuro.

Escuridão total.

Puta que o pariu! O medidor!

Havia três eletrodomésticos ligados ao mesmo tempo.

A televisão, a lavadora e a geladeira.

Tony pensou que fosse uma sobrecarga e foi verificar o quadro elétrico.

Tateou até o interruptor.

Balançou para cima e para baixo.

Duas vezes.

Inútil.

Depois pegou o celular.

Não havia sinal, parecia morto.

Desligou e ligou de novo.

Nada.

Mas o que, diabos, aconteceu? A guerra começou?

Tony foi até à janela para se certificar de que a cidade estava como a tinha deixado na noite anterior.

Parecia a mesma.

Wai-Fai conseguiu operar uma espécie de milagre. Tinha provocado um blackout. Com um sofisticado sistema eletrônico de amplo raio de ação, criara uma espécie de cone de sombra no edifício de Melluso. Todos os celulares estavam fora de uso.

O Gigante, por sua vez, tinha se ocupado da energia elétrica.

Com um pouco de sorte, identificara a linha que transmitia a energia até a casa de Melluso e a isolara.

— *E agora, o que é que eu faço?* — perguntou-se Tony.

Pensou, sentando-se na cama por uns dez minutos. Depois, decidiu vestir-se e dar uma olhada no lado de fora do patamar.

O Águia, que não perdia um único movimento seu, imediatamente avisou Matteo.

— Comissário, ele está saindo!

Tony queria saber se faltava luz em todo o prédio. O elevador estava funcionando.

Além disso, ouvia distante o barulho de uma batedeira.

Vinha do andar de cima.

Continuava tentando entender.

Que merda significa tudo isso?

Parecia improvável a Tony que o pessoal da companhia elétrica tivesse cortado sua energia. Ele pagava regularmente as contas. Estava sempre atento a isso.

Tocou a campainha do apartamento ao lado do seu, da senhora Genco. A vizinha era idosa e um pouco surda. Foi por pura sorte que o ouviu e abriu a porta. Melluso perguntou-lhe se podia entrar.

— Para quê? — perguntou a velha, que não conseguia ler seus lábios.

— Tenho que telefonar, estou sem luz! — gritou ele, perto do seu ouvido.

— Está bem, entre!

Era tudo muito estranho.

A senhora Genco tinha energia elétrica em casa.

Melluso olhou na lista o número do atendimento de emergência da companhia elétrica: 80046.

Teclou no telefone fixo da vizinha e ouviu chamar.

Wai-Fai, na Delegacia de Polícia, fez com que o telefonema fosse desviado diretamente para o celular de Di Giannantonio.

— Alô?

— Alô, pode falar — respondeu o comissário, dentro do furgão.

Falava de modo formal e cortês.

Tony começou a gritar.

— Estou sem luz em casa! O que foi que vocês aprontaram, hein? Vocês têm que mandar alguém aqui antes que eu fique maluco! Entenderam?

Gritava tão alto que a senhora Genco ouviu cada palavra.

Matteo esforçou-se para manter um tom profissional.

— Certo, senhor, fique calmo... e me diga onde o senhor mora!

Tony deu o endereço.

Di Giannantonio deixou passar um segundo, como se estivesse anotando algo e, em seguida, tranquilizou-o.

— Senhor, estamos efetuando alguns serviços na sua região, temos uma equipe próxima à sua casa; posso enviá-la imediatamente.

Melluso bateu o telefone sem nem dizer obrigado.

Despediu-se da senhora Genco, voltou para casa e foi tomar um banho.

O Águia não podia vê-lo no banheiro.

— Comissário, ele saiu do meu campo visual, estou no escuro agora!

— Não se preocupe, agora nós é que pensamos — tranquilizou Matteo, falando pelo transmissor.

Di Giannantonio deixou passar vinte minutos.

Depois, viu Storione e fez sinal de que estava na hora de ir.

Ambos tinham nas mãos uma caixa de ferramentas.

Saíram do furgão e caminharam até a casa de Melluso.

Bellipanni viu e fez a mesma coisa. Deixou a cabina da Enel e foi se juntar a eles.

— Parado, Gigante! — ordenou-lhe Matteo, via rádio. — Está doido? Ontem você levou pizza para ele; se ele te vê, estamos fodidos!

Bellipanni deu meia-volta, pediu desculpas e se afastou a passos largos. Di Giannantonio deu-lhe novas instruções.

— Deixaremos o portão entreaberto para você. Quando entrarmos no elevador, você entra e sobe pelas escadas. Vá até o segundo andar e fique de ouvidos abertos; se houver necessidade, você nos dá apoio, entendeu?

Matteo viu o Gigante de longe assentir com a cabeça.

Os dois falsos funcionários tocaram o interfone.

A costumeira voz arrogante e irritada respondeu:

— Quem é?

— É da companhia de energia elétrica, podemos entrar?

— Segundo andar! — falou Melluso, com aquele tom cada vez mais aborrecido.

Di Giannantonio e o sargento Chiavetta apertaram o botão do elevador.

Bellipanni esperou um minuto, depois também entrou pelo portão e subiu as escadas lentamente, um degrau depois do outro.

Os caçadores da "Catturandi" estavam armados até os dentes.

Na caixa de ferramentas, tinham escondido pistolas e munições. Sob o macacão de funcionários, vestiam coletes à prova de balas.

Storione saiu primeiro do elevador, seguido por Matteo.

Tinham um ar alegre.

Melluso os esperava na soleira da porta, com os braços cruzados, um sorriso odioso fixo no rosto, um olhar de escárnio que queria dizer "vão se foder".

Olha como estão limpos e penteados!, disse para si mesmo, aborrecido. *Acabam com a energia elétrica e depois ainda riem, esses miseráveis!*

— Bom dia — cumprimentou-o o sargento Chiavetta.

— Bom dia — repetiu o comissário.

Tony não respondeu.

Observou os dois homens por alguns segundos, olhando-os como se fossem duas baratas nojentas, que tinha visto correndo para debaixo da cama.

— Podemos entrar? — perguntou gentilmente Storione.

Tony se deslocou para a direita e, antes de deixá-los entrar, comentou em voz alta:

— Caramba, vocês chegaram rápido!

O comissário e o sargento olharam ao redor.

A sala de estar estava em desordem.

O ar estava viciado.

Por toda parte, viam-se pratos de papel, restos de comida e latas de Coca-Cola. Muitas, talvez, para uma pessoa só. À direita, apoiado na parede, estava um sofá imundo, com uma capa azul jogada sobre o encosto. Do outro lado, uma estante com as prateleiras vazias e consolos de parede com uma centena de filmes em DVD. No centro do cômodo, estava o móvel da televisão, o leitor de DVD, um PlayStation apoiado no chão com dois joysticks e uma coleção de histórias em quadrinhos antigas.

— Vocês querem comprar a minha casa ou querem religar a energia? — perguntou, irônico, com ar de alguém que não tinha tempo a perder.

— Sim, o senhor tem razão — desculpou-se Di Giannantonio —, ao trabalho agora mesmo!

Melluso começou a fechar a porta do apartamento.

O comissário tentou impedi-lo.

— O senhor tem que deixar a porta aberta; temos que verificar a caixa sobre o patamar!

Tony fingiu que não ouviu e trancou a porta.

Matteo pegou o instrumento para medir os ampères nos cabos de energia, ajoelhou-se perto da entrada e começou a mexer numa tomada.

Deixou passarem alguns segundos; em seguida, olhou para o dono da casa com uma expressão estranha, enrugando os lábios.

Tony ficou curioso.

— Qual o problema?

— Infelizmente temos que verificar todas as tomadas do apartamento, uma delas deve estar em curto. Quantos cômodos são?

— Quantos você vê! — Melluso apressou-se em dizer, com tom irritado.

Dc onde estava Matteo, viam-se apenas a sala de estar e a entrada da cozinha.

À direita, havia uma porta fechada.

— Para mim, tem mais dois cômodos — arriscou-se a dizer tranquilamente Storione.

— Sim, mas vocês não podem entrar aí — interrompeu Melluso. — Minha namorada está dormindo e vocês não podem perturbá-la!

Tony estava começando a enfurecer-se.

— Veja se vocês resolvem o problema aqui e agora, entendeu?

Di Giannantonio se esforçou para falar com um ar conciliador.

— Entendo, senhor — respondeu, gentil —, mas, se não verificarmos as tomadas nos outros cômodos, como vamos fazer para religar a energia elétrica?

Tony estava ficando vermelho de raiva.

Agora eu te mato! Duas balas na testa e eu te mato, o que é que você prefere?

Por um instante, ficou tentado a mandar os funcionários embora e deixar a luz para lá, mas, sem energia elétrica, como ia ficar em casa?

Storione abriu a porta e saiu para o patamar.

Melluso o observou; em seguida, seus olhos foram parar na caixa de ferramentas.

A tampa estava inclinada e ligeiramente aberta.

Ao lado de uma chave de fenda e de uma pinça, Tony viu brilhar algo pequeno, cilíndrico e arredondado, algo que lhe parecia familiar.

Merda! É um projétil!

Devia ter caído acidentalmente de uma caixa de munição, enquanto entravam na casa dele.

Melluso fez de conta que não percebeu nada, tentou ganhar tempo.

Procurou raciocinar à velocidade da luz.

Que funcionários, que nada! Esses daí vieram para dar cabo de mim! Turturro os enviou!!!

Sua pistola estava no quarto.

Não se lembrava de outra agora.

Se apenas conseguisse pegá-la, tudo estaria acabado num minuto.

— Escutem, vocês me convenceram — disse, com um meio sorriso, ao comissário. — Vou acordar minha namorada e aí vocês entram, está bem?

Matteo concordou, mas, olhando para Tony, se deu conta de que ele tinha as sobrancelhas erguidas, a voz engrolada com saliva e gotinhas de suor que molhavam a testa.

Melluso virou-se lentamente.

Começou a andar na direção da porta fechada.

Caminhava de modo artificial, como se com o canto dos olhos quisesse saber o que se passava nas suas costas.

Estava cada vez mais suado, as mãos tremiam. Parecia um camicase num ônibus, um segundo antes de fazê-lo saltar pelos ares.

Chiavetta voltou para o apartamento.

Di Giannantonio olhou para ele e fez sinal de que era hora de agir; o homem já percebera tudo.

Tony deu mais dois passos.

Matteo não o deixou aproximar-se da porta.

Antes que Melluso se desse conta, ele pulou nas suas costas e apontou o cano gelado da Beretta para a nuca de Tony.

— Uma palavra e eu faço seu cérebro saltar pelos ares — sussurrou ao seu ouvido.

Tony ficou paralisado, parecia uma estátua de sal.

— Por favor, não me matem! — suplicou. — Sou *Palermitano* como vocês!

Achava que eles eram mafiosos e não policiais, assassinos enviados por Turturro para tirá-lo da jogada. E disse mais do que gostaria de ter dito.

— Fique tranquilo — acalmou Matteo, em voz baixa —, é só fazer o que eu digo e deixo você viver!

Tony virou-se devagar.

Ficou ainda mais agitado. Bastou olhar um minuto para Matteo para ler no seu rosto que ele era um policial.

— Filho da p...!

Tentou conter um grito, mas Di Giannantonio, mais uma vez, foi mais rápido que ele. Pôs-lhe um pedaço de fita adesiva sobre a boca e o empurrou para o chão. Fez com que se deitasse de barriga para baixo; em seguida, agachou-se e falou perto do seu ouvido, como se quisesse impor-lhe, ainda, o suplício de uma ofensa.

— Agora, sabe o que vou fazer? Vou até lá e faço a festa com a sua namorada!

Tony entendeu e fechou os olhos, como se todo o seu corpo sentisse o ardor da derrota.

Num segundo, sentiu um deslocamento de ar. Subitamente cobriram sua cabeça. Era como se uma força sobre-humana o tivesse erguido do chão e o estivesse carregando sobre as costas. Sentia-se como um pedaço de carne no açougue.

Melluso estava no elevador, agora. Sentiu aquela leve sensação de vazio causada pela cabine que descia, depois ouviu uma voz familiar.

— Tony, não me diga que não está feliz em me ver! Você ainda me deve o dinheiro da pizza!

Por um instante, o Gigante afastou a coberta de seus olhos e fez com que ele o reconhecesse, rindo na sua cara; em seguida, cobriu-o novamente.

Tony, mal o viu, enlouqueceu.

De raiva. Agora sentia vontade de chorar.

* * *

Matteo certificou-se de que a pistola estava carregada.

Storione estava atrás dele.

Começou a avançar lentamente na direção do corredor.

Deu uma dezena de passos.

Parou diante do quarto que ficava do lado esquerdo.

A porta estava fechada.

Não se ouvia nenhum rumor do lado de dentro.

O comissário apoiou a mão na maçaneta.

Cerrava os dentes, suava frio; a tensão inchava as veias do pescoço e dos braços.

Abre, vai, abre!

Era como se estivesse bloqueado.

O homem que tinha buscado por anos, o assassino do seu pai, talvez estivesse atrás daquela porta, mas Matteo ainda não estava pronto para enfrentá-lo. Havia imaginado isso mil vezes. Odiava-o até a morte, odiava-o com cada parte do seu ser, mas o pensamento de vê-lo em carne e osso fazia suas mãos tremerem.

Vá, ele está aí, a dois metros de você, o que está esperando? Abra e atire!

Aquela espera lhe dava uma certa excitação e, ao mesmo tempo, medo.

Finalmente se decidiu.

Girou a maçaneta e abriu a porta.

As pistolas dos dois policiais vibraram no ar sem um alvo preciso, prontas para atirar em qualquer coisa que se movesse.

O quarto era fundo.

Estava escuro.

Não se via nada.

O sargento Chiavetta acendeu uma pequena lanterna. A luz artificial refletiu no teto e sobre a cama e desceu para o chão. Iluminou um par de sapatos, depois revelou o colchão, calças pretas, uma camisa escura, sempre para cima, até distinguir o perfil de um homem com bigode e barba por fazer.

Giaconia!

Matteo observou-o atentamente.

Seus olhos estavam abertos.

Fitavam o nada, o vazio absoluto.

Parecia morto, um cadáver ainda quente.

O boss virou-se para o comissário e mostrou-lhe as mãos, como se quisesse confirmar que estava desarmado.

Nino decidira permanecer ali, enfrentar a própria sorte.

Parecia que queria viver até o fim aquela sensação nova para ele, aquela sensação de inevitabilidade que era acompanhada pela consciência de que o fim chegara. Sua hora chegara, a polícia estava diante dele, mas, pela primeira vez na vida, não se importava.

Nem mesmo tentara escapar.

Por isso, mudara-se para a casa de Tony.

Para ser um alvo fácil.

Era como se, por vários dias, tivesse esperado e rezado, em seu íntimo, que Di Giannantonio viesse prendê-lo.

Enquanto Matteo o mantinha em mira, Chiavetta ergueu as persianas.

O sol da manhã encheu de luz o quarto e o rosto emaciado de um homem que parecia vinte anos mais velho que sua idade.

Sentia-se pesado, paralisado, fraco. Por um segundo, cobriu os olhos com as mãos para poder ver alguma coisa, assim como fizera Roberto Di Maio um segundo antes de morrer.

Giaconia olhou além do cano da pistola que estava apontada para o meio da sua testa.

Procurava os olhos do comissário.

Viu-os.

Estavam tingidos de vermelho, a cor do ódio.

A voz que saiu de sua boca parecia cortante e metálica, como um trovão numa noite de inverno.

— Olha quem é, o filho do policial catanês...

Matteo teve um sobressalto, não acreditava no que ouvia. O boss o reconhecera.

Do lado do comissário havia um espelho.

Matteo olhou-o com o canto do olho e, por um instante, apareceu-lhe a imagem do pai, viu suas lágrimas de órfão, o desespero de Clara e depois o sofrimento de Robertino Di Maio. Aquele quarto parecia uma terrível máquina do tempo, uma janela aberta para seu passado.

Bastardo!

Matteo sentiu o ódio invadir-lhe cada centímetro da pele.

Com o dedo, acariciou o gatilho da pistola; estava tentado a disparar, como se de um momento para o outro não se sentisse mais no comando dos próprios gestos.

Soltou um grito:

— Giaconia, levante!

Nino permaneceu imóvel.

Pôs uma das mãos no rosto para se proteger da luz. Estava com um ar cansado, indiferente; em seguida, encarando o comissário, lançou-lhe um olhar desafiador.

— Vamos, me mate, filho de Enzo Giappone, vamos...

— Cale a boca — ordenou-lhe Matteo. — Boca fechada, entendeu?

Giaconia percebeu que Di Giannantonio estava perto de ter um ataque de nervos.

— O que você está fazendo, não tem coragem? — torturava-o. — Vamos, força! Pense em como seu pai sofreu! Vai ver que a coragem vai aparecer!

Parecia que o boss tinha um plano preestabelecido na mente. Um plano suicida. Chiavetta percebeu e tentou detê-lo.

— Giaconia, assim você vai ser morto...

O boss virou-se para o sargento.

Sua expressão era tranquila, resignada.

— Sargento, o senhor sabe como é que nós dizemos? Mais escuro que a meia-noite não pode ficar... o senhor sabe o que isso significa, não é?

Sim, Chiavetta sabia.

Giaconia queria fazê-lo entender que já estava acabado, que não tinha nada a perder. Não tinha mais a mulher, sua vida estava destruída, o que lhe importava mais agora que voltar para o Criador?

Sua meia-noite Nino superara havia pouco.

Storione pôs uma das mãos no braço de Matteo e pediu que ele abaixasse a pistola. Temia que ele caísse na armadilha de Giaconia e em seu joguinho psicológico.

— Não dê atenção a ele, comissário, não faça nenhuma besteira!!!

O sargento percebeu que Di Giannantonio já estava em transe. Suas mãos tremiam, os olhos ardiam, a cabeça doía. Era como se fosse prisioneiro de um pesadelo, de uma espécie de alucinação. O desejo de vingar o pai tornou-se mais forte que qualquer pensamento racional. Sua arma tremia imperceptivelmente. Para deixá-la firme, Matteo a tinha empunhado também com a outra mão, enquanto a voz de Giaconia confundia seus pensamentos.

— Vamos, comissário, atire!

Numa fração de segundo, Di Giannantonio abaixou o cano, fez mira e disparou o gatilho.

Atirou.

Storione instintivamente levou as mãos à cabeça.

Giaconia não se moveu nem um milímetro. Permaneceu impassível, como se o disparo tivesse ocorrido a um quilômetro de distância.

Di Giannantonio mirou cinco centímetros acima da sua cabeça. Agarrou o boss pela camisa, colocou-o de pé e o olhou dentro dos olhos.

— Giaconia, sabe o que é? Não vou lhe fazer esse favor; você está preso, filho da puta!

Apertou as algemas ao redor dos pulsos de Giaconia e o arrastou para fora do quarto.

— Pegamos, rapazes, nós o pegamos!

Através do rádio transmissor, Chiavetta deu a notícia a todo o esquadrão.

— Isso! Pegamos o miserável, tudo certo! — continuava a repetir o sargento Chiavetta.

O Águia, no prédio em frente, viu o comissário e o colega saírem do apartamento de Tony. No meio deles, um homem robusto, vestido de preto.

Olá, Giaconia, bem-vindo entre nós!

Agora Matteo estava bem.

Ouvia no rádio os homens que comemoravam: Storione, Gigante, Wai-Fai.

Festejavam como se a Itália tivesse ganhado a Copa do Mundo. Era uma festa íntima, privada, fechada para o mundo. Di Giannantonio sentiu-se livre ao ouvir aquelas vozes. Agora o que lhe vinha do estômago não era medo, nem mesmo ódio. Era adrenalina, felicidade, vontade de gritar para o mundo o que tinha feito, que tinha vencido!

Enquanto descia as escadas do edifício com a mão apoiada no cotovelo do boss, pegou o celular e escreveu uma mensagem para a juíza Salemi: GIACONIA MANDA LEMBRANÇAS.

Apertou ENVIAR.

Elvira a leu durante uma reunião com Bonoparrino.

Sorriu.

Chorou.

Ao mesmo tempo.

Agora só queria correr para Matteo.

Deixou a reunião e chamou os rapazes da escolta.

— Vamos para o Esquadrão Móvel, rápido!

Nesse meio-tempo, Di Giannantonio entrava com Giaconia no furgão. Mantinha-o sob mira, com a Beretta colada à cabeça.

O Gigante estava no lugar do motorista. Storione no canto. Matteo telefonou para o chefe de polícia e pediu reforços.

Enquanto isso, o Águia se divertia com a cena, do alto.

Iannuzzo ouvia pelo rádio o grito dos colegas. Sabia que tinha que descer para festejar no meio deles, mas a ideia de voltar para o gabinete e brigar com o Gigante, a ideia de que amanhã não saberia o que fazer fez com que ele quisesse pegar o binóculo e olhar o céu por mais algum tempo.

30

O Esquadrão Móvel de Palermo parecia um Maracanã. Havia uma fileira de policiais debruçados nas janelas, que improvisavam coros de torcidas e faziam a ola. No balcão empoeirado, no centro do alojamento, de onde sobressaía o mastro com a bandeira italiana, alguém tinha amarrado na balaustrada um lenço branco, com o V de vitória riscado à caneta.

O Croma blindado da juíza Salemi parou diante do imponente portão cor de ferrugem e se fez anunciar com duas pequenas buzinadas.

A sentinela de uniforme esticou-se na janela da guarita e correu para levantar a trave.

O carro deslizou lentamente para dentro do pátio.

Elvira desceu de um dos bancos de trás.

Um policial à paisana reconheceu a juíza, afastou-se do grupo de colegas com quem conversava e foi ao seu encontro.

— Bem-vinda, doutora, quer que a acompanhe até o comissário?

— Não, obrigada — respondeu ela, cortês —, não se incomode, conheço o caminho...

A juíza Salemi subiu dois lances de escada e caminhou na direção do longo corredor que a levava à seção "Catturandi". O vozerio da comemoração era tal que podia ser ouvido pelo caminho.

A porta da sala de Di Giannantonio estava aberta.

Elvira esticou-se timidamente para poder olhar.

O comissário não estava lá.

Em seu lugar, viu um rapaz sem camisa, com cabelos ondulados e as costas cobertas de tatuagens.

Chamavam-no Wai-Fai e ele tentava fugir das garras de um colosso, que ameaçava metê-lo, seminu, no chuveiro.

— Caramba, se eu pego!

Os rapazes da "Catturandi" estavam eufóricos.

Por um segundo, o Gigante esqueceu Spartivento.

Pegou a garrafa de espumante e agitou-a até criar uma concentração de gás comprimido suficiente para fazer explodir o prédio.

Fez a tampa saltar e encheu tudo de espuma.

Um esguicho atingiu, obliquamente, o Águia.

Ele chegou por último ao gabinete.

Bebeu uma taça de espumante, sentou-se distante e se pôs a polir, em silêncio, as lentes do binóculo.

Parecia aborrecido.

— Por que você está aí? Venha comemorar com a gente — convidou o Gigante, mostrando-lhe a garrafa cheia até a metade.

Iannuzzo sacudiu as gotas de espumante do corpo, levantou-se e fez cara de poucos amigos.

Os colegas perceberam e, na mesma hora, se calaram.

Temiam que ele e o Gigante, dessa vez, chegassem às vias de fato. Iannuzzo sabia que as festas não eram feitas para ele e ele não era feito para as festas. Estava participando daquela bagunça apenas por respeito ao comissário, mas, se tivesse usado o bom-senso, teria sido melhor ter recusado o convite.

— Rapazes, não comecem, hoje é dia de festa! — repreendeu Chiavetta, pondo-se entre eles, com as mãos erguidas.

Depois olhou sério, primeiro para um, depois para o outro.

O Águia lançou o casaco sobre o sofá e começou a enrolar as mangas da camisa com ar ameaçador. Era como se quisesse dar a entender a Bellipanni que estava pronto para lhe dar uma lição.

Começou a avançar com pequenos passos na direção dele e, quando chegou a um palmo do seu peito, abriu os braços e estalou os nós dos dedos. Mas, em vez de lhe dar um tapa, como todos pensavam que fosse fazer, levantou a cabeça e o encarou.

— Bravos, hoje fomos verdadeiramente bravos! — falou, orgulhoso.

E deixou escapar um meio sorriso.

Bellipanni não esperava por isso: ficou desconcertado e lhe deu um empurrão afetuoso.

— Você é muito babaca, quase acreditei em você! Venha cá, me dê um abraço!

De felicidade, o Gigante o ergueu do chão e começou a girá-lo pela sala.

Tinham feito as pazes.

Os rapazes do esquadrão fizeram um círculo ao redor deles e os aplaudiram, satisfeitos.

A festa recomeçou de onde parara um segundo antes.

Naquela confusão, ninguém percebeu a presença da juíza Salemi.

Elvira voltou para o corredor. Sentou-se sobre um sofá, numa espécie de sala de espera que ficava em frente à seção.

Decidira esperar pacientemente pelo retorno do comissário.

Já, já envio um SMS para ele!

Pegou o celular da bolsa e começou a escrever.

Giaconia e Melluso acabavam de chegar à Delegacia de Polícia.

O chefe de polícia mobilizara um helicóptero para escoltar os "caçadores" do apartamento de Tony até o alojamento da Piazza della Vittoria.

O AB 412 da polícia, para não perder de vista o furgão, voava baixo e lembrava certas cenas de guerra, quando desviava dos prédios.

Matteo saiu primeiro, segurando Giaconia pelo braço.

Ainda não tinha se dado conta dos aplausos ruidosos que o receberam ao chegar no gabinete.

Durante todo o trajeto, pensara numa única coisa: pegar o boss pela nuca e arrastá-lo no vestíbulo do Esquadrão Móvel, diante da lápide com os nomes de todas as vítimas da máfia.

Giaconia devia sofrer aquela humilhação na frente de todos. Numa manifestação súbita de amor-próprio, tentou baixar os olhos, para não se dar por vencido diante do comissário, que, no fundo, parecia querer apenas exibir um troféu diante do seu público.

— Olhe, olhe quantos são! — gritou-lhe uma hora Di Giannantonio, segurando seu rosto e erguendo seu queixo para obrigá-lo a ler os nomes.

Foi o único excesso do qual o comissário se envergonhou aquele dia.

Giaconia foi entregue a dois agentes e conduzido à Polícia Forense para os procedimentos habituais, mas, antes de tudo, para a fotografia signalética.

Enquanto caminhava a pequenos passos ao longo do corredor do primeiro andar, o boss olhou por sobre o peitoril que dava para o pátio. Viu Tony.

Estava entrando no Esquadrão Móvel sob uma chuva de assobios e de insultos.

— Assassino!

— Porco! Você dá nojo! Agora nós é que vamos te dar uma lição!

Os policiais o provocavam porque sabiam que Tony era um dos assassinos de Robertino Di Maio.

Giaconia também era — era ele o verdadeiro assassino —, mas o procedimento dos policiais nos seus confrontos era diferente.

Giaconia era um velho boss, experiente. Lá dentro, todos sabiam que era capaz de suportar qualquer pressão para não falar, para manter a fé em seu código de honra e, por isso, não perdiam tempo com ele. Na esperança de fazer com que se sentisse um nada, um verme, ignoravam-no de propósito.

Com Tony, não.

Tony era um mafioso da série B, não tinha o couro duro do patrão. Sentia-se seguro apenas em meio a seu rebanho, perto de outros pés-rapados como ele. Dentro do Esquadrão Móvel era uma presa. Lá, se sentia perdido. Naquele momento, quem quer que tivesse ladrado contra ele o teria amedrontado.

No quinto "seu merda" que ouviu cair-lhe em cima, Tony já estava a ponto de ceder. Giaconia não tinha certeza, mas, do balcão no andar de cima, parecia vê-lo chorar. O boss fechou os olhos como se quisesse afastar um temor que era mais que um pressentimento.

Tinha certeza de que Melluso se tornaria um pentito antes do amanhecer.

31

PASSAVA um pouco das oito. Lorenzo acabara de se levantar, correndo com os pezinhos pequenos sobre o assoalho do quarto. Sua vozinha aguda parecia encher a casa.

Visto-me rapidamente: uma túnica branca, sem sandálias — gosto de andar descalça —, um par de óculos escuros porque o sol já ofusca a vista.

Prendo os cabelos num rabo de cavalo, depois preparo o menino e descemos para o andar de baixo.

Lorenzo corre para fora, no jardim, deixando a porta escancarada.

Diego está do lado de fora, sobre uma cadeira de tela branca. A seu lado estão os jornais, e sobre os joelhos tem um pacote grande com a marca de uma *loja famosa de brinquedos de Nova York. Deve estar ali há algum tempo, porque está com o ar impaciente de quem espera alguém com ansiedade e se levanta rápido para não perder o encontro.*

— Lorenzo! — exclamo eu. — Olha quem é, é o tio Diego! Dê um abraço nele...

Diego se levanta: em sua expressão, uma mistura de respeito e, ao mesmo tempo, uma espécie de raiva refreada, quase de furor.

— Olá, tio! — cumprimenta o menino.

Diego, percebo logo, tenta se controlar. Por amor à criança, esboça um sorriso tenso e ergue o pacote para mostrá-lo.

Lorenzo, agitado, começa a tirar os presentes: um trenzinho elétrico, uma pista com carrinhos, um avião de controle remoto.

— Mamãe, está vendo? Tem um avião também! Olha como é bonito!

— Estou vendo, querido. Mais tarde vamos brincar com ele. Agora vá tomar café...

Lorenzo obedece e, com o avião na mão, entra e desaparece pela porta de vidro.

Diego se aproxima de mim, com um ar cada vez mais contrariado.

— Você se deu conta do que está fazendo?

— Não, o quê? — respondo, aborrecida.

— Disse que sou o tio dele... Isso não está certo! Cheguei a Palermo, vindo de Nova York, e faz dois meses que não o vejo. Ontem à noite, me atrasei para poder falar de negócios com você sabe quem e ele já estava dormindo. Hoje de manhã, me levanto rápido para não perder nem um minuto... Preciso estar com ele, mimá-lo um pouco... e você diz que sou o tio dele!

— Diego, agora não, por favor, falamos disso mais tarde. Não me aborreça... Não gostou? Quero dar uma olhada nos jornais...

— Claro que não gostei. Temos que conversar sobre isso agora! Lorenzo já é um menino grande; por que você o trata como se ele fosse um idiota? Responda!

— Calma!

Falei assim, mas sou eu que estou agitada, percebo que minhas mãos tremem, ainda que de modo imperceptível, enquanto viro as páginas dos jornais.

— Saiba que gosto muito do Lorenzo!

Diego está com os nervos à flor da pele, parece a ponto de explodir.

— Você tem que dizer a verdade a ele. — Diego me pressiona e levanta a voz mais do que posso tolerar.

Naquele momento, aparento estar impassível, fecho o jornal e lentamente tiro os óculos escuros.

Estou de olhos fechados.

Abro-os.

Encaro Diego.

No mesmo instante, ele se acalma.

É como se tivesse visto os olhos de uma louca.

Provavelmente percebeu que eu, para ficar com o menino, sou capaz de fazer qualquer coisa.

32

— ELVIRA!

A juíza Salemi sentiu tocarem nas suas costas e, de súbito, virou-se.

Era Matteo.

Instintivamente teve vontade de abraçá-lo, mas tentou se controlar.

— Olá...

— Desculpe, estava com o delegado — justificou ele. — Está me esperando há muito tempo?

— Não se preocupe, eu não queria atrapalhar...

Ela não sabia se ficava ou ia embora.

No meio daquela bagunça, sentiu-se um peixe fora d'água.

O comissário pegou sua mão.

— Venha, vamos para minha sala.

A porta estava fechada.

Do lado de fora, ouvia-se uma grande balbúrdia e uma série de risadas ocasionais pela sala, como se viessem das caixas de um estéreo dispostas aleatoriamente.

Matteo queria apresentar a juíza Salemi a seu esquadrão, mas escolheu o momento errado. Nem ele nem Elvira podiam imaginar o espetáculo que encontrariam antes de abrir a porta.

Os "caçadores" se aproveitaram da ausência do chefe para tirar uma foto em grupo.

A ideia era fazer uma foto onde todos mostrassem a bunda em vez do rosto. A intenção deles era fazer alguma coisa que trouxesse sorte para todo o departamento. Estavam um pouco embriagados e, sem saber como, se envolveram numa daquelas brincadeiras sem sentido que os amigos costumam fazer.

Agora, diante da expressão inocente e atônita de Elvira, os homens do comissário não sabiam se morriam de vergonha ou fingiam que nada acontecera e saíam da sala ostentando uma aristocrática indiferença.

Wai-Fai instintivamente engoliu em seco e cobriu o rosto com as mãos.

— Droga! — soltou.

Os outros companheiros preferiram não se mover.

A juíza percebeu que tudo dependia dela. Superou o embaraço e deixou escapar um sorriso. Matteo fez o mesmo e os rapazes relaxaram. Recompuseram-se rapidamente e saíram um a um, em fila indiana.

Estavam vermelhos de vergonha.

— Adeus, doutora, foi um prazer conhecê-la! — disse o Gigante, em nome de todos, fechando a última parte do zíper do jeans.

— O prazer foi meu. Até logo!

Elvira não sabia para onde olhar, enquanto os "caçadores" esticavam as próprias calças, formando um escudo uns para os outros. Fingiu que estava interessada no mapa gigante de Palermo que se encontrava na parede, acima da escrivaninha do comissário.

Matteo fechou a porta, segurou-a por um braço e virou-a para si, olhando-a nos olhos.

Elvira reagiu como se esperasse aquele gesto. Havia algum tempo estava preparada para aquele momento, embora não conseguisse encará-lo. O muro de proteção que ela erguia diante dos outros homens não funcionava com Matteo. Agora, o muro parecia feito de papel.

Droga!

Balbuciou algo para vencer o desconforto. Suas mãos tremiam. Sabia perfeitamente o que aconteceria agora, mas tentava ganhar tempo, aparentar uma tranquilidade que, ao contrário, transformava-se rapidamente em excitação, em agitação, o último apoio de um equilíbrio cada vez mais precário.

Tentou dizer qualquer coisa:

— Veja, Matteo, eu...

Di Giannantonio pôs delicadamente a mão sobre sua boca, como se quisesse fazê-la entender que cada palavra, cada desculpa era supérflua.

Apertou-a contra si e beijou-a.

Um beijo longo, apaixonado, doce.

Seus lábios se abriram ao mesmo tempo. Suas línguas, no início, se tocaram apenas com as pontas, quase como se ainda quisessem manter um mínimo de cautela; depois, foram lentamente ganhando confiança, até manifestar um desejo que, para ambos, não podia se esgotar naquele beijo e que o tornava ainda mais difícil de suportar.

Elvira tornou-se subitamente vulnerável, indefesa.

Sentiu as pernas amolecerem, o coração parecia querer saltar de dentro do peito como uma mola e na barriga sentiu uma pontada que era ao mesmo tempo de dor e de prazer.

Era como se seu corpo e sua mente, pela primeira vez, estivessem em conflito, como os periféricos de um computador que não se comunicam.

Por um lado, ela sentia a necessidade de se entregar a Matteo, de se abandonar em seus braços.

Por outro, decodificava uma espécie de impulso que chegava de algum canto recôndito de sua mente, um breve apelo à prudência, convidando-a a preservar para si uma via de saída, a não se deixar ficar muito mais em suas mãos.

— Chega, Matteo, por favor, aqui não...

Elvira afastou os lábios dos dele.

Sentia a pele queimar e ser percorrida por calafrios.

Passou as mãos entre os cabelos e começou a arrumá-los, puxando-os levemente, como se quisesse forçar o bom-senso a retomar o controle, a raciocinar friamente.

Fez uma careta e bateu o salto do sapato direito contra o assoalho.

Um gesto nervoso, de quem tem uma necessidade física urgente e se irrita porque sabe que não pode satisfazê-la.

Di Giannantonio queria que o beijo durasse infinitamente. Esperava não ter que falar com Elvira sobre o que aconteceria depois.

Talvez nada mudasse entre eles ou talvez mudasse.

Mas agora ele não estava, de modo algum, preocupado.

Matteo se sentia preparado para o rumo que a história dos dois ia tomar naquela noite.

— Desculpe — sussurrou Di Giannantonio.

— Não precisa se desculpar — disse Elvira.

Olhou para o chão e, em seguida, voltou a encará-lo.

Aproximou-se dele mais uma vez e novamente o beijou, mordendo suavemente seu lábio inferior.

O comissário não entendia mais nada. Não sabia se aquilo era um jogo inocente ou um convite para continuarem a noite em outro lugar.

— O que é que você está tentando me dizer?

Elvira estava com um olhar cúmplice.

— Esta noite não haverá joguinhos mentais. Já decidi!

Estava tentando dizer que queria passar a noite com ele.

Para manterem as aparências, se encontrariam em uma hora na casa dela, como dois amantes clandestinos.

A juíza se despediu de todos e saiu da Delegacia de Polícia com a escolta.

Matteo voltou para brindar com os rapazes, mas, pouco depois, desapareceu e foi juntar-se a ela.

Ao reencontrá-la, o comissário percebeu que Elvira estava diferente, perdera a insegurança e as neuroses que, no trabalho, faziam-na parecer distante e esquiva.

Agora era uma mulher como as outras, que apenas tinha desejo de fazer amor com um homem que lhe agradava, sem muitas considerações e preconceitos.

Na verdade, aquele encontro fora adiado por muito tempo, talvez tempo demais, mas, agora que Matteo estava ali, percebia que aquele encontro não fora determinado por um pensamento racional.

Fora outra coisa que a convencera a abrir a porta de sua casa para ele; talvez o desejo de despertar um sentimento que havia muito fora apaziguado, que ela temia estar morto depois de todos esses anos e do qual pedia uma prova de vida.

Não podia mais saber que era dona e carcereira das próprias emoções.

Acorde, idiota! Viva!

Uma vez na vida, ela queria se sentir livre de preconceitos e da necessidade de saber o que era bom e mau, branco e preto.

Elvira morava num apartamento pequeno e arrumado, para o qual Matteo não conseguiu olhar quando entrou.

Estava com os olhos fixos nela e nem ao menos podia olhar ao redor.

Elvira caminhava descalça sobre o tapete.

Segurava-o pela mão.

Levou-o para a sala de visitas.

Ao fundo, podia-se ouvir um jazz.

Miles Davis.

Elvira o empurrou para o sofá.

Tirou sua camisa.

Sentou-se sobre ele.

Movia-se com a sensualidade de uma gata.

Começou a acariciá-lo e beijá-lo, primeiro no pescoço, depois no peito, e com os lábios deslizou até chegar ao seu sexo.

— Vamos fazer isso uma vez só — murmurou ela, com um olhar perturbador e cheio de desejo —, mas você não vai se arrepender...

Di Giannantonio a observava sem dizer nada.

Não conseguia juntar duas palavras.

Acariciou suas pernas.

Sentiu nas mãos o toque da meia-calça.

Subiu até os joelhos.

Queria ir além.

Tentou levantar a saia, mas era muito justa.

Droga!

A excitação estava fazendo com que perdesse o fio do pensamento. As perguntas que queria se fazer, que se fizera até agora, tornavam-se sempre mais opacas, desfocadas. Um conjunto de frases sem ligação entre si.

Não conseguia se orientar naquele mar de desejo.

Estava totalmente dominado.

Tiraram as roupas e terminaram na cama, como se fizessem isso todas as noites, havia muito tempo.

Matteo acariciou-lhe as coxas e os seios, lambeu seus mamilos e, com a língua, cada centímetro de pele até que o desejo de Elvira de senti-lo dentro de si se tornou insuportável, como uma dor aguda.

Penetrou-a como se fosse a mulher perfeita.

Matteo ouvia sua respiração difícil, sentia as unhas dela em suas costas e, quando a penetrou, sentiu o ventre de Elvira contrair-se e gozar junto com ele.

Gozaram no mesmo instante.

Agora ela tinha a prova de que necessitava.

— Eu te amo — sussurrou Matteo.

Elvira não respondeu.

Mal acabara de fazer amor, o coração ainda batia forte, como depois de uma corrida, mas a respiração voltava ao normal.

Fechou os olhos.

Abriu-os de novo.

Teve medo.

Olhou o homem nu ao seu lado e pediu a Deus que o fizesse desaparecer o mais rápido possível de sua cama.

Voltara a ser a Elvira de sempre.

33

PALERMO. Eram três da tarde.

No número 16 da via Michelangelo, um homem de nome Samuele pegou o telefone e ligou para um número de Nova York.

— Nina, olá, sou eu, seu irmão...

Do outro lado, eram nove da noite.

Havia uma pequena demora na linha.

Nina não se sentia bem.

Tinha por perto duas amigas que cochichavam e ela se cansava de pensar e responder em italiano.

— *Hello*, Sam, como vai?

— Bem, bem, escute, tenho que falar com seu marido... você pode passar para ele?

— *Just a moment*, já vou chamá-lo!

Nina tirou o receptor da boca e gritou:

— *Honey, come here! Sam is on the phone!*

Samuele esperou alguns segundos. Pelo telefone, ouviu um rumor de borracha que se arrastava no chão, como se alguém estivesse se aproximando com um par de tênis novos.

— Alô?

O marido de Nina tinha um forte sotaque siciliano.

— Sou eu...

— Oh, Sam! Como vai? Está se divertindo?

Samuele estava sem graça, não sabia como dizer.

— Escute, você tem que vir rápido para Palermo.

O cunhado mudou o tom de voz rapidamente.

— Aconteceu alguma coisa?

— Prenderam Nino... E estão procurando sua irmã... mas não a encontraram...

Do outro lado, fez-se uma pausa.

Rosa!

— Como não a encontraram?

— Ela desapareceu!

Diego Martinez apertou o fone com a mão até quase parti-lo.

Queria que o oceano desaparecesse para estar em Palermo num segundo.

Sua voz chegava até Sam com uma espécie de eco.

— Sam, escute, prepare a casa, nós vamos o mais rápido possível!

— Ok... adeus.

Clique.

* * *

Sam era um homem gordo, com os cabelos grisalhos e uma mancha cor de café sobre a bochecha direita.

Andava sempre com um boné de beisebol na cabeça, a camisa para fora da calça e tênis.

Chegara a Palermo havia pouco menos de três semanas.

Crescera nos Estados Unidos, assim como a irmã, Nina, e carregava um sobrenome importante: Paino.

O pai, Pietro, era o que se chama um "fugitivo", um sobrevivente da guerra da máfia que se iniciara no fim dos anos 1970.

Na época, era um dos boss mais respeitados do território de Passo de Rigano.

Um Palermitano legítimo.

Os Corleoneses subiram as montanhas com os kalachnicovs, decididos a acabar com todos os antigos padrinhos da cidade, e Pietro Paino estava na lista negra.

Devia ter morrido como os outros, mas conseguira se salvar.

Com a mulher e dois filhos pequenos, Pietro pegou o voo direto Palermo-Nova York — que, do outro lado do oceano, tinham rebatizado de *mafia-express* — e de um dia para o outro transferiu-se para a Big Apple.

Juntou-se ao irmão Vincent, que abrira uma barbearia no Brooklyn e era aparentado de um certo Joe Termini, boss da divisão da Cosa Nostra na 17ª Avenida. Fora por causa de Joe que Pietro e a família saíram vivos de Palermo e encontraram abrigo nos Estados Unidos.

Os Corleoneses apenas o pouparam por causa do amigo americano, mas lhe impuseram um juramento: os Paino não deveriam mais pôr os pés em Palermo.

Nunca mais.

Pietro, o velho boss no exílio, se submeteu à ordem dos "brutamontes". Abriu uma trattoria siciliana em Little Italy e morreu na cama. De velhice.

Foi para o cemitério com desejo de rever sua terra, deixando para os filhos tudo que tinha.

O mais velho se chamava Samuele, "Sam", a caçula, Antonietta, "Nina".

Os dois eram *miricani*, mas traziam no sangue a mesma maldição do pai. Os Corleoneses os tinham condenado a viver longe de Palermo para sempre.

Agora Sam era um homem.

E sobre a sepultura do pai jurara que mudaria seu destino.

Nos anos 1980, sua trattoria em Nova York tornou-se novamente o ponto de encontro de um grupo de "bravos homens". Todos tinham nomes de peso. Havia os Modica e os Matarrese, de Staten Island, os Abbagnale, do Brooklyn, os Fappiano, de Cherry Hill. E todos gostavam dele. Com o tempo, Samuele Paino fez um monte de amigos.

Com o passar dos anos, abriu outros três restaurantes em Manhattan. Tinha começado a fumar charutos, comprara uma limusine com placa personalizada e, no dedo mínimo esquerdo, ostentava um anel de brilhante.

— Sam, diga-nos alguma coisa boa!

— Sam, ajude meu irmão!

— Sam, não se esqueça de mim!

Em Mulberry Street, juravam que tinha se tornado um *wiseguy*, um homem de respeito. O FBI mantivera-o sob vigilância por muitos anos, tentando pegá-lo, mas não encontrara nada contra ele. Sam era hábil o bastante para não deixar rastos.

Todo dinheiro que ganhava reciclava e reinvestia em atividades limpas: cinema, cassinos, clubes noturnos.

Diziam que era um homem generoso, alguém que comia e fazia todos comerem, americanos e compatriotas.

Tornou-se um dos boss mais promissores da máfia americana.

A irmã, Nina, apaixonou-se por um rapaz que chegara a Nova York, vindo da Sicília e que tinha batido à porta de um dos restaurantes dos Paino para pedir emprego.

Chamava-se Diego Martinez.

Em Palermo, tinha parentes importantes e uma família de muito respeito.

Empregaram-no como pizzaiolo e ele rapidamente fez carreira.

Tornou-se garçom, depois supervisor, por fim caixa.

Depois de alguns meses, ele e Nina se casaram.

O presente de casamento de Sam foi um restaurante só deles, entre a Broadway e a 29ª Avenida.

Chamaram-no de Mondello Bay.

Passaram-se mais de trinta anos desde a primeira vez que Samuele Paino vira a Estátua da Liberdade.

Naquela época, era só um menino e o pai o segurava pela mão.

O primeiro presente que recebeu ao desembarcar foi um boné de beisebol.

Agora começava a cansar-se dos Estados Unidos.

Sentia o chamado do sangue.

Queria voltar para a "sua" Palermo.

Por isso, fizera a mala e se preparava para partir.

A irmã, Nina, estava grávida, no sétimo mês.

Finalmente resolvera dar-lhe um sobrinho.

— Mas, então, você não vai ver o menino? — queixara-se ela no dia em que Samuele anunciou que ia viajar.

— Claro que sim, *quiet down*, Nina! Já falei com Diego. Vamos fazer o menino nascer na Sicília.

Partira com essa declaração solene.

Que era muito mais que uma promessa.

Sam Paino estava em Palermo havia treze dias. Instalara-se na via Michelangelo, na mesma casa do pai e do avô, a mesma casa que, quando criança, havia abandonado com toda a pressa para fugir da fúria dos Corleoneses.

Voltara com a desculpa de reunir os parentes e visitar a clínica onde o sobrinho ia nascer. Ninguém sabia qual era a verdadeira intenção da viagem.

Sam queria reunir os herdeiros das "velhas" famílias de Palermo, propor-lhes uma sociedade e encher seus bolsos de dólares. Com a ajuda deles, pretendia expulsar os Corleoneses de sua cidade natal, assim como eles fizeram com o pai.

Paino tinha o apoio e a bênção de todas as famílias americanas. Para não se expor muito, movia-se incógnito, mas tinha encontrado o mafioso certo, que estava preparando o terreno para que ele pudesse sair à luz do dia.

No dia da captura de Giaconia, tinha acabado de jantar com seu homem e ficara perturbado. Confuso.

Aquele homem lhe dissera que Occhiuzzo, para eliminar qualquer ligação de sangue com os Martinez, tinha exigido a cabeça de Rosa, irmã de Diego.

— Parece que ele obrigou o marido a matá-la! — confidenciara sua fonte.

Aquele mafioso parecia saber do que estava falando.

Seu nome era Gianni Turturro.

34

R*OSA Martinez!*

A juíza Salemi também acordou pensando em Rosa. Sabia que Giaconia tinha uma esposa, e era estranho que a mulher do boss ainda não tivesse aparecido. Em geral, as mulheres dos foragidos se comportavam sempre do mesmo modo, voltando a levar uma vida normal em dois casos: quando o marido morria ou quando eram presos.

Por que Rosa agia diferente?

O que acontecera?

Era por vontade própria que ainda se mantinha escondida?

Da prisão, Pino telefonou para a juíza para obter notícias.

— Doutora, alguma novidade? Encontrou minha irmã? Ela está viva?

— Não, ainda não tenho novidades...

— Doutora, a senhora tem que encontrá-la! Estou com um pressentimento ruim...

Elvira também, mas preferiu não dizer isso a Pino.

— Martinez, preste atenção... estamos tentando descobrir onde ela pode estar escondida. Agora a notícia da captura de Giaconia já se espalhou pela cidade. Mas ainda temos que descobrir onde ficava o esconderijo dele. Talvez lá encontremos as respostas que buscamos...

Com ele, Elvira preferiu falar de Rosa no presente, como se ainda estivesse viva. Queria afastar a ideia de que alguma coisa ruim pudesse ter acontecido a ela. Aquele telefonema às sete da manhã a fizera sentir uma pontada de angústia no peito.

Faltava-lhe o ar.

A cabeça rodava.

Tinha a sensação de viver um *déjà vu.*

Lembrava-se de ter usado o mesmo tom tranquilizador com Di Maio, havia muito tempo, durante os dias trágicos do desaparecimento do filho.

Fique tranquilo, você vai ver que tudo vai se resolver!

Agora tinha medo de repetir o mesmo erro.

Parecia-lhe que o destino daquela mulher dependia de uma frase dita por engano, de uma palavra a mais, como se, ao gesto de uma, correspondesse inexplicavelmente a reação da outra.

Não vou permitir que isso aconteça outra vez!

Estava deitada no sofá onde, na noite anterior, começara a fazer amor com Matteo.

Seu corpo ainda tinha o cheiro dele.

Sentiu-se escrava de um sentimento de culpa inútil. Subitamente puxou uma coberta de algodão sobre a cabeça e teve vontade de chorar.

* * *

— Bom dia!

— Olá!

Elvira e Matteo reencontraram-se no Esquadrão Móvel como se nada tivesse se passado entre eles, como se a noite anterior não tivesse acontecido e fosse apenas um sonho, um sonho bonito de ambos, que desaparecera numa recordação pálida.

Tomaram café e rapidamente se puseram a trabalhar.

Di Giannantonio tinha deixado a casa de Elvira às duas da manhã.

Ela se despedira dele com um beijo no rosto, e aquele beijo mostrou ao comissário que não passariam outra noite juntos.

De início, fora apenas uma sensação, mas agora que Elvira se encontrava em seu gabinete, sentada de frente para ele, aquilo se tornara uma certeza.

A juíza fazia de tudo para manter distância em relação a ele, e Matteo se perguntava o que fizera de errado.

Naquele momento, perguntar-lhe sobre isso parecia inoportuno. Temia agir como um menino caprichoso. Preferiu ficar calado.

Abriu uma caixa da escrivaninha, tirou uma pasta de plástico e espalhou seu conteúdo sobre a mesa.

— Isso foi tudo que encontramos com Giaconia...

Havia um molho de chaves, o recibo de um restaurante, uma carteira com um pouco de dinheiro e uma carteira de identidade falsa. Por fim, havia um pingente porta-retrato de prata. Matteo pegou-o e mostrou à juíza o retrato em preto e branco emoldurado no interior.

— É Rosa Martinez?

— Sim, Giaconia tinha esse pingente no pescoço, preso a uma correntinha. E não podemos esquecer que estava vestido de preto.

Elvira acendeu um cigarro e olhou para fora da janela, como se quisesse formular uma pergunta para a qual já sabia a resposta.

— E o que você acha que isso significa?

— Ou Giaconia está de luto ou finge que está — arriscou Matteo. — Não sei o que dizer...

Elvira deu outra tragada no cigarro.

Observou de novo aquele pingente, em busca de algum detalhe que não tivesse percebido antes, e se pôs a pensar em voz alta.

— Se Rosa está morta, deve haver uma sepultura e nós temos que encontrá-la! Alguma novidade sobre o esconderijo?

— Não. Nada ainda! Estamos procurando!

Uma das chaves que Giaconia tinha consigo era típica de uma porta blindada. Dentro daquela casa deveria haver algum vestígio de Rosa Martinez.

— Vamos torcer para sermos os primeiros a chegar lá — Elvira deixou escapar.

Matteo entendeu o que ela queria dizer com isso.

A juíza temia uma blitz dos enviados de Occhiuzzo. Já acontecera uma vez durante a captura de outro foragido. Antes que os policiais descobrissem seu esconderijo, a Cosa Nostra mandara um grupo de homens de confiança fazer uma limpeza completa no local. Tinham passado até o aspirador de pó no chão.

— Talvez haja uma esperança de encontrar a casa! — surpreendeu-a Matteo.

— O que você quer dizer?

— Melluso... talvez a gente o convença a revelar onde fica o esconderijo!

— Ele já falou alguma coisa?

— Ainda não, mas acho que falta pouco.

— Ok, nos vemos depois!

Ao chegar à porta, Elvira teve uma espécie de iluminação. Voltou para a mesa do comissário e deu uma outra olhada nos objetos de Giaconia, que estavam espalhados sobre a mesa.

— Posso ver o recibo do restaurante?

— Claro, pegue! Algum problema?

A juíza Salemi leu o que estava escrito no papel e empalideceu.

— O que foi? — perguntou Matteo, à medida que ela se retesava.

— Eu conheço esse lugar, fica a cinquenta metros da minha casa!

* * *

— Preciso falar com você, temos que conversar cara a cara sobre uma coisa importante! Você pode vir?

— Sim, onde nos encontramos?

Gianni Turturro não podia ser mais explícito ao telefone com Sam Paino: já tinha dado a entender que se tratava de uma questão urgente.

Encontraram-se ao meio-dia, num café na praça do viale Lazio.

Sam, com o costumeiro boné de beisebol, estacionou o carro em fila dupla e entrou no local.

Àquela hora, o bar não estava particularmente cheio.

À noite, havia muito movimento. Durante o dia, era um lugar tranquilo, onde se podia conversar e passar despercebido.

Turturro estava sentado a uma das mesas da varanda de trás. Acenou para Sam e se levantou. Paino tirou o boné, beijou-o no rosto e se acomodou.

— O que vai querer? — perguntou Turturro, fazendo sinal para um garçom.

— Nada, Gianni, obrigado... O que foi que aconteceu?

Tinha pressa em saber.

O homem-rato apoiou os cotovelos sobre a mesa e pediu que Sam se aproximasse.

Queria dizer no seu ouvido o nome do assunto sobre o qual iriam tratar.

— Occhiuzzo! Soube que está preparando alguma coisa, uma matança das grandes!

Sam se recostou na cadeira e encarou-o, sério.

Subitamente ficara ansioso.

— Quem disse isso?

— Gente na qual confio, gente que trabalha para ele, mas que é fiel a mim, gente que quer vê-lo onde nós queremos vê-lo. No cemitério!

— Não disseram mais nada?

— Não, mas, se eu fosse você, ficaria atento. Ele sabe que você está aqui, e não me admiraria se, depois de pedir para Giaconia matar a mulher, ele agora resolvesse cuidar de você e do Diego.

— O que devo fazer?

Paino estava confuso.

— Você não deve fazer nada. Vou pôr dois dos meus homens nas suas costas para seguirem você de maneira discreta. Assim ficaremos tranquilos... os rapazes estão aqui fora!

— De acordo, obrigado!

Paino beijou Turturro de novo, pôs o boné, entrou no carro e voltou para casa.

— Está bem, eu conto tudo, chega!

Tony estava exausto depois da noite passada no Esquadrão Móvel. Sem que Di Giannantonio soubesse, um grupo de policiais resolvera interrogá-lo, e Melluso, a certa altura, acreditou que não sairia vivo dali. Tinham-no obrigado a ficar acordado e a escrever centenas de páginas de um caderno, com a mesma frase: "Eu sou um assassino e um mafioso de merda!"

Por medo, Tony resolvera abrir o jogo.

Quando o Gigante fingiu ter perdido as chaves das algemas e pegou a chama oxídrica para soltá-lo, Melluso se encolheu no canto da sala e lhe deu o endereço que queria.

— Desculpe, agora vou te causar alguma dor! — dissera com um riso sádico.

A maior parte dos agentes de polícia eram contrários e condenavam certos métodos, mas quem os usava, como Bellipanni, costumava dizer que as razões de uma guerra — como aquela entre o Estado e a máfia —, às vezes, tornavam necessária a violação das regras.

No fundo, era uma luta contra o tempo. Os "caçadores" deveriam chegar à casa de Giaconia antes dos Corleoneses.

O Gigante ligou para Matteo.

— Comissário, temos o endereço! Eu e o Storione estamos indo para lá!

— Como o conseguiram?

Bellipanni fez uma pausa.

Estava no carro da polícia, no meio do tráfego. Ouvia-se, ao fundo, um rumor de buzinas e sirenes.

— Melluso... por vontade própria!

— Sei, posso imaginar...

O Gigante se traiu com uma risada nervosa.

Matteo assumiu um tom severo.

— Bellipanni, você sabe que certas coisas não me agradam...

— Comissário, fique frio — afirmou o subordinado. — Nenhum de nós encostou um dedo que fosse nele! Só de tocá-lo, já dá nojo!

— Está bem, me diga o bendito endereço e passe o telefone para o Storione...

Matteo tomou nota num pedaço de papel e o fez repetir duas vezes.

Não podia acreditar.

É onde Elvira mora!

— Você tem certeza?

— Sim.

— Alô, comissário?

Ao telefone, agora estava o sargento Chiavetta.

— Storione! Pode começar a busca! E fique de olho no Gigante, porque ele sempre cria confusão. Confio em você! Daqui a pouco nos vemos!

— Fique tranquilo, doutor...

Matteo desligou e ligou para Elvira.

35

ERA um dia quente, mas Totò Briuccia e Onofrio Piscitello sentiam um frio que corroía os ossos.

— Droga, 'Nofrio, se soubesse, tinha trazido um casaco! — reclamou, entrando no armazém gelado.

— Se você quiser, te dou umas quatro porradas e te esquento! — brincou Onofrio, fazendo de conta que batia no companheiro.

— Vai à merda!

Occhiuzzo convocara-os até uma loja de peixes congelados à beira-mar, em Romagnolo. Briuccia e Piscitello eram originários de Altofonte.

Ambos tinham quarenta anos. Um era alto e magro como um poste, o outro, baixo e redondo como um barril. Vestiam-se como grandes mafiosos, mas eram dois pobres-diabos, que viviam à sombra do patrão, sem pensar por si mesmos.

Agradavam a Occhiuzzo justamente por isso.

No início, foram recrutados como cobradores, mas, depois, Occhiuzzo envolvera-os no sequestro de Robertino Di Maio. Eram eles os homens que o rapazinho via passar, de vez em quando, usando balaclavas, na fazenda da região de Favazza; os que o tinham segurado enquanto seu assassino tirava lentamente sua vida.

Além do cunhado, Nino, Totò e Onofrio eram os únicos homens em quem Occhiuzzo podia realmente confiar.

Eram um bando de traidores, mas Briuccia e Piscitello protegiam o boss com seus olhos e ouvidos. Andavam por Palermo, observavam, ouviam as conversas dos outros mafiosos e, à noite, iam até ele para dedurar os nomes de quem não lhe era fiel.

Assim, se algo de novo ocorria, se havia alguém que remava contra a maré ou que erguia muito a crista, Occhiuzzo em pouco tempo tomava conhecimento disso.

Briuccia e Piscitello contaram-lhe sobre a chegada na cidade do tal Sam Paino, o mafioso ítalo-americano que supostamente voltara à Sicília para cuidar dos preparativos do nascimento do sobrinho em Palermo.

— E quando Diego Martinez vai chegar? — perguntou Occhiuzzo, desembrulhando um caramelo.

— Amanhã, tio Gaspare! — confirmou Piscitello, sem hesitar.

— Os rapazes estão prontos?

Briuccia apressou-se em responder antes do outro.

— O que está dizendo? Claro que sim! — confirmou, como se fosse uma pergunta supérflua.

— Garanta que ninguém vai achar que fomos nós que mandamos vocês... — disse o boss. — Tem que ser um trabalho benfeito...

Piscitello lançou um olhar cúmplice a Briuccia e virou-se para Occhiuzzo com o ar insolente de quem sabia o que estava fazendo.

— Tio Gaspare, recrutamos os matadores entre os viciados; eles fazem o serviço e depois desaparecem. Ninguém vai procurar por eles. Eles vivem nos esgotos como merda!

Riram.

Occhiuzzo concordou, satisfeito.

Os dois subalternos o cumprimentaram e caminharam até a saída.

— Uma última recomendação! — gritou o chefe dos Corleoneses.

Briuccia e Piscitello pararam antes de chegar à porta.

— Sim, pode dizer, tio Gaspare!

— O objetivo é apenas o Diego! — disse o boss, erguendo o dedo. — Não é para tocar no Paino, senão vamos deixar nossos amigos americanos aborrecidos...

Occhiuzzo tinha um plano em mente; havia dias estava orquestrando uma "tragédia".

Depois que Diego fosse eliminado, falaria com Paino e espalharia que foram os homens de Gianni Turturro que o mataram. Fora por isso que desistira de matar aquele anão infame.

Todos os boss da Comissão podiam testemunhar que, na última reunião, fora ele que dissera que o responsável pelo problema da família de Occhiuzzo era Pino Martinez. O assassinato de Diego seria interpretado como uma vingança, uma represália dos Palermitanos contra os Corleoneses. Occhiuzzo já saboreava toda a cena.

Tinham-lhe dito que Sam Paino era um homem duro. Certamente não ia ficar só olhando. Convinha que o homem-rato desaparecesse. Só lhe restavam poucas horas de vida.

* * *

A porta blindada estava fechada, mas não trancada. O Gigante enfiou a chave na fechadura, e ela se ajustou perfeitamente.

— Bingo!

Os "caçadores" tinham chegado ao esconderijo de Giaconia.

— Fomos os primeiros? — perguntou, ansioso, Di Giannantonio ao sargento Chiavetta, enquanto falavam ao telefone.

— Sim, comissário, tudo parece em ordem — respondeu Storione.

— Ok, chegaremos logo!

Matteo estava no Croma blindado de Elvira.

Durante o trajeto, a juíza Salemi não disse uma palavra. Quando Di Giannantonio mostrou-lhe o endereço do esconderijo, empalideceu. Imediatamente lembrou-se do recibo do restaurante que vira no gabinete de Matteo, em meio às coisas encontradas com Giaconia no momento da prisão.

Se naquele momento se tivesse dado conta do que aquilo podia significar — ela também comprava cigarros ali —, a coincidência teria sugerido outras hipóteses.

Como não percebi? Devo estar ficando maluca! E Matteo também. Ele devia ter percebido...

Elvira morava do outro lado da rua e, por mais que se esforçasse, não conseguia imaginar o que pudesse ter levado o boss e a mulher a desafiarem a sorte daquele jeito.

Dois loucos! Eram dois loucos!

Enquanto pensava, olhava ao redor.

Era como se subitamente aquele mundo, o pequeno mundo em torno do qual girava sua vida, sua casa, sua história com Matteo, a captura de Giaconia, o desaparecimento de Rosa, tudo estivesse concentrado no perímetro de sua casa. Dar-se conta disso lhe causava calafrios agora.

— Está tudo bem? — perguntou Matteo, tocando seu braço.

— Sim, está!

O Croma parou diante de um edifício moderno de três andares, onde a maciça presença de policiais chamara a atenção de um pequeno grupo de jornalistas e curiosos. Elvira saiu do carro primeiro, cega pelos flashes dos fotógrafos. Viu uma equipe de televisão aproximar-se ligeira.

— Doutora, a senhora pode confirmar se este é o esconderijo de Giaconia? — perguntou o jornalista, batendo com o microfone no rosto de Elvira.

Ela continuou a caminhar, olhando para frente.

— Não posso confirmar nada, desculpe. Um bom-dia!

Atrás dela, Matteo e os homens da escolta entraram rapidamente pela porta do edifício.

Elvira e o comissário pegaram o elevador.

— Temos que conversar! — sussurrou-lhe Matteo, aproveitando que estavam a sós.

Sua voz tinha um tom inconveniente, de acerto de contas.

Elvira assumiu uma expressão preocupada.

— Sobre o quê?

— Sobre nós dois...

A juíza Salemi virou-se imediatamente para o outro lado, como se não fosse possível discutir aquilo.

Agora, estava de costas para ele.

— Matteo, será que este é o momento certo? Acho que não há mais nada a dizer... vamos trabalhar!

Di Giannantonio não gostou.

As portas do elevador se abriram e eles saíram para um andar com três apartamentos.

O sargento Chiavetta estava diante de um apartamento no centro do andar.

— É este? — perguntou Matteo.

— Sim, comissário! Parece tudo em ordem. Não encontramos nada de especial, mas tem uma coisa que quero mostrar ao senhor. Venha!

O apartamento estava iluminado pela luz do dia, com todas as persianas das janelas levantadas.

Dois policiais vasculhavam o apartamento. Matteo viu o Gigante que revirava o conteúdo de uma arca e cumprimentou-o com um gesto da cabeça.

Era um apartamento de cem metros quadrados, três cômodos mais o banheiro e a cozinha.

Chiavetta parou na metade do corredor e entrou num quarto com a porta fechada. Parecia menor que os outros.

— Ao que parece, estava grávida! — comentou Storione.

No quartinho, havia um berço coberto com papel celofane, roupas de recém-nascidos que não foram tocadas, alguns brinquedos, um carrinho de bebê ainda com o recibo de compra. No canto, um trocador com mamadeiras e esterilizador.

A juíza Salemi aproximou-se para ver melhor.

— Estava grávida! — comentou, surpresa. — Talvez tenha desaparecido para dar à luz em outro lugar!

Matteo concordou sem muita convicção.

— Mas isso não explica por que Giaconia estava vestido de preto!

— Talvez quisesse despistar...

— Esperem um instante... — interrompeu Chiavetta. — Talvez os dois tenham razão. Venham ver.

Storione saiu do quartinho, deu mais três passos e entrou no último cômodo no fundo do corredor, que havia sido o quarto do casal.

Reinava a desordem.

Para revistá-lo, os policiais tinham aberto caixas, esvaziado móveis e armários, revirando objetos e roupas na cama.

Num canto, havia uma penteadeira de época, baixa, com três espelhos: um central e dois laterais. Diante dela havia um banquinho de veludo vermelho com os pés de madeira dourada.

Fora transformada numa espécie de altar.

Na prateleira central de mármore estava uma foto de Rosa em branco e preto. Perto dela havia uma vela apagada, um rosário e um santinho com a imagem do Padre Pio.

Matteo olhou a foto.

Rosa ainda era muito bonita.

Como um flash, veio-lhe à mente uma lembrança, uma imagem de muitos anos atrás.

Foi na época da escola.

Rosa foi até sua casa procurar sua irmã, Clara. Ele tinha que ir à crisma de um amigo e estava atrasado. Estava bem-vestido, mas não conseguia dar o nó da gravata. Ela o fez sentar, deu um nó perfeito e, no fim, beijou-lhe a ponta do nariz.

— Você está lindo!

Matteo lembrou-se daquele gesto delicado e sorriu.

— Encontramos isso numa das caixas, senhor!

A voz de Chiavetta ecoou em seus ouvidos e o trouxe de volta para aquele quarto.

Storione passou ao comissário um bilhete escrito a caneta.

Matteo e Elvira leram-no juntos.

Caro Nino, me perdoe, você é um marido maravilhoso, mas eu não suporto mais!

Sua para sempre,

Rosa

A juíza Salemi sentiu um calafrio percorrer suas costas.

— Parece que ela se matou! — admitiu Di Giannantonio, devolvendo o papel para Storione.

Matteo olhou o próprio rosto refletido no espelho: seus olhos estavam úmidos, mas fez com que Elvira não percebesse.

— E a criança? Que fim levou a criança? — perguntou a juíza.

Storione já esperava aquela pergunta.

— Doutora, talvez ela nunca tenha nascido!

Só uma pessoa podia saber a verdade: Tony Melluso.

Elvira olhou para Di Giannantonio:

— Quero interrogá-lo... onde ele está agora?

Matteo tentou se concentrar:

— Ainda deve estar no Esquadrão Móvel...

— Mantenha-o lá! Quero falar com ele!

O comissário telefonou para o gabinete e ordenou a Wai-Fai que levasse Tony para a sala dos interrogatórios.

— Mas, chefe, ele já está no carro! — objetou o outro. — Ele vai ser transferido para o cárcere do Ucciardone!

— Pois tire-o de lá! — respondeu o comissário, como se fosse a coisa mais fácil do mundo. — Estou indo até aí com a juíza Salemi! Até logo!

Se não fosse pelos rapazes da escolta, Di Giannantonio teria parado o carro e tentado conversar com Elvira no caminho para a Delegacia de Polícia.

Depois da conversa no elevador, percebeu que ela não queria falar sobre a noite anterior, por algum tipo de pudor ou para compensar aquele lado do seu caráter que não admitia distrações e fraquezas.

Mas o comissário queria ouvi-la dizer isso, queria saber por que ela o evitava.

Ela parecia tensa, aborrecida e, sobretudo, distraída.

Na verdade, continuava a pensar em Rosa Martinez.

Encontrá-la tornara-se uma ideia fixa.

Giaconia não dissera nada.

Quando o interrogou, pouco depois da captura, ele ficara calado, com ar de quem não entendia o que se passava.

Elvira se limitara a resumir as acusações contra ele. Citara-as todas, detalhadas e dolorosas, como se fosse um rosário, e o boss abrira os braços, como se dissesse: "Faça-se a sua vontade."

Era inútil perguntar sobre Rosa.

E ela desistiu de tentar.

Sabia que da boca de Giaconia não sairia palavra alguma.

Você é um marido maravilhoso...

Elvira não conseguia parar de pensar naquela frase escrita no bilhete de Rosa.

E quanto mais pensava, mais se convencia de que aquele bilhete era falso, um despiste. Talvez o próprio Giaconia o tivesse escrito para confundi-los.

O Croma blindado dobrou rapidamente as curvas da baía. O céu estava acinzentado. Na marina, havia uma fila de barcos a vela bem próximos uns dos outros. As árvores se agitavam ao vento.

— Você acha convincente essa história do suicídio? — perguntou Elvira ao comissário, enquanto iam para a Delegacia.

Matteo deu de ombros e a observou com ar suspeito.

— Por que está me perguntando isso?

— Porque você a conheceu. Se bem me lembro, ela era amiga de sua irmã, não era? Parecia o tipo de mulher que pode cometer suicídio?

Di Giannantonio estava embaraçado. Enrijeceu-se, olhou para fora da janela.

— Éramos muito jovens, Elvira. E ela era uma pessoa diferente... Ela não parecia o tipo de mulher que pudesse viver com Nino Giaconia!

— Fale-me dela — pediu Elvira.

* * *

— Oh! Mas o que é que vocês estão fazendo?

Quando os dois agentes tiraram-no do carro para levá-lo até o Esquadrão Móvel, Tony sentiu na garganta um fio de vômito.

Estava transtornado.

Tinha medo.

Temia ficar de novo na mão dos policiais que o haviam interrogado na noite anterior, fazendo-o arrepender-se do dia em que nascera.

— Não quero voltar lá para dentro, me deixem ficar aqui!

Os policiais tiveram que arrastá-lo até a sala de interrogatórios.

Tony estava imóvel, os pulsos algemados atrás do espaldar de uma velha cadeira de metal.

— Espere aqui e fique quieto! — ordenou-lhe Wai-Fai. — O comissário quer falar com você!

Por alguns instantes, Melluso ficou sozinho.

Olhou ao redor sem tirar os olhos da porta.

Fitava-a com medo de ver aproximar-se o vulto enorme do Gigante.

Esperou por quase vinte minutos.

Depois ouviu passos no corredor, um ruído sempre mais forte de passos e vozes.

A porta se abriu.

Primeiro, entrou a juíza Salemi, depois dela, o comissário.

Então, Tony viu o Gigante, que lhe acenava atrás da porta.

Pareceu-lhe uma ameaça indireta, um modo de dizer: "Veja como você vai se comportar, porque depois acertamos as contas, eu e você."

Melluso tremia feito uma folha, cerrava os punhos e tinha os olhos arregalados.

Agora estava decidido.

Diria toda a verdade, diria qualquer coisa ao comissário para sair o mais rápido que pudesse do Esquadrão Móvel.

— Temos que conversar sobre Rosa Martinez! — começou Di Giannantonio.

Elvira estava ao lado dele.

Tony achou que não tinha entendido bem a pergunta.

— A mulher de Giaconia?

— Exato.

— Mas ela está morta!

— Nós já sabemos disso — interrompeu Elvira. — Mas queremos que você diga como aconteceu e por quê.

Tony tinha que tomar uma decisão, mas começou a chorar.

Pediu um copo d'água. Elvira entregou-o a ele e tentou pressioná-lo.

— Não tenho tempo a perder, Melluso... Você tem que me dizer tudo que sabe! Agora!

Tony tomou um gole grande de água, encolheu a cabeça entre os ombros e olhou para a juíza com ar de súplica.

— Eu digo, doutora, mas a senhora tem que me prometer que me leva para longe daqui.

— Isso depende de você — endireitou-se a juíza Salemi. — Só entra no programa de proteção quem colabora...

Elvira virou-se para Di Giannantonio, interpelando-o com o olhar, depois virou-se novamente para Melluso.

— Você vai colaborar? — perguntou-lhe.

Em outras circunstâncias, uma pergunta assim provocaria urticárias em Tony.

— Sim, vou! — apressou-se a responder. — Vou contar tudo! Se quiser, digo que também participei do sequestro daquele menino... como se chamava? Robertino! — Melluso queria provar que estava falando sério.

Os olhos da juíza Salemi brilharam.

— Calma, vamos devagar, me fale primeiro sobre Rosa Martinez. Como ela morreu?

— Foi assassinada pelo próprio marido! — respondeu Melluso, sem hesitar.

Elvira sentiu o sangue gelar.

Aproximou-se de Melluso para ter certeza de ter entendido direito.

— Você está dizendo que ela não se matou... que foi Giaconia quem a matou? É isso mesmo?

Mal ouviu o nome de Giaconia, Melluso teve uma alucinação.

Por um instante, viu o patrão entrar pela porta com uma pistola na mão e atirar direto na sua cabeça. Tentou apagar aquela imagem da mente e tomou coragem.

— Sim, doutora, a patroa estava em depressão, perdera o bebê e há muito tempo não andava bem. Giaconia e Occhiuzzo, por culpa de Pino Martinez, estavam em dificuldade com os outros boss da Comissão e preferiram sacrificá-la para ter, como é que eu posso dizer... as mãos livres.

Elvira sentiu-se subitamente tonta e, para não desmaiar, apoiou as mãos na mesa, fechando os olhos. Sentia-se tomada por uma espécie de febre súbita, que queimava como uma derrota e tinha o sabor amargo da rendição.

Acontecera de novo.

Depois de Robertino, Rosa.

Ela também morrera por culpa de um pentito.

Bastardos! Malditos!

Sua voz tremia.

— Como você pode ter certeza de que ela está morta?

— Eu a vi! Ajudei Giaconia a livrar-se do cadáver. O corpo dela estava enrolado num tapete persa do qual saía metade do braço e a mão...

Di Giannantonio se aproximou de Melluso e falou em seu ouvido, como se, daquele momento em diante, o restante da conversa fosse apenas entre os dois.

— Quero saber onde está a sepultura de Rosa em dois minutos, senão te mato!

Tony estava confuso, com medo; não conseguia ordenar as ideias. Demorou para responder.

O comissário puxou-o pela camisa, levantando-o, e o encostou na parede.

— Onde ela está? — gritou-lhe, com os olhos queimando como brasas.

— Não sei! Juro, comissário, Giaconia não me disse. Ele a enterrou sozinho!

36

OS BOSS que realmente mandam aqui em Palermo vieram me procurar na casa da praia.

Sentaram-se todos em torno de uma mesa oval.

Eu fiquei no centro.

Do lado direito, Diego; do lado esquerdo, Gianni Turturro.

— Sam Paino e nossos amigos americanos mandam lembranças e bênçãos para a senhora — começou Diego. — Encarregaram-me de dizer que a senhora deve se acalmar, agora. Muito em breve começará a estação dos lucros!

— Ótimo! — comentou Ignazio Firtitta, de Pallavicino. — Já era hora! Não sabemos onde investir o dinheiro, Diego, meu caro. Temos que levá-lo para fora, para o exterior, senão vão tirá-lo de nós!

— Drogas... temos que investir em drogas, com as drogas ainda se ganha montes de dinheiro! — interveio com uma risadinha Filippo Chianelli, do Uditore.

Bati com a mão na mesa e me levantei.

— Silêncio! — gritei.

Todos se viraram subitamente: ficaram com medo. Vejo isso em seus rostos. Vejo como se encolhem. Parecem caracóis, tentando se esconder na própria concha.

— Não quero ouvir falar de drogas! — E articulo as palavras uma a uma para que fiquem bem gravadas. — O dinheiro que vamos mandar para a América vai ser investido em atividades limpas: hotéis, salões de jogos, restaurantes... O resto não me interessa! Devemos ser invisíveis! Devemos proteger nossos filhos!

Chianelli tentou tomar a palavra:

— Mas nós...

— Chega! — interrompo. — A Cosa Nostra mudou! Ponham isso na cabeça! Lembrem-se dos Corleoneses, agora eles são passado! Eu sou o presente!

Na sala, não se ouvia uma mosca.

Todos baixaram a cabeça: era assim que se devia fazer quando o Chefão falava.

37

— *HANI, uoch io stepp!*

O homem com traços indígenas desceu as escadas do avião, tentando fazer com que a mulher, distraída por natureza, não tropeçasse nos degraus.

A mulher tinha uma barriga enorme.

Usava um vestido largo de gestante rosa-shocking, de meia-manga, que ia até a altura dos joelhos.

Ele se exibia num terno branco de linho, um chapéu-panamá e sapatos de couro de crocodilo.

Era um tipo não muito alto, de pele escura, nariz achatado, olhos negros, zigomas salientes.

Falava um inglês estranho e tinha um anel de ouro no dedo mindinho.

O policial que controlava os passaportes na fronteira de Punta Raisi havia pouco começara seu turno. Para passar o tempo, gostava de adivinhar a nacionalidade dos passageiros mais estranhos que passavam por ele, antes de olhar os documentos.

Em geral, acertava todos: uruguaios, mexicanos, porto-riquenhos, tailandeses, russos, americanos...

Quando viu o homem na fila com a mulher, mediu-o da cabeça aos pés e fez a costumeira aposta consigo mesmo.

Este é colombiano!

O homem parou na frente dele, entregou-lhe o passaporte e ele o devolveu com uma olhada rápida.

— Tome!

Em seguida, levantou-se do seu posto, chamou um colega para substituí-lo e foi dar uma volta.

O homem vestido de branco não entendeu.

O agente da imigração estava lívido de raiva.

O homem em questão não lhe tinha feito mal algum, mas, em cinco anos de serviço, fora o primeiro que o enganara, que o tinha feito perder aquela aposta de merda. Bastava isso para que ele o odiasse.

Aquele passageiro só tinha o nome de sul-americano; de resto, era italianíssimo, mais palermitano que ele.

Depois do telefonema do cunhado, Diego Martinez antecipara a chegada.

Era 11 de maio.

Faltavam cinco semanas para a mulher dar à luz. O filho nasceria na Madonnina, uma clínica particular na via Libertà, na "área nobre" de Palermo.

A reserva fora feita na América com quatro meses de antecedência.

Diego desejava que o filho nascesse na Sicília, mas agora sua prioridade era outra.

Rosa.

O que quer que tivesse acontecido, tinha que encontrá-la.

Juro por Deus, mesmo que leve uma vida inteira!

Nina passou pela alfândega.

Tinha na mão uma nécessaire rosa que combinava com o vestido.

Segurou o marido pelo braço e juntos andaram pelo longo corredor que conduzia à sala para a retirada das bagagens.

O avião chegara pontualmente, e as bagagens não demoraram a aparecer sobre a esteira.

Sam os esperava do lado de fora do aeroporto.

Para pegá-los, alugara uma minivan, que estacionara em área proibida, numa das vagas para deficientes. Lá estavam os dois gorilas que Gianni Turturro havia posto nas costas de Sam, mas que se mantinham na distância devida.

Diego, que empurrava o carrinho com as bagagens, olhava fixamente para o vidro que dava para o lado externo do aeroporto. Não viu Sam, mas reconheceu seu boné de beisebol em meio a outras cem cabeças anônimas.

Ficou na ponta dos pés para ser visto.

Não conseguiu.

— Fique aqui, já volto! — disse para a mulher, largando o carrinho.

— Aonde você vai? — perguntou-lhe Nina, esforçando-se para falar no idioma do marido.

— Ao banheiro — mentiu.

Tinha visto um bar próximo à saída. O caixa estava folheando distraidamente um jornal e Martinez pôde ler a primeira página. No centro, havia uma foto grande de Giaconia algemado.

Diego aproximou-se para ver melhor.

Leu a manchete: CAPTURADO O NÚMERO 2 DOS CORLEONESES!

Leu duas vezes o subtítulo: MISTÉRIO SOBRE O DESAPARECIMENTO DA MULHER. NENHUM VESTÍGIO DE ROSA MARTINEZ.

Nesse momento, sentiu os joelhos cederem.

Com as mãos, apoiou-se na parede para não cair.

Sentia-se fraco.

Viu a porta do banheiro do lado esquerdo do bar.

Foi até lá e entrou.

Tirou o chapéu.

Olhou-se no espelho.

Estava com um ar cansado.

Jogou no rosto um pouco de água fria, pegou um pente no bolso e ajeitou os cabelos.

Molhou-os e penteou-os para trás. Usava-os sempre assim, como um ator de cinema.

Em seguida, foi atrás de Nina.

— Tudo certo, amor?

A mulher teve que perguntar duas vezes antes que ele respondesse.

— Tudo perfeito, tesouro... — confirmou-lhe.

Não era verdade.

Diego tremia.

Queria chegar o mais rápido possível a Palermo para procurar a irmã.

Tentou disfarçar para que Nina não percebesse nada, e mudou rapidamente de assunto.

— E você, como está, amor? Se quiser, quando chegarmos à cidade, levo você para tomar um sorvete — propôs, disfarçando a tensão com um sorriso forçado.

— Não, obrigada. Estou cansada. Quero ir para o hotel, descansar um pouco. Pode ser?

— *Ok, as you like!*

* * *

A moto com os dois capangas enviados por Occhiuzzo estava do outro lado da rua, diante dos "Desembarques Internacionais".

Faltavam quinze minutos para o meio-dia.

Os dois viciados tinham a mesma idade, mais ou menos trinta anos, e misturaram-se à multidão. Eram viciados em heroína. Briuccia e Piscitello tinham prometido a eles 100 mil euros e um pouco de droga de graça pelo trabalho concluído.

— Quanta droga vocês quiserem! Não tem problema!

Um deles foi verificar se o avião de Martinez aterrissara no horário.

O outro resolveu usar a mesma tática de Diego: para não perder Paino de vista, fixava a atenção no boné de beisebol.

Subitamente, Sam ergueu um braço para ser visto por alguém.

Os matadores o viram.

Puseram os capacetes e saíram na moto.

Estavam prontos.

O capanga no banco do carona da moto enfiou a mão na jaqueta.

Segurava uma Magnum 44.

Na porta de vidro automática dos "Desembarques" era contínuo o movimento de pessoas.

Sam Paino caminhou um pouco e manteve-se a distância daquela confusão.

Primeiro, abraçou uma mulher, depois beijou um homem vestido de branco ao lado dela.

Diego empurrava o carrinho com a bagagem: sua mala e mais duas, da mulher.

Levou Sam para o lado e perguntou em voz baixa:

— Alguma novidade da minha irmã?

— Sim, soube de algo. Fique tranquilo. Explico no caminho...

O vento estava impregnado de flor de laranjeira e jasmim. Martinez respirou fundo, como se o ar de Palermo fosse um bálsamo invisível, um antídoto contra o medo.

— Venham, o carro está perto! — exclamou Sam.

Tinham que percorrer um pequeno trecho da calçada.

Martinez viu dois homens de óculos escuros que os seguiam.

— Quem são eles?

Sam o tranquilizou.

— Não se preocupe, são amigos!

Paino estacionara em local proibido justamente para evitar que Nina se cansasse muito.

O capanga que guiava a Honda enduro 250 roubada acelerou e partiu.

A moto apareceu subitamente por trás de uma coluna.

Os dois gorilas mandados por Turturro estavam um pouco mais atrás.

Viram-na avançar na direção da minivan e começaram a desconfiar que havia algo errado.

— Aqueles dois não me agradam... — falou o mais velho para o mais jovem.

— Vamos nos aproximar mais...

Aceleraram o passo.

Um deles examinou o homem sentado no banco do carona da moto e viu o cano da Magnum dentro da jaqueta.

— Sam, abaixe-se! — gritou, de repente.

Depois, sacou a pistola e começou a correr.

Para desorientar o matador, disparou um tiro de advertência para o ar.

Paino se virou.

Diego e Nina fizeram o mesmo.

Viram dois capacetes pretos e uma motocicleta vermelha que se movia na direção deles.

— Cuidado! — gritou Sam.

Tentaram desviar.

Diego ficou na frente da mulher para protegê-la.

A escolta de Paino disparou de novo.

Os matadores ouviram o segundo disparo.

Com medo, perderam o equilíbrio.

O motorista enfiou o pé no acelerador para tentar escapar.

O outro disparou o gatilho da 44 duas vezes na direção do homem vestido de branco.

Atirou sem olhar, com a mão que tremia de medo.

Martinez e Paino instintivamente se abaixaram e, sem querer, deixaram Nina descoberta.

O primeiro projétil furou o capô da minivan e foi se cravar na parede acima deles.

O outro atingiu a cabeça de Nina.

— Nina! Nãooo!

Quando se deu conta de que a mulher estava no chão, Diego deu um grito que era muito mais que uma súplica.

A moto se afastou em alta velocidade, depois de passar entre os carros. O capanga que estava sentado atrás comprimia-se contra as costas do companheiro e parecia um manequim sem vida. Talvez estivesse morrendo ou já estivesse morto. Um dos projéteis disparados pelo guarda-costas de Sam atingira-o nas costas.

— Vamos, rápido!

Os gorilas de Turturro entraram no carro e tentaram persegui-los.

Diego estava ajoelhado diante da mulher, impotente.

Paino o observava imóvel, em choque.

— Sam, corra para chamar uma ambulância, pelo amor de Deus! — foram as únicas palavras que Martinez conseguiu pronunciar.

O cunhado pôs as mãos na cabeça e correu.

Tinha perdido o boné de beisebol.

Do posto da polícia do aeroporto, correram dois agentes uniformizados.

Martinez os viu e suplicou.

— Por favor, me ajudem, não a deixem morrer!

Apertava e acariciava as mãos da mulher.

Nina estava com os olhos fechados.

Abriu-os por um segundo.

— Diego... a criança! — disse, com um fio de voz.

Havia uma mancha vermelha na sua cabeça.

Que aumentava cada vez mais.

Martinez viu a minivan que ficara com as portas abertas. Ficou tentado a colocar a mulher ali dentro e correr para o hospital.

Ouviu a sirene de uma ambulância que se aproximava.

Permaneceu imóvel, com os olhos fixos no boné de Sam.

Fora parar debaixo do carro.

38

OS DOIS viciados recrutados para matar Diego Martinez eram o que, na gíria da máfia, se chama de "mortos que andam". O rapaz que disparou em Nina morreu com o projétil que se alojou num pulmão.

O outro, que pilotava a moto, abandonou o companheiro agonizante nos arredores de Carini e correu para tomar o trem para Palermo.

Tinha um encontro com os homens de Occhiuzzo, na estação de Tomaso Natale.

— Que merda você aprontou? — irritou-se Onofrio Piscitello, quando o viu frente a frente.

— Eles atiraram na gente, fomos pegos de surpresa... — tentou justificar-se o matador.

Piscitello queria matá-lo ali mesmo.

Pegou-o pelo braço e arrastou-o para fora da estação. Assim que pôs os pés na rua, o viciado viu um Ford Fiesta com a lanterna acesa.

No banco do motorista estava Briuccia.

— Entra!

Piscitello abriu a porta e o obrigou a sentar-se no banco da frente.

O carro partiu rapidamente, cantando os pneus.

Entrou numa via secundária.

Enquanto isso, Piscitello, no banco de trás, gritava e socava a cabeça do viciado, como se fosse um saco de pancadas.

— Você é um zero à esquerda, seu merda! E quem vai contar para Occhiuzzo, hein? Hein? Responde! É você que vai contar a ele?

O rapaz não falava e se limitava a cobrir a cabeça com as mãos. De repente, olhou para frente.

Viu que tinham pegado a estrada de saída que levava ao aterro de Bellocampo.

E entendeu que sua hora chegara.

— Não, por favor! — começou a agitar-se. — Me deixem viver, me deixem descer!

Piscitello puxou-o pelos cabelos e lhe deu outro soco do lado esquerdo do rosto.

Em seguida, virou-se para ver se algum carro os seguia.

Não viu nenhum.

Tinha uma corda de náilon na mão.

Passou-a ao redor do pescoço do viciado e começou a apertar.

— Vê se não vai perder a direção agora, hein! — ordenou a Briuccia, que fazia as curvas muito fechadas.

O viciado procurava se esquivar, dava chutes no ar e tentava enfiar os dedos entre a corda e o pescoço para afrouxá-la e respirar, mas era inútil.

Piscitello xingava.

— Vai! Morre! Filho da puta!

Briuccia virou para a direita em uma rua lateral semideserta, delimitada por uma fila de ciprestes que pareciam soldados eretos.

Parou o carro e esperou que o comparsa terminasse o trabalho.

— Anda, 'Nofrio! Alguém pode aparecer! — continuava a repetir, agitado.

Piscitello apertou ainda mais a corda.

As mãos já estavam vermelhas.

Estava gastando mais tempo que o previsto para matar aquele rapaz.

— Esse filho da puta não quer morrer! Me ajuda, Totò! Segura ele! — rosnou mais uma vez, virando-se para o sócio.

Briuccia lançou-se sobre o viciado e prendeu os pés e as mãos dele com o corpo.

O rapaz ficou roxo, chutou o ar pela última vez e, em seguida, seus gritos se reduziram a uma espécie de estertor.

Suava, estava com os olhos fora das órbitas. Gradualmente começou a perder as forças, até que deixou de opor resistência e morreu.

— Para onde vamos levá-lo, agora?

Totò Briuccia mal conseguia respirar, em consequência do esforço. Fumava demais.

Piscitello desceu do carro e olhou ao redor.

Não tinha muito tempo para pensar.

Um pouco mais adiante, na beira da estrada, havia duas caçambas de lixo.

— Vamos jogá-lo ali dentro!

Arrastaram o cadáver para fora do carro e jogaram-no no meio da sujeira.

— Depressa! Vamos!

Briuccia tinha cada vez mais pressa de fugir dali.

Mas Piscitello o deteve:

— Espere um instante.

Do porta-malas do carro, pegou um latão cheio de gasolina e esvaziou-o na caçamba de lixo.

Cada segundo parecia durar horas.

Piscitello acendeu um isqueiro, lançou-o por cima dos ombros na caçamba e seguiu correndo.

Entrou no carro e encarou o comparsa.

Totò Briuccia parecia ainda mais malvado que antes.

O reflexo de uma gigantesca fogueira ardia em seus olhos.

Elvira não tinha dormido aquela noite.

Estava no escritório, na sala do Palácio da Justiça, e olhava a foto de Rosa na esperança de que, de um momento para o outro, ela começasse a falar e lhe revelasse seu mistério.

O procurador Bonoparrino viu-a no escritório, passou por ela e espantou-se.

Mas o que aconteceu? Parece agitada!

Bastou observá-la por um segundo para perceber que não estava em seu juízo perfeito.

Recordava-se de uma Elvira arrogante, lúcida, sarcástica.

Agora, em seu lugar, estava uma espécie de clone que, além do cansaço, revelava no olhar uma espécie de ausência, de estranhamento da realidade.

— A senhora está bem, doutora?

— Como? — resmungou, olhando ao redor. — Sim... está tudo certo, obrigada...

A juíza Salemi movia-se devagar. Era como se o corpo estivesse ali, mas a mente em outro lugar, perdida em algum pensamento.

Por três vezes, sem que ela o ouvisse, Bonoparrino fez a mesma pergunta.

Na quarta, foi mais direto.

— Doutora — falou, tentando despertá-la —, se a senhora não me ouviu, quero saber como anda o caso Giaconia...

Ela parecia confusa, como se subitamente fosse retirada de um abismo de tormentos e reflexões obscuras.

— Sim, claro, me desculpe...

A investigação sobre Robertino estava prestes a ser concluída, começou a explicar.

Melluso tinha fornecido os nomes de todos os componentes do grupo de sequestradores, incluindo os de Piscitello e Briuccia.

E tinha indicado Occhiuzzo como mandante do crime.

O procurador agora queria saber sobre a investigação do esconderijo de Nino. Ouvira falar de um bilhete de despedida escrito pela mulher dele.

— O que a Polícia Forense disse? Examinaram o bilhete?

— Sim, examinaram — confirmou a juíza Salemi, esforçando-se para parecer concentrada. — Naturalmente temos que esperar o parecer oficial da perícia, mas, de acordo com um primeiro exame, o bilhete é falso...

— Como assim, falso?

O procurador não entendeu.

Elvira tentou ser mais clara.

Pegou uma fotocópia do bilhete e mostrou-a ao chefe.

— Olhe, aqui — disse, indicando com uma caneta uma série de palavras. — A perícia caligráfica revelou o que se chama de "gesto fugitivo". É um movimento inesperado, supérfluo, que foge ao controle de quem escreve. Essa caligrafia, pela trajetória, parâmetros de extensão e velocidade, é compatível com a de Giaconia...

Bonoparrino saltou da cadeira.

— A senhora está me dizendo que foi ele que escreveu o bilhete?

Elvira abriu os braços sem responder.

Naquele momento, seu celular começou a vibrar na bolsa.

Ela o pegou e viu o número de Matteo.

— O que foi? Agora estou ocupada! — respondeu rudemente.

— Houve um tiroteio no aeroporto...

Elvira levantou-se, pôs a mão no rosto e subitamente a voz mudou de tom.

— Em quem atiraram?

A voz de Matteo chegava ao seu ouvido ligeiramente abafada, como se ele falasse com a boca muito distante do telefone.

— Em Diego Martinez, o irmão de Rosa... tinha acabado de chegar da América. Mas os matadores erraram o alvo e atingiram a mulher dele.

— Eles a mataram? — perguntou, esperando um milagre.

O procurador viu dançar nos olhos dela o fantasma do medo.

— Não, mas é muito grave — admitiu Di Giannantonio. — Os médicos dizem que provavelmente eles não vão resistir.

Eles não vão resistir!

Elvira se impacientou.

— Quem é que não vai resistir?

A voz do comissário lhe dava nos nervos.

— Mas por que é que você fala no plural? — perguntou rispidamente.

— Porque são dois... Elvira! A mulher de Martinez está grávida!

Occhiuzzo estava sozinho em casa.

A mulher fora para o campo e levara as crianças.

O chefão ouviu som de sinos ao longe e olhou para o relógio: havia pouco batera o meio-dia.

Sorriu.

Segundo seus cálculos, Diego já voltara para o Criador há algum tempo, com a barriga cheia de chumbo.

Foi até a cozinha, abriu a geladeira e pôs dois dedos de *passito* num copo.

Levantou o cálice e brindou duas vezes: a primeira, à morte de Diego, a segunda, à de Gianni Turturro.

O jovem Palermitano ainda estava vivo, mas tinha o destino traçado. Paino e os boss americanos não iam deixar barato ao saber que era ele que estava por trás da emboscada no aeroporto. Bastava transformá-lo em bode expiatório, no homem cínico e preconceituoso que queria ver toda a família Martinez a sete palmos da terra.

E o que você vai querer? Um momento!

Occhiuzzo era mestre na arte de disseminar a discórdia. Já tinha matado e mandado matar muitos homens na vida, mas nada lhe dava mais gosto que ver um inimigo atingido pelo rumor corrosivo da calúnia.

Era o único Corleonese que ainda estava em liberdade. Sozinho no comando e com um grupo de seguidores com quem podia contar, mas isso não lhe importava.

Não estava nem mesmo preocupado com Giaconia.

Conhecia-o bem, o cunhado não se arrependeria. E depois, no fundo, fora ele que escolhera ser preso.

Ninguém o obrigou a se mudar para a casa de Tony Melluso...

Se o fizera, tinha um motivo: queria entregar-se, mudar de vida.

Problema dele!

Agora Gaspare Occhiuzzo pensava apenas no futuro.

Sem Turturro no seu pé, sem Giaconia e os parentes inconvenientes para atrapalhar seus planos ambiciosos, tudo seria mais fácil.

Bebeu um outro gole de vinho e fez outro brinde, desta vez, a si mesmo.

Aos filhos da puta!

Ouviu um barulho de carro que avançava lentamente sobre as pedras da viela em frente à casa.

Aproximou-se da janela para olhar e reconheceu o carro de Piscitello e Briuccia.

Pela primeira vez em meses, estava de ótimo humor.

Encheu dois copos para eles e correu para abrir a porta.

— Rapazes, venham brindar comigo! — disse, cumprimentando os dois empregados. — Hoje é um dia de festa para todos nós!

Estava feliz como um menino no dia de Natal.

Mas, ao olhar para os dois comparsas, deteve-se.

— O que foi? — perguntou, enquanto o sorriso mudava para uma careta.

Briuccia suava frio, o olho direito de Piscitello tremia. Nenhum dos dois respondia, mas em seus rostos podia-se ler o gosto amargo do fracasso e o medo das consequências.

Occhiuzzo se retesou, seu corpo agora parecia ser um único bloco de carne e sangue fervente.

Ficou cada vez mais vermelho e mais inchado. Parecia uma rã a ponto de estourar.

Os copos caíram de sua mão.

A penumbra da tarde tornava a espera ainda mais angustiante.

Havia cinco horas que Nina estava na sala de cirurgia.

Diego andava nervosamente do lado de fora. Parecia um animal, um leão na jaula: os olhos arregalados, as costas contraídas, as mãos crispadas.

Não conseguia ficar parado.

Andava pelo corredor e voltava rápido, como se a cada passo que desse para se afastar da porta, a mulher perdesse uma chance de sobreviver.

Precisava saber o que estava acontecendo.

Cada vez que alguém saía da sala de cirurgia — fosse uma enfermeira, um médico ou o radiologista — pedia notícias.

— Como está minha mulher? E a criança?

Diego Martinez fazia a mesma pergunta a todos e todos lhe respondiam do mesmo modo.

— O senhor tem que esperar... daqui a pouco o cirurgião vai sair e o senhor poderá perguntar o que quiser...

Sam estava sentado num banco perto da máquina automática de café. Pálido, com a viseira do boné virada para trás, mascava chicletes americanos. Tenso, pusera quatro na boca de uma só vez.

Diego queria um cappuccino.

Aproximou-se da máquina, enfiou a moeda e pressionou a tecla com o número 6.

Paino se ofereceu para pegar algo para comer.

— Vou ao bar e compro um sanduíche; você não pode ficar sem comer...

— Não, obrigado, não estou com fome.

Martinez tomou o cappuccino e jogou o copo descartável na cesta de lixo.

Ergueu os olhos.

Olhou pelo vidro que dava para o pátio do pronto-socorro.

Ainda estavam lá os três policiais que os escoltaram até o hospital.

Matteo chegou ao hospital Cervello no carro da polícia e foi direto falar com o colega da Homicídios.

— Tem certeza de que eram dois matadores?

— Sim — confirmou o outro —, estavam numa moto, foram vistos por algumas testemunhas, além de Martinez e Paino, irmão da vítima.

Havia alguma coisa obscura na dinâmica. Matteo tentou fazer uma pergunta um pouco mais difícil.

— Por que você acha que atiraram na mulher de Martinez?

O colega pegou um bloco de notas e começou a folhear seus apontamentos.

— Só há duas hipóteses: ou eram dois iniciantes ou, como eu penso, houve um imprevisto...

Matteo ergueu as sobrancelhas.

— Um imprevisto? O que você quer dizer?

— Na cena, encontramos outros cartuchos... calibre 9... diferentes do projétil 44 Magnum que atingiu a cabeça da senhora Martinez...

O comissário estava prestes a perguntar o que o colega queria dizer com aquilo, mas deteve-se porque chegara à conclusão sozinho.

— Você quer dizer que alguém atirou no matador para que ele fugisse?

— Exato. Só temos que saber quem. Para mim, Paino e Martinez sabem de tudo... devemos interrogá-los.

— Agora, não — deteve-o Di Giannantonio. — Vamos esperar o fim da cirurgia.

Matteo saiu do carro e entrou no setor para onde fora enviada a senhora Martinez.

Pegou o celular para ligar para Elvira, mas, por um segundo, hesitou.

Ela o estava tratando com arrogância, tornara-se cáustica, petulante, agressiva.

Rosa. Não falava de outra coisa. Era como se tudo mais, ela, inclusive, não existisse.

Tomou coragem e teclou o número.

Estava ocupado.

Vou enviar uma mensagem!

Enquanto Matteo escrevia, ouviu gritos vindos do fundo do corredor.

Virou-se e viu sair um homem amparado por outro, mais robusto, com um boné na cabeça.

Chorava.

Estava desesperado.

Olhava para o céu, erguendo as mãos e perguntando:

— Por quê?

Atrás deles, um cirurgião com a camisa verde observava a cena com a touca nas mãos.

Estava escuro.

Matteo aproximou-se para ver melhor.

Diego não conseguia ficar em pé.

Ele acabara de saber que Nina estava morta.

* * *

Occhiuzzo, pela primeira vez na vida, suava frio. Depois que Totò e Onofrio lhe contaram do atentado fracassado contra Martinez, temia que alguém da Cosa Nostra o associasse aos dois viciados que tinham atirado no aeroporto.

Sua vontade era pegar Piscitello e Briuccia e jogá-los num tanque de ácido.

Parecia possesso.

— Vocês são dois inúteis, não servem para nada! E eu pago vocês para que mesmo?

Só não os matara ainda porque temia descobrir uma combinação qualquer deles com os Palermitanos.

Devia permanecer calmo, pensar.

Mas olhar para aqueles dois o irritava profundamente. Não os suportava mais.

— Eu recomendei a vocês que procurassem dois bandidos confiáveis, e não dois zeros à esquerda como vocês... — sibilou com voz aguda e olhos raivosos.

Totò Briuccia tinha muito medo de responder. A voz travara na garganta e sentia vontade de chorar.

Já se via com um pé na sepultura.

Piscitello, que era mais atrevido e corajoso, encarou Occhiuzzo e tentou fazê-lo raciocinar.

— Tio Gaspare, ninguém podia imaginar que Paino andasse com uma escolta armada...

Parecia ter terminado a frase, mas só fez uma pausa:

— Talvez nem ela...

Occhiuzzo se lançou sobre ele com a fúria de um cão de guarda.

Deu-lhe um tapa no rosto, pegou-o pela camisa e olhou para ele como se fosse um inseto.

— Me escute, filho da puta infame... o que você acha que é, hein? Reze para que ninguém saiba que os dois viciados foram mandados por nós, porque senão arranco o seu coração com estas mãos e como ele no almoço, entendeu?

Piscitello fez que sim com a cabeça.

A dor fazia com que a vista escurecesse.

O nariz doía.

Um fio de sangue escorria da sua boca.

Occhiuzzo soltou-o e o afastou para longe como se ele fosse uma marionete.

— Vocês têm que ir até Carini. Procurem o cadáver do outro viciado e a moto também. Não deve sobrar nenhum vestígio, entenderam?

Os dois capangas concordaram sem hesitar.

Saíram da casa de Occhiuzzo e entraram no carro.

Briuccia enfiou a chave no painel e parou.

Desceu, pediu a Piscitello para sentar no banco do motorista e afastou-se com uma desculpa.

— Aonde você vai? — perguntou o amigo, temendo que estivesse enlouquecendo.

— Ligue o carro, vou mijar e já volto...

Era mentira.

De repente, Totò passou a sentir medo.

Daquele momento em diante, sempre que entrava num carro, achava que estava sentando sobre uma bomba prestes a explodir.

Elvira lançou-se na poltrona.

Estava exausta.

Naquela noite devia escrever o mandado de captura contra Piscitello e Briuccia, os dois homens apontados por Melluso como os carcereiros de Robertino Di Maio.

O procurador Bonoparrino a estava apressando.

Nos últimos meses, a pressão fora enorme, e o trabalho da juíza Salemi serviria para que ele se defendesse de críticas e polêmicas.

Seu único interesse era mostrar alguma coisa à opinião pública. Queria transmitir a sensação de que aquele menino não fora esquecido.

Agora que Giaconia estava preso e que Melluso se arrependera, Bonoparrino tinha visto a sorte lhe sorrir de novo. Voltara para encontrar Elvira no fim da tarde, pela segunda vez naquele dia.

Nunca fizera isso.

— Doutora, diga-me uma coisa — pediu em voz baixa e cortês. — Quando poderemos dizer algo aos jornalistas?

A juíza Salemi achou repugnante aquela demonstração de seu cinismo egoísta.

— Não sei, procurador, a investigação ainda não está concluída.

— Mas a senhora é inteligente — adulou ele, com o habitual sorriso. — Eu a aconselho a fazer isso rápido!

Em seguida, Elvira o viu sair bem animado.

O chefe não se importava nem com Robertino nem com a mulher de Giaconia.

Esse homem me dá náuseas!

Lá fora já estava escuro.

A juíza Salemi olhou ao redor.

A escrivaninha estava cheia de pilhas de registros e de papéis.

Sentiu o celular vibrar e abriu-o.

Havia uma mensagem de Matteo: NINA MARTINEZ MORREU.

Fechou depressa sem nem mesmo responder ao comissário.

Correu para fechar a porta à chave e aproximou-se das janelas para fechar as cortinas.

Devia fazer uma coisa, mas ninguém devia vê-la.

Abriu uma caixa.

Tirou a foto de Rosa.

Colocou-a no centro da mesa e começou a falar:

— Viu o que fizeram? Mataram sua cunhada! Estava grávida assim como você esteve um dia...

Falava com ela como se se tratasse de outra mulher, a amiga íntima que nunca tivera.

Desabafou até perder a vontade.

Em seguida, apertou a foto contra o peito e começou a chorar.

Não tinha coragem de confessá-lo a ninguém, talvez nem a si mesma, mas havia algum tempo que não conseguia se abrir com alguém sinceramente, sem pudores ou reticências.

E agora que se sentia cansada, sozinha, inútil, paradoxalmente sentira uma necessidade louca de confidenciar com o retrato daquela mulher que nunca conhecera.

Estava certa de que, onde quer que Rosa Martinez estivesse: no céu, na terra ou no inferno, de qualquer modo, ela lhe teria respondido.

39

— FILHO da puta!

O sargento Chiavetta levantou-se e, sem querer, deixou cair a pasta que tinha nas mãos.

Na sua sala já estava escuro.

A única luz provinha de uma velha lâmpada que iluminava o centro de uma mesa cheia de papéis e fotos.

Os "caçadores" tinham saído em busca de Briuccia e Piscitello. Agora, os dois eram considerados foragidos.

Naquela noite, Storione era o único no escritório.

Tinha trabalhado até tarde.

Por volta das cinco da manhã tivera uma iluminação, uma daquelas intuições fulminantes que vêm apenas uma vez na vida.

Trabalhava no desaparecimento de Rosa Martinez e estava certo de ter encontrado alguma coisa grande.

Di Giannantonio lhe pedira para investigar a fundo.

Deviam fechar o cerco, encontrar o local onde Rosa fora enterrada.

— É preciso achar a sepultura! — repetia ele, obcecado, a exemplo de Elvira.

Chiavetta trabalhava nisso havia um mês.

Tinha lido e relido uma dezena de relatórios, incluindo a perícia caligráfica do bilhete de despedida.

Lera a coleção de jornais dos últimos três meses, o inventário dos objetos encontrados na casa de Giaconia, os formulários com as chamadas feitas e recebidas do telefone do boss.

Pusera-se a cruzar testemunhos, números e datas.

A partir da confissão de Melluso, reconstruíra minuciosamente todos os detalhes da noite em que Rosa morrera, desde o primeiro telefonema do boss para o celular de Tony até o momento em que Giaconia o tinha deixado num restaurante de beira de estrada para poder enterrar a esposa sozinho.

Durante semanas, o sargento Chiavetta havia trabalhado no vazio, sem concluir nada. Depois, encontrara um "confidente".

Era alguém que normalmente lhe contava histórias pouco importantes de crimes menores. Trocava essas informações por pequenos favores.

O sargento não o levava muito a sério. Mas, daquela vez, aquele homem tinha lhe contado uma história diferente das outras, e Chiavetta resolveu escutá-lo com um pouco mais de atenção.

Era uma história sobre um boss e putas romenas, mulheres que dançavam nos estabelecimentos e acabavam por se tornar o passatempo de mafiosos entediados.

Parecia igual a tantas outras, mas tinha alguma coisa a mais, alguma coisa que se referia a Giaconia e que voltara à lembrança de Chiavetta naquela noite, fazendo-o saltar da cadeira.

O sargento não conseguia se conter.

Estava agitado como se tivesse ganhado um prêmio da loteria.

Não via a hora de falar com o comissário.

Faltavam dois meses para a aposentadoria, e concluir aquela investigação era seu presente de despedida para Di Giannantonio.

Eram cinco da manhã.

Olhou para o telefone e ficou em dúvida se devia ou não ligar para Matteo.

Talvez seja melhor deixá-lo dormir um pouco mais... telefono daqui a uma hora...

Olhou para fora da janela.

O céu começava a clarear.

Queria passar em casa para tomar um banho e dar um beijo na esposa.

Saiu do Esquadrão Móvel com um casaco de algodão leve, as mãos nos bolsos e os óculos pendurados por um cordão vermelho no pescoço.

Entrou no carro, um Cinquecento velho, azul, cheio de arranhões e com os pneus carecas.

Ligou o motor e a ventoinha do ar-condicionado para derreter o gelo nos vidros.

Sentia frio.

O ar fresco e pungente da aurora dava-lhe calafrios.

Sentia necessidade de alguma coisa quente.

Entrou em corso Vittorio Emanuele, virou em direção à rua percorrida pela "Santuzza" durante as festividades de Santa Rosália, à beira-mar, e parou o carro na esquina entre a estação e a via Roma, num bar que fazia deliciosos croissants.

Pediu um cappuccino sem espuma e dois brioches com creme para viagem.

— Quero dois caprichados!

Saiu.

Um matador o esperava do lado de fora, escondido atrás de um outdoor publicitário.

Chegou por trás de Chiavetta como uma rajada de vento gelado.

Atirou pelas costas, enquanto o sargento entrava no carro.

Dois golpes secos, na nuca.

Chiavetta caiu por terra, com o pacote de brioches nas mãos.

Ainda estavam mornos, embrulhados num papel cor-de-rosa, que agora estava todo melado.

Matteo soube do assassinato por um telefonema do Gigante.

— Comissário, o senhor tem que vir... por favor!

Chorava como uma criança.

Parecia que tinham matado seu pai.

40

— O QUE foi que ela lhe perguntou?

— Nada, queria saber alguma informação nova sobre a minha irmã...

— E o que você disse?

— Nada, o que disse antes, que está morta...

Sam Paino dirigia e não parava de fazer perguntas.

Diego estava ao lado dele, saindo de outro interrogatório com a juíza Salemi.

Elvira chamara-o novamente ao Palácio da Justiça para ouvi-lo na qualidade de testemunha. Era a terceira vez que o fazia, e Martinez estava começando a ficar impaciente.

— Essa aí já encheu o saco! — desabafou. — Está com fixação pela minha família.

A primeira vez fora pouco depois da morte de Nina. No hospital. Com o cadáver da esposa ainda quente, a juíza se aproximou de Diego fora da capela mortuária e pediu detalhes sobre a dinâmica do tiroteio.

Martinez, desesperado, fora grosseiro com ela.

Tivera uma explosão de raiva, apesar dos policiais que cercavam a magistrada.

— Vocês são uns abutres! — gritou, rompendo o silêncio daquele lugar pacífico. — Não têm respeito nem pelos mortos!

Sam, para evitar que a situação piorasse, teve que cobrir a boca do cunhado com a mão.

Em seguida, o arrastara para fora dali e para longe da juíza.

Elvira observava-o sem dizer nada.

— Por favor, vá embora — pediu Paino, enquanto tentava acalmar o cunhado.

Ela já compreendera a situação.

Pediu a um policial o endereço do hotel no qual Diego estava hospedado e desapareceu.

Concedera-lhe alguns dias para sepultar a esposa e, depois de uma semana, convocou-o para um interrogatório com os policiais, no Palácio da Justiça.

Nessa ocasião, perguntou quem poderia ter interesse em vê-lo morto.

Para Elvira, era uma pergunta óbvia, e era óbvio também que Diego não a responderia.

Em vez disso, Martinez deu uma resposta, mas as palavras dele não a agradaram.

O encontro fora diferente da última vez.

Agora Diego estava frio, cauteloso, distante.

Falava com calma, olhava a juíza Salemi sem mover um músculo, com uma expressão imperturbável.

— Quer saber quem matou minha mulher? Eu lhe digo — provocou, ostentando um sorrisinho cínico. — Foi a senhora, cara doutora, foi a senhora e seu amigo comissário... devo agradecer a vocês o fato de a minha irmã ter desaparecido e minha mulher estar morta.

— A nós? Onde é que entramos nessa história? — respondeu Elvira, na defensiva.

— Quem obrigou meu irmão Pino a se tornar um pentito, quem trouxe a guerra para dentro dessa família? Foram vocês...

Elvira tentou fazê-lo raciocinar.

— Senhor Martinez, o que é que o senhor está dizendo?

— O que devo dizer à senhora? — acrescentou, levantando a voz. — Espero que um dia vocês acertem as contas com a consciência de vocês. Posso ir agora?

— Me fale o que sabe sobre sua irmã... — arriscou Elvira.

Diego não queria dizer mais nada.

— Posso ir agora? — gritou ainda mais alto.

A juíza Salemi não podia mais detê-lo.

Liberou-o com um gesto da mão e ordenou aos policiais que o acompanhassem até a saída.

Matteo pediu expressamente a Elvira para não estar presente durante o interrogatório de Diego. Sabia que tentaria desacreditá-lo diante da juíza Salemi, exatamente como fizera o irmão, Pino, na única vez que se viram, depois de tantos anos, no aeroporto de Fiumicino.

— Aborrecida? — perguntou.

— Como você quiser — respondeu com ar de quem quer avaliar o favor.

O comissário, depois da morte de Storione, esforçava-se para manter o moral do grupo elevado.

Seus homens agora estavam deixando o grupo.

Bellipanni pediu transferência para o gabinete de passaportes, Wai-Fai pediu para entrar no Ced (Centro de elaboração de dados da polícia). O Águia optou por um voo solo.

Di Giannantonio, como o restante de seus colaboradores, perdera a fé em si mesmo. Durante algum tempo, esforçou-se em dizer ao grupo que era preciso lutar, unir-se, permanecer em seus postos.

— Temos que fazer isso por Storione! — repetia como um sermão.

Depois se cansou.

No fundo, ele era o primeiro a não acreditar nisso.

Era como se Chiavetta tivesse levado para a sepultura, junto com seus segredos, o espírito dos "caçadores", o fogo sagrado que os transformava em homens especiais, em heróis, e não em guerreiros feridos e abandonados, órfãos de si mesmos e do campo de batalha.

A juíza Salemi também sentia isso.

Depois da morte de Chiavetta, ficara ao lado do comissário durante dois dias, como se um amigo tivesse perdido um parente.

Depois voltou a ser mais obstinada que antes.

A ideia de não conseguir resolver o mistério de Rosa fazia-a delirar.

E ela queria levá-lo junto em seus delírios.

— Você não está procurando a sepultura, você não faz nada, não quer e não pode fazer nada!

Xingava-o.

Imaginava um complô invisível para prejudicá-la. Como se o pecado original de Di Giannantonio, ter crescido junto com a família Martinez, o tivesse tornado menos livre e adequado para o papel de investigador.

Mesmo o relacionamento deles acabara em segundo plano.

Para a juíza Salemi, ele se tornara outra coisa, um motivo de arrependimento e expiação. Não havia mais espaço para os sentimentos ou as emoções, ao menos para ela.

O que acontecera entre eles eram águas passadas.

Discutiam de manhã até a noite e, quanto mais Matteo se esforçava para convencê-la de que o complô estava apenas na sua cabeça, mais Elvira exagerava na dose.

— Você tem um problema com eles; você não quer procurá-la, admita!

Era como se também, sem dizê-lo claramente, ela o culpasse até da morte de Chiavetta. E não porque o deixara sozinho ou exposto à arma de um assassino, mas porque não lhe dera a chance de dizer o que havia descoberto.

— Como você pode ser tão idiota? — continuava Elvira.

No fim, ele ia embora e ela o chamava de volta.

— Volte, por favor, me perdoe!

Matteo queria ajudá-la, gostava dela, mas, no fim, caía no mesmo erro, ele sempre a seguia naquele terreno minado, para o centro de seu jogo.

A juíza Salemi era vítima de constantes mudanças de humor: num minuto, ria e brincava; no instante seguinte, começava a gritar porque não encontrava um simples lápis.

Mas, ao passar de um extremo a outro, ainda conseguia encontrar, por pouco tempo, um resto de lucidez.

Houve uma série de assassinatos misteriosos em Palermo. Dez, apenas nas primeiras duas semanas de junho.

O último fora o mais impressionante.

Os policiais encontraram o Ford Fiesta de Totò Briuccia. Tinham aberto o porta-malas e encontrado Briuccia e Piscitello dentro do carro, estrangulados, mãos e pés amarrados atrás das costas. Quem os assassinara dera o golpe de misericórdia com um tiro na cabeça.

Todos eram assassinatos estranhos, fora isso que Elvira subitamente percebeu.

As vítimas eram todas homens de Occhiuzzo, e quem quer que os tivesse matado tinha a intenção de fazer guerra contra os Corleoneses.

Quem era o mandante desses crimes, o boss que ousara tanto assim?

Em seu delírio, a juíza Salemi tinha razão sobre uma coisa: faltava um elo.

A inexplicável morte de Chiavetta e aquela série de crimes, incluindo o assassinato dos carcereiros de Robertino, pareciam ter alguma ligação com ela, com o desaparecimento de Rosa Martinez.

41

— O QUE foi, Gaspare?

— Nada, nada, estou com dor de cabeça! Estou me sentindo fraco! Saia e feche a porta!

Occhiuzzo nem bem acabara de mastigar um caramelo e já desembrulhava outro. A boca que mastigava sem parar, o rosto pálido e as mãos suadas traíam o nervosismo que sentia.

Sentava-se e levantava-se seguidamente da poltrona.

A mulher, Teresa, não se lembrava de tê-lo visto assim antes.

Gaspare parecia um motor que trabalhara durante muitas horas e agora estava a ponto de estourar.

Seus sonhos de poder e seu desejo de vingança estavam indo por água abaixo.

Alguém estava matando seus homens mais fiéis.

Nos últimos catorze dias, perdera dez homens, numa espécie de efeito dominó.

Agora temia pela própria vida.

Devia inventar alguma coisa para encontrar um modo de escapar.

Quem é o merda que resolveu me fazer guerra?

Aquela pergunta o atormentava.

Occhiuzzo, através dos homens que lhe eram fiéis, soubera de uma notícia inquietante. Os matadores que estavam dizimando seu exército não eram de Palermo.

Era gente de fora.

Quem quer que os liderasse estava fazendo uma operação metódica, cirúrgica.

E fazia isso apenas com os Corleoneses.

Os homens das outras famílias foram deixados em paz.

Quem era esse inimigo invisível?

Com que aliados podia contar em Palermo?

Occhiuzzo sentia que, por trás dessa história estava a mão de Turturro, mas não tinha provas. Estava certo de que alguém o queria morto, e ele devia agir, detê-lo antes que fosse tarde.

Dentro da Cosa Nostra, sempre caminhara com as próprias pernas, sem ter que pedir favor a ninguém.

Agora, porém, era diferente.

Para sobreviver, precisava do apoio dos outros boss.

Tenho que fazer as pazes com Turturro!

A ideia não lhe agradava, mas era o único caminho possível.

Enviou um mensageiro a Cosimo Marcianò, o proprietário da vila de Montelepre, onde a Comissão se reunia, e pediu-lhe que convocasse um novo encontro entre os boss das outras famílias de Palermo.

O mensageiro voltou com uma resposta curta.

Amanhã à tarde, às quatro!

42

— TEMOS que sair. Diga aos rapazes da escolta para prepararem o carro.

Elvira, ao telefone com Matteo, alarmou-se.

— O que foi que aconteceu?

— Você vai comigo a um lugar, depois eu digo... estou chegando!

Não queria dizer mais nada, mas ela percebeu na voz de Matteo um tom diferente do normal, um timbre que parecia de euforia, como se alguma coisa inesperada e positiva tivesse acontecido.

Di Giannantonio estava trabalhando no homicídio do sargento Chiavetta.

Tinha revirado seus papéis em busca de um indício, de um vestígio que, por menor que fosse, pudesse ajudá-lo a entender aquela morte.

Tinha examinado montanhas de documentos, procurado entre centenas de folhas, de anotações, de fichas nas quais Storione reconstruíra, minuto a minuto, o desaparecimento de Rosa Martinez. Mas a pressa o fizera cometer um erro grosseiro: pressionado por Elvira, se concentrara apenas nos documentos referentes à investigação sobre a mulher de Giaconia.

Pensando encontrar aí a chave do ocorrido, não tinha examinado a escrivaninha de Chiavetta nem olhado dentro de sua bolsa ou na pasta, lugares destinados a guardar ou transportar os objetos de uso cotidiano.

A reviravolta aconteceu quando menos se esperava.

Naquela manhã de domingo, Matteo abrira uma gaveta da escrivaninha do sargento e encontrara uma antiga agenda.

Na capa amarela, havia uma etiqueta adesiva retangular, que trazia escrito a caneta: ENDEREÇOS.

Matteo começou a folheá-la.

Havia os registros e a agenda diária com alguns apontamentos assinalados.

A última anotação datava de duas noites antes de sua morte.

Ao lado do horário, 23h00, Chiavetta registrara um nome e um número de seis cifras: FILO 501880.

Não estava entre os documentos do registro.

Matteo ligou o computador e checou o banco de dados do Palácio do Viminale.

Procedeu por exclusão.

Primeiro verificou se aquele número existia na lista telefônica de Palermo.

Os dados na tela do computador lhe mostraram uma ocorrência na primeira tentativa: BLUE ANGEL.

O telefone era de um clube noturno, onde se fazia striptease e havia dançarinas de lap dance.

"Filo", aparentemente, era o diminutivo de Filippo Deiana, o gerente do local. Precisava falar com ele.

Tinha descartado encontrá-lo no clube, por isso procurou o número de casa e ligou para lá.

— Alô?

A voz masculina parecia sonolenta.

— Bom dia, quero falar com Filo...

— Quem deseja? — perguntou o outro, em tom aborrecido.

— É o comissário Di Giannantonio, do Esquadrão Móvel. Preciso falar com ele urgentemente.

Matteo ouviu a tosse do outro lado da linha.

Em seguida, a voz se tornou mais gentil.

— Comissário, é o Deiana. Está ligando por causa de Chiavetta, não é? Olha, éramos amigos, eu não tive nada a ver com o que aconteceu.

Filo era esperto como uma raposa.

Adivinhara o motivo do telefonema e rapidamente procurou se defender.

Parecia apavorado.

Matteo tentava acalmá-lo.

— Eu acredito no senhor, senhor Deiana, mas preciso vê-lo por uns dez minutos para lhe fazer algumas perguntas. Podemos nos encontrar?

Deiana parecia não querer outra coisa.

— Venha! Estou esperando!

Occhiuzzo não se sentia seguro. Para ir a Montelepre, de Cosimo até Marcianò, procurou um motorista e dois homens de escolta. Temia que, no trajeto até a vila, alguém o fizesse cair numa armadilha.

Chegou às dez para as quatro.

Havia a costumeira fila de carros diante do portão.

Os guardas que controlavam a entrada reconheceram-no e deram passagem para o carro.

O novo guarda-costas de Occhiuzzo era um napolitano, um tal de Ciro. Tentou acompanhar o boss até o interior da casa, mas os vigias o detiveram na porta.

— Ei, você espera aqui fora — disse um deles, com um sorriso torto.

Os boss que se sentavam à mesa da Comissão já estavam em seus lugares.

Havia treze.

Na hora da chamada, só faltava um: Gianni Turturro.

A sala era um vasto salão com uma fileira de janelas que davam para o pátio interno da vila. As paredes sem quadros eram revestidas de tecido vermelho e, sobre a mesa redonda de madeira, um enorme candelabro de cristal iluminava o ambiente escuro.

Occhiuzzo cumprimentou a todos, sentou-se, pegou no bolso mais um caramelo e enfiou-o na boca.

Sentia ao redor uma atmosfera estranha.

Ninguém falava com ele.

Era como se todos quisessem cuidadosamente evitá-lo.

— O que você está dizendo? — perguntou o boss ao seu vizinho de mesa, Saro Sapienza, chefão do território de Passo di Rigano.

— Nada, está tudo certo, tio Gaspare... — respondeu o outro, resoluto, levantando-se e afastando-se em seguida com uma desculpa.

Occhiuzzo estava cada vez mais paranoico, via inimigos por toda parte, e o que quer que estivesse acontecendo naquela casa, tinha certeza de que a indiferença nas conversas não era casual.

Para poder se concentrar, começou a repetir mentalmente que era o único entre os presentes a ter um mínimo de brio e de caráter.

Ovelhas, vocês são apenas ovelhas!

Os outros chefões da família, para ele, eram todos uns velhacos.

Vou comer esses quatro bufões no café da manhã.

Finalmente, Turturro entrou.

Estava todo vestido de preto: casaco, calças e botas.

Faltavam a máscara e o chapéu para que parecesse uma caricatura de Zorro em miniatura.

— Bom dia!

Occhiuzzo levantou-se e esboçou um gesto de homem de bem.

Queria beijá-lo.

Turturro deteve-o com um gesto da mão e fez sinal para que ficasse sentado.

— Não há necessidade! — interrompeu-o diante de todos.

— O que foi que fiz a você? — perguntou Occhiuzzo. — Não vai me cumprimentar?

Turturro ajeitou-se na cadeira e olhou para o outro lado.

— Tio Gaspare, entenda! Para ser cumprimentado, é preciso merecer o cumprimento — disse, em tom arrogante.

A tensão aumentava pouco a pouco ao redor deles.

Os outros boss assistiam à cena sem mover um único músculo.

Agora era uma questão entre os dois, o passado e o presente da Cosa Nostra.

Um procurava falar como se tivesse intimidade, o outro preferia manter distância.

Occhiuzzo aproveitou-se da maneira como Turturro estava vestido para provocá-lo.

— Então, vai querer lutar comigo? Você confirma isso na frente de todos com esse comportamento. É isso?

O tom da voz se tornara metálico.

Occhiuzzo virou-se na direção dos outros mafiosos presentes para ter certeza de que ouviam tudo.

— Do que é que você está falando? — reagiu o pequeno Zorro.

— Responda! É você que está por trás dos assassinatos de todos esses bons cristãos em Palermo?

Turturro fez como se não tivesse entendido, pois queria fazê-lo perder a razão.

— Quem sabe? Talvez sim e talvez não...

Olhava-o como se fosse um bêbado que passasse por ali casualmente.

Occhiuzzo pôs a mão no bolso e enfiou na boca todos os caramelos que lhe couberam na mão. Sua natureza de assassino estava prestes a irromper.

Fez um esforço para dominá-la.

Respirou fundo e recomeçou a falar, desta vez procurando cativar Turturro com palavras gentis.

— Vim aqui para procurar a paz... tente ser razoável... e não esqueça o que eu já fiz por você.

Terminou a frase e esperou para ver como ele reagia.

O homem-rato ficou subitamente sério e encarou-o com ar arrogante.

— O senhor nunca fez nada por mim!

Occhiuzzo lançou-se para frente.

— Mas, ao contrário! Não se esqueça que meu cunhado pagou o preço mais alto, o coração dele ainda está sangrando...

Queria sugerir aos boss reunidos que Giaconia havia assassinado a própria mulher por culpa de Turturro.

— Como eu disse ao senhor, comissário, não havia nada de estranho. Apenas pedi ao sargento Chiavetta que me ajudasse naquela história da moça que trabalhava no meu estabelecimento, Elisa...

Matteo e Elvira estavam na casa de Filippo Deiana. Era um indivíduo obeso, com o rosto largo e a cabeça raspada.

Pesava, pelo menos, uns cento e cinquenta quilos.

Desde que a esposa lhe dissera que a cor preta emagrecia, só se vestia com roupas escuras.

A casa era vistosa, a sala decorada em estilo oriental, com sofás floridos, altares indianos e cortinas japonesas nas paredes.

Sobre uma mesa no centro havia um enorme Buda dourado, com bastões de incenso e velas aos seus pés.

Elvira olhou as mãos de Deiana: as unhas estavam sujas, um detalhe que lhe deu náuseas.

Cheirava a suor e colônia.

Parecia o tipo de homem despudorado e devasso que se aproveitaria de uma mulher distraída para passar a mão, escondido, na sua bunda.

Deiana usava uma série de pulseiras coloridas nos dois braços. A camisa estava abotoada até a metade, mostrando o peito peludo, no qual brilhava uma corrente de ouro com um pingente inquietante: um leão com dois rubis vermelhos como olhos, e a boca aberta.

No início, Deiana não queria admitir que era informante do sargento Chiavetta, mas, depois, para convencer Di Giannantonio de que não estava envolvido naquele homicídio, confessou em voz baixa.

— O senhor sabe como isso funciona, comissário... No meu clube, existe muito controle, e depois os clientes fogem... São homens casados... Às vezes, eu contava alguma coisa a Chiavetta e ele me prometia que, por algum tempo, ia manter a polícia longe de mim... Como se diz, uma mão lava a outra!

Elvira e Matteo estavam sentados num sofá florido, Deiana, numa poltrona com a cauda aberta de um pavão estampada no encosto.

Para Di Giannantonio, aquele tipo com a barriga imensa parecia uma *matrioshka*. Era como se escondesse dentro de si centenas de homenzinhos como ele, gordos e de todas as dimensões.

Elvira queria terminar logo com aquilo.

Não via a hora de sair dali.

O cheiro daquele homem lhe dava náuseas.

— Senhor Deiana, o que exatamente disse a Chiavetta sobre essa moça, Elisa?

Deiana tomou fôlego e começou a falar.

— Elisa era uma das mulheres mais bonitas do meu estabelecimento. Era de Cluj-Napoca, uma das cidades mais populosas da Romênia. Veio para Palermo um ano antes, com outras meninas do Leste...

Matteo, impaciente, fez-lhe sinal para resumir a história.

— Vamos direto ao ponto, Filo!...

— Sim, desculpe... Era uma dançarina de lap dance, mas fazia programas para complementar o que ganhava. Desde que Giaconia a viu, me pediu para mantê-la afastada dos outros clientes. Ela gostava de dinheiro, e, toda vez que Giaconia tinha algumas horas livres, levava-a para um hotel e depois a acompanhava de volta ao estabelecimento. Era problema deles; a mim não interessava...

— Então, Elisa se prostituía por vontade própria... — concluiu Elvira, em voz alta.

— Sim. E aquele senhor pagava muito bem. Sempre tinha muito dinheiro para gastar no meu estabelecimento, e eu ficava satisfeito... mesmo se... juro, na época, eu não soubesse quem era...

Di Giannantonio olhou-o de modo hostil.

— Não, espere, comissário — corrigiu-se o gordo, temendo ter sido mal interpretado —, eu sabia que era um "justo", um dos grandes. Foi assim que me apresentaram a ele... Mas não sabia a identidade verdadeira... Só soube quando vi a foto no jornal...

— E o que isso tem a ver com Chiavetta? — perguntou Elvira, em tom aborrecido, de quem não acreditava numa só palavra do que estava ouvindo.

Deiana chegou rapidamente ao ponto.

— Tudo, doutora! Porque, antes de morrer, encontrei o sargento Chiavetta e pedi que me ajudasse com a investigação da morte de Elisa... A senhora sabe... quando começou a trabalhar aqui, a menina não tinha o visto de permanência...

Di Giannantonio interrompeu a história como se tivesse perdido o fio da meada.

— Um minuto, Filo! Morta? Como assim, morta? Elisa não está mais viva?

— Mas como, comissário, o senhor não sabe disso... Não leu os jornais? Elisa está morta. Encontraram-na morta na Favorita, há algum tempo. Quem a matou amputou-lhe um braço, pobrezinha...

A juíza Salemi saltou do sofá, como se tivesse levado um choque.

Em sua mente, acendeu-se uma lampadazinha: a confissão de Tony Melluso.

— O tapete de Giaconia! — gritou, virando-se para o comissário. — Era o braço de Elisa dentro do tapete!

Turturro levantou-se e olhou para Occhiuzzo como se ele fosse um verme.

— Sabe qual é a verdade? — indagou, arrogante, batendo o punho na mesa.

— Não, qual é? — perguntou o velho boss, encarando-o com ar de desafio.

— A verdade é que o senhor, como os outros Corleoneses, é um mentiroso e traidor....

Occhiuzzo bateu o punho na mesa e virou-se para os outros:

— Vocês não vão dizer nada?! — gritou. — Ouviram o que ele disse? Onde foi parar o respeito pelos cristãos mais velhos? Esta é a nova geração! São esses os jovens a quem vamos entregar nosso futuro?

Occhiuzzo apontou Turturro com o dedo e tentou dar mais força ao discurso.

— Jovens como este senhor?

Ninguém respondeu.

Por um instante, na sala, reinou o silêncio.

Depois, Occhiuzzo ouviu uma voz atrás dele.

Uma voz de mulher.

Pareceu-lhe familiar.

— O futuro é dos Palermitanos, e você... não é um deles...

Occhiuzzo virou-se bruscamente.

Percebeu uma figura feminina parada na porta, envolvida na penumbra.

O sol que chegava ao rosto do chefão por uma das janelas da sala tornava aquele vulto opaco e pouco nítido.

Occhiuzzo afastou-se da trajetória da luz para ver melhor.

— Não me reconhece? — perguntou a mulher, esperando que Occhiuzzo pudesse vê-la.

O boss a viu sair do escuro e observou o rosto que lentamente tomava consistência e cor.

Por um instante, seu coração parou.

Teve um mal-estar e se apoiou numa cadeira.

Não podia acreditar nos próprios olhos; aquilo parecia um pesadelo.

Rosa Martinez ressuscitara.

O último dos Corleoneses estava paralisado, as costas coladas à parede, a mão sobre o coração, os olhos perdidos sobre aquele rosto fantasmagórico.

A aparição daquela mulher, por um instante, paralisou sua língua.

Depois, o instinto de sobrevivência prevaleceu.

— Você não existe, está morta... — continuava a repetir, como se quisesse afastar aquele demônio.

Rosa ria, sarcástica, muito reta no casaco negro, a pele do rosto branca, os cabelos puxados para trás, presos num coque.

— Gaspare, você acha mesmo que Nino ia me matar? — provocou, em tom irônico, irreverente. — Ele me levou até Turturro, salvou minha vida... Portou-se como um homem!

Occhiuzzo cerrou os dentes e os punhos, como se quisesse matar Giaconia a distância, como se somente naquele instante percebesse o quanto o cunhado amava a esposa.

Maldito! Até ele me traiu!

— Por que você acha que Nino se mudou para a casa de Tony Melluso? — Rosa continuou a atormentá-lo. — Só queria me ajudar a sair de cena... dar a você a ilusão da vitória... E, depois... depois, Sam chegou...

Rosa voltou-se para a porta.

Occhiuzzo ouviu os passos.

Paino entrou, fulminando-o com os olhos, e postou-se perto dela, em silêncio.

— Ele foi a nossa sorte... — prosseguiu Rosa, voltando-se de novo para Occhiuzzo. — Com o apoio de Sam e dos amigos americanos, decidimos acabar com seu jogo mesquinho, tirar de você o chão onde pisou por todos esses anos... a mentira, a tragédia... E agora... agora você está só.

Occhiuzzo ouviu dois golpes de pistola. Virou-se e viu o novo ajudante, Ciro, o napolitano, agarrado à janela, escorregando lentamente, com os olhos arregalados e um fio de sangue que manchava o vidro.

O chefão dos Corleoneses estava perdido.

Estava encurralado num canto.

O ritmo de sua respiração aumentou, como se alguma coisa estivesse devorando seus pulmões.

As palavras de Rosa tinham-lhe revelado quem estava por trás da matança do seu pequeno exército. Deixou-se cair com as costas na parede e começou a se desesperar.

— Piedade... — implorou, com as mãos postas. — Por favor, eu lhe peço pelos meus filhos!

Rosa se aproximou.

Olhava-o do alto.

Era uma mulher pequena, mas, naquele momento, pareceu imensa a Occhiuzzo. Estava com a fronte franzida, as sobrancelhas erguidas, parecia uma criatura maligna que se nutria de ódio e de rancor.

— Você teve piedade dos filhos dos outros? — perguntou, com uma voz cortante.

Era como se lhe reprovasse por seu maior pecado: tê-la tornado uma mulher infeliz, uma mãe impossível, a mulher sacrificada e sacrificável de um homem cego, que abriu os olhos no último momento, pouco antes de cravar-lhe uma faca no coração.

— Eu voltei para você... não sou eu a morta... é você!

Occhiuzzo sentiu que perdia o chão. Estava aterrorizado e, ao mesmo tempo, furioso consigo mesmo por ter ficado cego a ponto de não ver, de não entender que aquela mulher estava cavando sua sepultura, enquanto ele pensava que era ela quem estava morta.

Um erro gigantesco.

Eu, Gaspare Occhiuzzo, o príncipe dos espertos, um fino estrategista, fodido por uma mulher. Não dá para acreditar!

A única mulher que tivera na vida, sua esposa, nunca o traíra, mas sempre o avisava que as mulheres são pessoas más, que manipulam os homens como se fossem "fantoches", marionetes. E homem nenhum percebe isso.

Mas o que eu podia saber de Rosa?, perguntava-se agora. Mas é bem-feito, sim, é bem-feito, porque esse câncer foi levado até minha casa, eu o recebi e, pouco a pouco, ele cresceu dentro de mim até estourar minha cabeça. Mas, agora, como explico isso ao Nosso Senhor Jesus Cristo?

Ele me perguntaria:

— Gaspare, nem você, com sua inteligência aguda, percebeu o que se passava? O que aconteceu?

E eu só poderia responder:

— Senhor, o que queria que eu fizesse? A Cosa Nostra também é mulher!

Occhiuzzo olhou Rosa pela última vez, observou a tristeza trágica de seus olhos negros e, por um segundo, teve medo de se afogar dentro deles.

Depois, ouviu um disparo.

Sentiu algo que queimava, um objeto agudo que perfurava sua cabeça.

Foi questão de segundos, depois tudo escureceu.

Gianni Turturro atirara no meio de sua testa.

43

— *VOCÊ é como ele...*

Por meses, deitada num sofá, ouvi aquela vozinha dentro de mim, obsessiva e petulante: a voz de um ser que reclama seu direito de existir, de se fazer ouvir.

No início, parecia uma presença perturbadora, nada mais que uma má conselheira. E parecia rir do meu drama.

Acreditei que ela fazia de tudo para tornar minha dor ainda mais insuportável.

Mesmo assim, naquela perseguição contínua, parecia que ela estava me indicando alguma coisa, um caminho, uma solução, talvez, uma via de saída.

Estava lá, ecoando dentro da minha cabeça, todos os dias. Pedindo apenas para ser ouvida.

— Você é como ele... — sussurrava.

Aquela voz tornava-se cada vez mais nítida. Fazia-me companhia nas noites insones enquanto eu me revirava sobre as ruínas do meu passado e parecia querer dizer:

— Coragem, Rosa, tome consciência do que você é e faça o que deve ser feito.

Podia ignorá-la ainda, como fiz por meses. Continuar a pensar — erroneamente — que queria me obrigar a acabar com ela, talvez me ajudando a voar de uma vez por todas pela janela.

Em vez disso, um ponto branco se iluminou.

Olhei para meu marido, levantei-me do sofá e finalmente compreendi.

Eu sou como ele.

Não nego. É preciso coragem para viver como uma assassina. Sobretudo, para confessá-lo a si mesma. Há pouco, percebi que eu também era uma que, na verdade, havia muito tempo o era. Talvez desde o dia em que me casei com Nino.

Por muitos anos, não quis ver o que acontecia ao redor. As pessoas sofriam, morriam, eu sabia de tudo, compreendia tudo, mas ficava calada. Propositadamente.

A ilusão e a esperança de ser feliz como as outras mulheres me transformaram em mera espectadora.

Fui egoísta, eu sei.

Pensava que a distância era suficiente para me pôr a salvo da culpa.

Estava errada.

Quando meu marido matava, minhas mãos também se sujavam de sangue. Para não vê-las, eu as escondia sob o travesseiro ou voltava para o quarto com a luz apagada. Mas não adiantava. Deus via o mesmo e não fazia dife-

rença entre mim e Nino. Seus mortos eram "meus" mortos, e chegaria o dia em que ambos prestaríamos contas.

— Você é como ele.

Demorei a entender, mas, no fim, consegui e persegui minha vingança com obstinação. Fiz isso porque os Corleoneses me tiraram o sonho de ser mãe, e esse sonho, de um modo ou de outro, eu consegui realizar.

Queriam me ver morta e voltei dos mortos para puni-los.

Foi o ódio que me deu o pretexto para ser o que sou hoje. Ódio e desprezo por todos os velhacos que devoraram essa cidade na pele dos inocentes. Eu sentia ódio pelos "homens de honra" (sim, é assim que eles se chamam) que matam as crianças, que dilaceram o coração das mulheres, que as deixam morrer sem curar sua dor. Chacais que se alimentam de cadáveres e se congratulam consigo mesmos quando terminam o banquete.

Malditos. Que ardam no inferno!

Tive que dar aos Corleoneses a impressão de que passara desta para a melhor para afastar a peste dessa cidade. E, para fazê-los cair na armadilha, bastou afogá-los na própria miséria, enchê-los com seu próprio preconceito. Preconceito contra mim, isso sim.

Esperavam qualquer coisa, enquanto era eu que estava por trás da ruína deles.

Estou pensando em Occhiuzzo agora.

Para ele, sempre fui um zero à esquerda.

O pouco de dignidade que ainda tinha me foi dada porque era a esposa de Nino Giaconia. Mesmo quando o fato de trazer o sobrenome Martinez não era um problema para ele, ele deixava claro que fazia um favor ao me tolerar.

Depois, quando Pino se arrependeu e seus sonhos de poder começaram a se desmanchar, não pensou duas vezes: bastava um morto para alimentar os seus detratores, e rapidamente se lembrou de mim.

No fundo, sou uma Palermitana, em minhas veias corre o sangue dos "perdedores"... um de nós a mais ou a menos no cemitério, o que ia mudar para ele? Nada.

— Agora você sabe o que deve fazer — repetia para meu marido. E o provocava, incitava todos os dias a matar a mulher, sem moderação, sem vergonha.

Essa era a Cosa Nostra dos Corleoneses, um ninho de cobras que, para sobreviver, comiam-se umas às outras.

Que fique claro que, com isso, não quero me absolver nem dizer que a "minha" Cosa Nostra seja melhor que a deles.

Não existe máfia boa; não se trata de uma congregação de almas piedosas. A máfia faz o que sempre fez, principalmente, defender seus interesses, é claro. Combate suas guerras e, como em todas as guerras, há quem vença e há quem morra no campo de batalha. Mas existem os códigos, santo Deus, as regras, os limites que não podem ser ultrapassados.

Os Corleoneses ignoraram completamente essa regra desde o dia em que puseram os pés em Palermo. Confundiram tudo, inventaram regras novas, até que da velha máfia não restou mais nada.

Agora, as coisas têm que mudar.

A Cosa Nostra tem que voltar a ser como foi um dia...

Não quero tapar o sol com peneira, nem usar dois pesos e duas medidas. Naquele grupo de miseráveis incluo Nino. Vale para ele também o que disse sobre seus companheiros.

Talvez Giaconia fosse o primeiro Corleonese a merecer um castigo exemplar. Como se não bastasse, foi ele que matou Robertino. Não vou me esquecer nem vou perdoá-lo por isso.

Salvou-se porque, no último momento, demonstrou dar mais valor a mim que aos outros.

Compreendeu que o único modo de me ajudar era me deixando sob a custódia dos Palermitanos, me deixando em condições de voltar a ser, para todos os efeitos, "uma deles".

Recordo perfeitamente a noite em que chegou em casa para me matar.

Sabia que tinha que pagar a Occhiuzzo aquela promessa e estava transtornado.

Entrou na sala com uma faca nas mãos. Acendera as luzes, engolira um grito e permanecera imóvel a me olhar com o braço parado no ar.

— Você é como ele...

Ele também ia ouvir minha vozinha.

Ele também ia compreender que nossas vidas estavam numa encruzilhada.

Podia me matar ou escolher morrer no meu lugar.

No fim, fez o que considerava justo.

A última vez que o vi foi naquela noite em que ele tentou me matar e caiu a meus pés desesperado.

Era como se, naquele momento, tivesse tido uma iluminação.

Subitamente se ergueu; eu o vi desaparecer.

Foi para o balcão, eu o ouvi falar com alguém.

Depois voltou e, sem perder tempo, me disse para me vestir e me preparar para ir até Diego.

— Agora você tem que se esconder — dissera-me, enquanto eu entrava no carro envolta numa coberta.

Dirigia, trocava de marcha e chorava.

Compreendi por que estava no banco de trás e, por um segundo, tirei a manta dos olhos e olhei para o espelho retrovisor.

Vi suas lágrimas.

Não falei nada, continuei muda, como nos últimos meses.

Imóvel, continuei a olhar as luzes dos postes que passavam acima de mim e tive vontade de rir. Sim, era enlouquecedor! Pensei que era engraçado que havia muito tempo que eu e Nino não saíamos juntos à noite.

Diego nos esperava na casa de Sam Paino.

Nino me confiou a eles sem nem olhá-los no rosto.

Não teve coragem.

Limitou-se a me fazer sentar, ajoelhou-se na minha frente e me deu uma bênção, uma investidura.

— Eu posso trazê-la até aqui — me disse, quase sussurrando. — Daqui em diante, quem vai pensar é você.

Fiz que sim com a cabeça e o abandonei ao seu destino.

Antes de ir embora, pousou os lábios na minha fronte.

Era como se, com aquele beijo, estivesse me pedindo perdão...

— Você é como ele.

Nino foi meu maior aliado.

Levou-me para um local seguro e arquitetou toda a encenação para que eu, Sam e Turturro tivéssemos tempo de nos organizar.

Tinha que fazer com que seu patrão acreditasse que cumprira o dever, que sua honra estava salva. E conseguiu.

Não foi um grande marido, mas aprendi muito com ele, e agora que eu sou "um chefão" percebo que estar ao seu lado me ajudou.

Quando Nino soube que Occhiuzzo acreditou na história de minha morte, foi se esconder na casa de Tony, tomando meu lugar na cama cercada pela escuridão.

No fim das contas, eu me transformei nele, e ele, em mim...

44

AGORA Elvira começava a acreditar.

— Rosa está viva, eu sei!

Tinham acabado de sair da casa de Deiana, e os rapazes da escolta estavam à sua espera do lado de fora.

— Para onde vamos, doutora? — perguntou um dos guarda-costas, ao volante.

Ela o olhou com ar ausente, como se ele devesse repetir a pergunta.

— ... vamos acompanhar o comissário até o Esquadrão Móvel e depois voltamos para casa...

Entrou no carro com Matteo e começou a trocar impressões com ele.

Elvira insistia.

Era como se tivesse desenvolvido um sexto sentido em relação à história de Rosa.

— Acredite em mim, Matteo, ela está viva. Não tenho elementos para provar isso agora, mas tenho certeza de que Giaconia não a matou...

Di Giannantonio hesitava.

— Elvira... lembre-se do que Melluso disse. Giaconia devia matar a mulher por ordem de Occhiuzzo... o próprio Tony viu o cadáver de Rosa enrolado no tapete...

A juíza Salemi apoiou-se na beira do banco e virou-se para ele.

— Não, Matteo! Lembre-se bem das palavras de Melluso! Ele não viu o corpo de Rosa Martinez... só viu um tapete enrolado, de onde saía um braço de mulher. Quer apostar como era o braço de Elisa ali?

Matteo não queria apostar. Ainda estava ligado a Elvira, não queria contradizê-la, mas dessa vez foi mais forte que ele.

— Você está se esquecendo com quem estamos lidando... Giaconia foi um dos matadores mais ferozes da Cosa Nostra. Para ele, matar alguém é como tomar um café... a propósito... quer tomar um?

O carro passava como uma flecha diante dos edifícios ainda escuros e elegantes de uma Palermo deserta. Parou diante de um bar na esquina entre o corso Vittorio Emanuele e a Piazza Vittoria.

Elvira e Matteo tomaram um café, sem dizer nada um ao outro.

Pela vidraça do bar se entrevia o pórtico gótico da catedral onde está sepultado Frederico II.

Era um belo dia de sol, açoitado pelo vento quente do siroco.

— Vou seguir a pé — anunciou Matteo, quando saía.

Elvira não o deteve.

— Mais tarde nos falamos...

— Está bem...

Menos de cem metros separavam Di Giannantonio do Esquadrão Móvel.

O comissário percorreu-os com calma, um passo após o outro.

Seu cérebro estava a mil por hora, como as rodas de uma locomotiva, parecia querer agarrar uma imagem, uma ideia, um detalhe que estava lá, mas que lhe escapava.

Pensava e repensava em Chiavetta.

Ele não pode ter morrido apenas por Elisa!

Se Rosa estava viva, se Elvira tinha razão, então faltava alguma coisa, talvez parte daquela intuição que custara a vida de Storione.

Voltou ao gabinete e recomeçou a ler os relatórios.

Havia três sobre sua mesa: o de Giaconia e o da suposta morte de Rosa ele já conhecia de cor.

Pegou o terceiro: o de Diego Martinez.

Releu página após página, linha após linha.

Pense, Matteo!

Começou a se fazer uma série de perguntas.

Quem eram os matadores?

Por que queriam atirar nele?

O que queriam provar, matando-o?

E por que ele, e não Paino?

Examinou essas perguntas por horas a fio.

Terminava e começava tudo de novo.

No início, concentrou-se no tiroteio no aeroporto e na morte de Nina; depois se deteve em Diego.

Por que ele veio para cá?

Durante um interrogatório, Martinez dissera o motivo para a juíza Salemi.

Viera para que o filho pudesse nascer em Palermo.

A criança! Mas como é que nós nos esquecemos dela?

Dentro da pasta, encontrou o atestado de óbito de Nina, mas faltava o da criança.

Devia estar ali, em alguma parte.

Procure, Matteo, procure!

Não o encontrou.

Recomeçou a procurar, uma vez e ainda outra vez, virando as páginas, com a adrenalina correndo pelo corpo, com a ansiedade que lhe secava a garganta.

— Não está aqui, droga!

Levantou-se, pegou o telefone e discou o número do funcionário da Homicídios.

— É Matteo quem fala... me desculpe por ligar num domingo...

Perguntou se ele se recordava do que acontecera com a maldita página.

— Não sei — respondeu o colega —, devia estar aí. Com toda aquela confusão, francamente, não me preocupei com a criança e o atestado...

— Está bem, não precisa se preocupar, obrigado! Desculpe. Até logo.

Pegou suas coisas e o casaco e desceu.

Tinha uma ideia, um temor, um maldito pressentimento. Que, talvez, naquela história, faltasse uma mulher e o choro de uma criança.

Entrou no carro, com o coração batendo forte e as mãos tremendo.

Precipitou-se para o hospital Cervello.

A médica que estava de plantão na emergência viu-o chegar como um tornado.

Matteo estava tão agitado que, num segundo, a doutora entrou no consultório e fechou a porta.

A emergência estava vazia, não parecia haver nenhum caso urgente.

Ele bateu à porta do consultório e, quando ela abriu, tirou do bolso o distintivo e inclinou-se para frente, tentando controlar a respiração.

— Sou um comissário de polícia — ofegou, dirigindo-se à médica. — Preciso de sua ajuda.

E pediu a lista de todos os obstetras de plantão no dia da morte da senhora Antonietta Paino Martinez.

Tinha levado a cópia do prontuário.

— Morreu aqui, há alguns meses... — acrescentou, passando o prontuário à médica, uma bela mulher de cabelos louros, camisa branca e jaleco verde.

Ela estava confusa, não sabia o que responder.

— Comissário... hoje é domingo... o arquivo está fechado e eu estou sozinha...

Matteo falou-lhe com calma, como se ajudá-lo naquele momento fosse a coisa mais importante a fazer.

— Qualquer informação vai me servir, doutora... é importante... deve haver um modo de descobrir...

— Dê-me um minuto para pensar...

A médica pôs-se a pensar, olhou para o chão e pousou um dedo sobre os lábios.

— Talvez haja um modo... — disse, em seguida. — O registro da Ginecologia, mas não estou autorizada a consultá-lo...

— Não se preocupe, eu a autorizo — facilitou Di Giannantonio.

A médica ligou para o setor de Obstetrícia, no andar superior. Depois de dez minutos, apareceu uma enfermeira com um livro enorme debaixo do braço.

— Pode entregar a este senhor — ordenou-lhe a doutora de cabelos louros, indicando Di Giannantonio.

— Obrigado!

O comissário abriu-o.

Procurou o dia 11 de maio, o dia da morte de Nina. Encontrou os nomes das parteiras que auxiliaram o cirurgião, enquanto a mulher era operada.

Eram duas.

Matteo indicou-os para a doutora e pediu que ela verificasse se alguma delas estava no hospital.

Num canto do ambulatório, na parede, havia uma folha com a lista das parteiras em serviço naquele dia.

Ela foi olhar e voltou.

— Ágata, Ágata Crimi está no hospital, o senhor pode falar com ela, se quiser...

— Onde?

— No andar de cima...

— Peça para ela descer, por favor...

Ágata Crimi saiu do elevador com passinhos curtos e rápidos. Recebeu Matteo com um sorriso elegante de senhora idosa.

Era uma senhora de cinquenta anos, pequena, de cabelos castanhos e com um rosto doce, tranquilizador.

Apertaram as mãos.

— O que posso fazer pelo senhor, comissário?

— Senhora, gostaria que respondesse a uma pergunta... A senhora se lembra dessa mulher?

Matteo entregou-lhe uma foto de Nina.

A parteira pôs os óculos e observou a fotografia.

— Sim, me lembro perfeitamente dessa mulher... era a americana grávida do tiroteio em Punta Raisi; uma história terrível, foi há uns três meses, mas é como se tivesse sido ontem. Nunca vou me esquecer daqueles olhos desesperados...

— Muito bem... — continuou Di Giannantonio. — Na pasta com os documentos dessa senhora morta, não conseguimos encontrar a cópia do atestado de óbito da criança... a senhora pode me dizer onde ele está?

Ágata fechou os olhos, baixou a cabeça, em seguida olhou para as mãos e segurou com cuidado as hastes dos óculos de grau.

Matteo não entendeu.

— Qual o problema, senhora?

Ela parecia embaraçada.

— O que foi? — perguntou outra vez, elevando o tom de voz.

A parteira olhou-o nos olhos e suspirou.

— Acho que houve um engano, comissário... a criança está viva...

Matteo sentiu uma dor aguda nas têmporas.

Eu sabia! Cometemos um tremendo erro! Ninguém se lembrou da criança; nem eu, merda!

— E o que aconteceu com ela?

— Nasceu prematura, mas, depois de algumas semanas na incubadora, ela sobreviveu... acho que seu nome era, sim... a senhora que o pegava no colo o chamava Lorenzo... Sim, Lorenzo...

Matteo sentiu um calafrio percorrer-lhe a espinha. Arrepiou-se.

— Que senhora? — perguntou, enquanto um pressentimento começava a tomar conta de seu pensamento.

— A senhora vestida de preto que estava com o pai do menino... acho que era uma parente... se pareciam... e, se posso dizer, caro comissário, ela me incomodou, me causou uma má impressão... Eu não gostava daquela mulher...

O comissário começava a entender.

— Por quê?

— Porque era estranha... pegava o menino nos braços e continuava a sorrir e a repetir a mesma frase... "olha, é a mamãe... olha, é a mamãe" e a mãe verdadeira acabara de morrer.

Era como se Di Giannantonio subitamente tivesse entendido tudo.

Agora tudo fazia sentido: o assassinato do sargento Chiavetta, os assassinatos dos Corleoneses, o tapete e o braço de Elisa, a criança que nunca nascera e a outra que tinha encontrado o calor da mãe, não da mãe verdadeira, mas da adotiva.

Rosa estava por trás de tudo, era ela a chave de tudo, era ela que estava à frente de tudo.

Matteo saiu da emergência de Cervello.

Refugiou-se num canto deserto e começou a chorar como uma fonte para liberar-se de toda a tensão daqueles meses

Em seguida, pegou o celular, sem saber se ligava ou não para Elvira e lhe contava tudo.

Estava em dúvida.

Podia deixar Rosa seguir seu destino ou contar a Elvira e perseguir aquela mulher pelo resto da vida.

— Alô?

O comissário pensou um pouco antes de falar.

— Você tinha razão, ela está viva!

Elvira estava sozinha em casa, deitada no sofá.

Desligou o celular, jogou-o num canto e sorriu.

Tinha que sair e recomeçar imediatamente o trabalho para encontrar Rosa, mas, em vez disso, estava feliz, estranhamente feliz por saber que tinha razão, que a mulher da foto, a única amiga secreta que jamais tivera, encontrara um modo de continuar viva, mesmo estando morta para todos.

Fechou os olhos e resolveu tirar o resto do dia de folga.

45

Alguns anos depois...

Em Nova York, Sam Paino fizera um bom trabalho. Tinha convencido os boss americanos a confiar nos amigos sicilianos e a deixá-los entrar nos negócios. Havia espaço para todos.

Os Palermitanos puseram à sua disposição uma enorme quantia de dinheiro, um capital "congelado" que, a fim de evitar os sequestros e confiscos da lei italiana, fora enviado para o outro lado do oceano.

Sam tinha duplicado aqueles fundos, diversificando os investimentos, mas concentrando-se em um específico.

Agora o novo negócio do "submundo" americano era a internet. Através de um esquema de pirâmide financeira, criara um grupo de servidores que gerenciava vários cassinos on-line: pôquer, caça-níqueis, roleta, bacará. Tudo virtual.

Apaixonados de todo o mundo se conectavam aos computadores, desde o aposentado em Sydney, ao rapaz do posto de gasolina em Tóquio. Milhões de contatos todos os dias.

No início, para acessar os sites bastava registrar-se com uma conta de usuário e pagar uma pequena quantia; o site disponibilizava algumas fichas e se podia jogar à vontade. Depois, com o passar do tempo, o governo americano liberou as licenças. Os cassinos tornaram-se verdadeiras salas de jogo, e quem quisesse podia apostar dinheiro de verdade.

Para os boss, foi um maná caído do céu.

As empresas que gerenciavam os lucros nasceram do nada. Foram criadas com um capital mínimo inicial e, após alguns meses, explodiram, multiplicando vertiginosamente os ganhos.

Os padrinhos sicilianos, graças aos "tios da América", enriqueceram, contavam com milhares de cotas societárias em *corporations* fantasmas, com sedes em Illinois, no Texas, no Alabama, em Wyoming. Ganhavam montanhas de dinheiro comodamente sentados na poltrona.

Em Palermo, acabara o tempo em que as famílias mafiosas faziam guerra para saber quem devia controlar o território. Os novos sócios da "Máfia S.A." pensavam apenas nos "tostões" que mandavam para a América, na esperança de se tornarem ainda mais ricos.

Nenhum mafioso com um pouco de juízo teria imaginado isso alguns anos antes, sem ser considerado louco. Mas era assim: a fortuna voltara a sorrir para a Cosa Nostra.

Agora, os Corleoneses eram apenas uma lembrança distante para os Palermitanos. Do exército de Occhiuzzo, nada restara. Alguns soldados salvaram-se miraculosamente, buscando proteção fora da Sicília ou entregando-se às forças da ordem. Os mais fiéis, como Giaconia e Melluso, foram mortos ou desapareceram.

Durante um ano, houve homicídios cruéis e misteriosos "assassinatos sem cadáver". Depois, alguém deu uma ordem e Palermo subitamente voltou à paz.

Os bairros populares, durante o dia, voltaram a ficar cheios de trabalhadores, as pessoas cuidavam umas das outras, as crianças brincavam nos quintais dos bairros antigos, longe dos delinquentes e traficantes. Era uma tranquilidade de fachada, que se percebia também no quadro de comando da organização.

Todos os chefes das famílias mafiosas possuíam autonomia para agir, mas eram responsáveis pelo que ocorria nos próprios bairros e, se alguma coisa saía errada, respondiam pessoalmente por isso.

A ditadura que vigorava nos tempos de Occhiuzzo era coisa do passado. Mas as regras internas eram respeitadas — tolerância zero: quem cometia um erro ou bancava o esperto era punido. E, se havia alguma coisa importante a decidir ou um grande negócio para concluir, a última palavra era sempre dela. Rosa. Respeitava a todos, mas, ao mesmo tempo, fazia-se respeitar e tinha fácil acesso porque todos estavam em seu poder, com medo do que poderia acontecer. Os boss Palermitanos seguiam cada desejo seu ao pé da letra e não apenas porque temessem perder aquela sensação de riqueza e de bem-estar que saboreavam havia algum tempo, mas porque sabiam que, por trás de Rosa, estava Sam, e, por trás de Sam, estavam as cinco famílias de Nova York, que eram tão generosas quanto vingativas. Por isso, todos mantinham a linha. Rosa fora promovida à função de chefe *ad honorem*, porque, de fato, não possuía nenhum título.

Era como se a nova máfia, nascida sobre as cinzas da guerra com os Corleoneses, fosse pensada à sua imagem e semelhança; era uma máfia que não se ouvia, não se via, que desaparecera dos jornais; podia até mesmo dar a impressão, para algumas pessoas, de ter sido derrotada ou ter desaparecido. Com efeito, ela estava ainda mais forte que antes, mas agora se parecia com Rosa: a mulher que já não existia, a mulher metade viva e metade morta.

Pino Martinez saiu do programa de proteção.

Depois do assassinato de Occhiuzzo, chamara a juíza Salemi e, sem dar muitas explicações, comunicara que não estava mais disposto a colaborar.

Elvira tentou persuadi-lo, mas Pino parecia inflexível.

— Ao menos, me diga por que está fazendo isso — perguntou-lhe a magistrada.

Ele, indeciso quanto a responder ou não, no fim deixou escapar uma frase.

— Porque não tem mais ninguém contra quem fazer guerra.

Essa foi a última vez que a juíza Salemi o viu.

Foi condenado a vinte anos de reclusão em primeiro grau e enviado para a prisão.

Diego tornou-se a referência das famílias americanas na Sicília, o homem de confiança de Sam Paino. Era ele que se ocupava de contatar os boss sicilianos para propor novos negócios e potenciais investimentos na Big Apple.

Andava com uma pasta preta, um laptop e um Blackberry do qual enviava e recebia centenas de e-mails por dia.

Viajava frequentemente por longos períodos, mas, quando estava na cidade, dormia sempre na casa da irmã.

Agora era a véspera de uma nova viagem aos Estados Unidos.

O motorista o esperava do lado de fora, na frente do portão.

Rosa estava à beira-mar, vestida de branco.

De mãos dadas com Lorenzo, caminhava de pés descalços sobre a areia.

Diego aproximou-se para as despedidas.

O menino não o ouviu, pois brincava com as ondas.

— Mamãe, olha, olha como espirra longe...

— Devagar, amor, devagar!

Lorenzo soltou a mão dela, sorriu com ar travesso e começou a correr na beira da água.

De repente, percebeu Diego e mandou-lhe um beijo com a ponta dos dedos.

Rosa não tirava os olhos de cima dele.

— Devagar, ou vai se machucar!

O menino ia até certo ponto, depois voltava. E recomeçava.

— Olá, tio, olá! — gritava para Diego, como se temesse que ele não estivesse olhando.

Martinez sorriu, ergueu o braço para responder à saudação e aproximou-se da irmã.

— Por que você não me deixa levá-lo para Nova York... ao menos uma vez... nossos parentes americanos não o conhecem...

Rosa encarou-o como se ele tivesse dito algum absurdo.

— As crianças precisam da mãe por perto.

Diego apertou sua mão e beijou-a, como para mostrar que falava com o coração.

— Escute, Rosa, o que tínhamos que fazer já fizemos, por que você não deixa Turturro com o controle da família... não está cansada de se esconder, de fugir?... A polícia vai caçá-la pelo resto da vida... você tem que sumir, tem que ir embora para que a deixem em paz!

O mar diante deles era uma imensidão de água azul, imóvel como uma pintura.

Rosa se afastou do irmão e, por um segundo, fitou o horizonte.

Não usava mais os óculos escuros.

Agora seus olhos suportavam a luz.

— O pior que podia me acontecer é me prenderem e me mandarem para a prisão, não é? — perguntou-lhe com um sorriso.

O irmão concordou.

Lorenzo voltava da corrida.

Rosa ajoelhou-se para pegá-lo nos braços.

Mas, antes, olhou Diego uma última vez.

— Você sabe o que meu marido sempre dizia — murmurou, indicando o céu.

— Não... o quê?

— Mais escuro que a meia-noite não pode ficar.

Impresso no Brasil pelo
Sistema Cameron da Divisão Gráfica da
DISTRIBUIDORA RECORD DE SERVIÇOS DE IMPRENSA S.A.
Rua Argentina 171 – Rio de Janeiro, RJ – 20921-380 – Tel.: 2585-2000